KB021432

소통 안 되는 시월드

말투는 부드럽게
그러나
행동은 단호하게

소통 안 되는 시월드

말투는 부드럽게 그러나 행동은 단호하게

초판 1쇄 인쇄 2018년 9월 7일
초판 1쇄 발행 2018년 9월 17일

지은이 정다원

펴낸이 채규선
펴낸곳 세종미디어(등록번호 제2012-000134, 등록일자 2012.08.02)
주 소 경기도 고양시 덕양구 화정동 1141
전 화 070-4115-8860
팩 스 031-978-2692
이메일 sejongph8@daum.net

ISBN 978-89-94485-43-0 (03810)

* 세종미디어는 여러분의 아이디어와 양질의 원고를 설레는 마음으로 기다립니다.
  출간을 원하는 원고의 구체적인 기획안과 연락처를 기재해 보내주세요.

이 도서의 국립중앙도서관 출판예정도서목록(CIP)은 서지정보유통지원시스템 홈페이지
(http://seoji.nl.go.kr)와 국가자료공동목록시스템(http://www.nl.go.kr/kolisnet)에서
이용하실 수 있습니다.(CIP제어번호: CIP2018028586)

소통 안 되는 시월드

말투는 부드럽게
그러나
행동은 단호하게

글
정다원

세종
MEDIA

Prologue

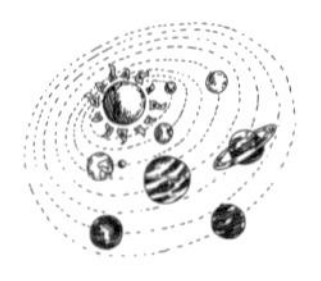

가정은 작은 우주이다

나는 '시월드'니 '처월드'니 하는 말을 싫어한다. 이 말들은 시가나 처가를 속되게 이르는 말이기도 하고, 배우자의 가족과 내 가족 간 편 가르기를 하는 것 같아 그다지 마음에 들지 않는 말이기도 하다. 그럼에도 불구하고 내가 '시월드 리더십 아카데미'를 운영하는 이유는 무엇일까? 이제 그 이유를 설명하기로 한다.

처음엔 청소년 아이를 키우는 엄마로서 심리를 배우고 청소년 심리 상담을 하게 되었다. 청소년 심리 상담에서 가장 우선시되는 것은 부모의 심리를 먼저 파악하는 것이다. 그런 다음 아이와 함께 왜 문제가 발생하게 되었는지, 무엇이 원인인지를 통해 상담을 하게 된다. 당연히 부모의 마음이 아이에게 영향을 미치겠지만 특히 많은 영향을 주는 사람은 엄마 쪽이다. 엄마의 마음이 건강해야 아이도 건강한 마음으로 자랄 텐데 이 사회는 엄마를 건강한 마음으로 살아가게 두지 않는다. 가정과 사회에서 요구하는 많은 역할이 결혼한 여성을 힘들고 지치게 한다. 그러다 보니 양쪽 어깨에 놓인 삶의 무게가 너무나 버거워 나보다 상대적으로 약한 아이에게 시나브로 감정을 표출하게 된다. 때로는 집착으로, 때로는 무관심으로 아이들과 소통이 안 되는 엄마가 되어버린다.

그렇다면 무엇이 엄마를 그렇게 힘들게 하는 걸까? 가장 큰 원인은 다름 아닌 시월드의 시집살이라고 할 수 있다. 시집살이에서 비롯된 고부 갈등, 부부 갈등이 문제로 발생되는 경우가 많고, 그 대표적인 예가 필자였음을 고백한다.

상담을 통해 엄마와 아이들에게 나타나는 문제를 통감하면서 청소년 상담 이전에 먼저 엄마가 건강해져야 한다는 것을 깨닫게 되었다. 그래서 시월드 갈등을 극복하고자 '시월드 리더십 아카데미'를 시작하게 되었다. 그리고 시간이 지날수록 시집살이로 상처받고 지친 사람들이 너무나 많다는 것, 그들의 고충과 아픔을 들어주며 상담을 하다 보면 그 멍든 마음을 가장 잘 대변하는 단어로 '시월드'만큼 적절한 신조어가 없다고 생각되기도 한다.

한 가구당 2명도 채 안 되는 저출산율의 사회이다 보니 '내 자녀는 특별하게 키우고 싶다.'는 심리가 작용하지만 병들고 지친 엄마에게는 그저 희망사항일 뿐이다. 한국보건사회연구원의 '저출산 · 고령화에 따른 미래 가족 변화' 보고서와 통계청에 따르면, 2035년에는 자녀 없이 둘만 사는 부부가 '부부+자녀' 가구보다 많아질 전망이라고 한다. '부부+자녀' 가구 수가 대폭 줄어드는 까닭은 젊은 층의 미혼율이 높아지고 자녀도 덜 낳게 되기 때문인데 우리나라의 심각한 사회문제 중 하나이다.

나라에서 출산정책에만 쏟아 붓는 돈이 한 해 몇 조가 된다고 하니 그 심각성이 얼마나 큰지 설명할 필요가 없다. 건강에 대한 인식과 의료 기술의 발전 등으로 노령 인구는 계속 증가 추세이다. 사회복지 또한 갈수록 좋아지지만 이에 비례한 출산율은 점점 낮아져 생산가능 인구는 급격하게 줄고 있는 게 현실이다.

저출산을 해결하는 방안으로 '아이를 낳으면 얼마의 출산장려금을 주겠다.'는 정책을 볼 때면 씁쓸한 마음을 감출 수 없다. 그 정책이라는 것이 또 지역마다 천차만별이어서 어디서 출산하느냐에 따라 금액 차이도 크다. 사랑의 결실인 아이들이 단지 돈 때문에 세상의 빛을 보게 된다면 얼마나 통탄할 일인가. 결혼한 사람이 많아야 아이가 태어나고 출산율이 높아지는 것은 당연한 일이다. 결혼을 미루고 독신을 선언한 청춘 남녀들에게는 다양한 이유가 있을 것이다. 그중 여성들이 결혼을 미루는 가장 큰 이유는 사회가 여성들에게 너무나 많은 것을 원하고 그것을 당연하게 여기기 때문일 것이다. 특히 결혼 후 시댁과의 갈등은 해가 거듭되어도 줄어들지 않는다. 며느리이기 때문에 당연히 요구되는 일상을 감당하기 힘든 것이 현실이다. 거기다 아이를 출산하게 되면 맞벌이를 하는 부부의 삶은 지치고 힘들기 마련이다.

결혼을 하지 않으려는 심리 밑바닥에는 가장 가까운 사람들의 삶이 영향을 미친 것은 아닐까? 엄마의 결혼생활이 조금도 행복해 보이지 않았고, 이모나 고모도 그러하였으며, 선배의 결혼생활이 불행해 보였던 것은 아닐까? 미혼여성을 향해 "능력 있으면 혼자 살아. 누구 좋으라고 결혼을 하니? 결혼하면 여자만 손해야. 결혼하지 마!"라고 서슴없이 말하는 문화와 환경은 그냥 하는 소리가 아니다.

최근 가족과 친지, 친구들을 초대하여 '나는 결혼을 하지 않겠습니다.'라고 선언하는 '비혼식'의 새로운 풍속도가 젊은이들 사이에서 생겨나고 있다. 왜 결혼을 하지 않으려는 걸까? 물론 반드시 결혼을 하여야만 행복한 것은 아니다. 결혼하지 않고 자신의 일에 매진하며 자유롭게 사는 것도 충분히 행복한 일이다. 혼자서 사는 삶에 만족하여 '비혼'을 선택한 것이라면 이 또한 응원을 받을 일이다. 하지만 앞선 기성세대들의 결혼생활에서 보게 된 모순과 부조리로 인해 부정적인 결혼관을 가지게 되었다거나 가정을 이룬 후 감당해야 할 경제적 부담이 버거워 결혼을 하지 않겠다고 한다면 그 어떤 것보다 심각한 사회문제가 아닐 수 없다.

부모 밑에서 편안하게 살다가 결혼을 하려면 살 집을 마련해야 하는데 그 비용이 몇 년 직장생활을 하여 저축한 돈으로는 어림도 없다. 그래서 나라에서는 신혼살림을 준비하는 이들에게 공공임대주택을 제공하고 대출금액을 줄여주는 등 다양한 사회정책을 내놓았다. 하지만 결혼하는 인원과 신생아 출산에는 큰 변화가 일지 않는다. 가임기 여성들이 결혼을 하지 않아 출산 연령대는 갈수록 높아지고 그에 따른 두려움으로 출산을 포기하는 여성들도 점점 늘고 있다.

건강한 가정 안에서 건강한 자녀가 태어나고 아름다운 세상에서 아름다운 아이들이 자라나는 것이 세상 이치이다. 결혼이라는 것이 마치 여성 혼자 짊어지고 가야 하는 짐처럼 느껴진다면 우리나라의 출산정책은 앞으로 더 많은 돈을 투자해도 조금도 나아지지 않을 것이다. 경제 강국으로 불리면서도 여성의 사회적 · 환경적 발전은 경제발전 속도를 따라가지 못한다. 남아선호사상을 가지고 있는 많은 이들은 아직도 여성을 무시하고 직장에서는 임신한 여성을 불편해한다. 게다가 점점 험악해지는 불건강한 사회에서 내가 낳은 아이를 어떻게 키워야 할지 몰라 두려운 마음이 든다면 나라에서 아무리 많은 돈을 쏟아 붓는다 해도 결혼이나 출산에 관한 인식은 바뀌지 않을 것이다.

그렇다면 건강한 사회는 어떻게 만들어야 할까?

먼저 가정이 건강하여야 한다. 가족 구성원 하나하나가 모두 건강해야 한다. 가족의 중심에 서 있는 아내이자 엄마이고 며느리인 여성들이 누구보다 건강하고 행복해야 한다. 앞선 세대가 조금도 행복해 보이지 않은데 결혼하라고 강요하고 아이를 낳으라고 한다면 그 짐을 선뜻 짊어지고 가겠다는 여성이 얼마나 될까?

현명한 요즘 남편들 중에는 집안일을 함께 분담하는 사람도 많지만 집안일하는 것을 마치 아내가 할 일을 도와주었다는 식으로 생색내는 사람들도 적지 않다. 사랑해서 결혼했고, 두 사람이 함께 사는 공간인데 왜 집안일은 아내의 일로만 치부할까. 아내가 출산 후 육아휴직이라도 하게 되면 집에서 놀고 있다고 생각하는 한심한 남편도 있다. 설상가상으로 시어머니까지 자신의 아들에게 집안일 시키지 말라고 엄포를 놓으신다. 어릴 때부터 집안일 안 시키면서 키웠노라 당당하게 말씀하신다. 아들이 며느리와 집안일을 나누어 하면 며느리가 잘못 들어왔다고 말하고, 사위가 집안일을 같이 하면 사위 잘 들어왔다고 한다. 시어머니의 본성이 이러하니 같은 여성이면서도 며느리에게는 적이 될 수밖에 없다.

작은 일에서 시작된 고부 갈등으로 이혼하는 경우가 점점 늘고 있다. 고부 갈등을 겪고 있는 여성들은 마음이 지옥 같다고 말한다. 그리고 고부 갈등으로 끝나지 않고 그것이 부부 갈등이 되어 이혼이 아니고서는 이 문제를 해결할 수 없는 지경에 이르게 된다. 결혼한 세 커플 중 한 커플이 이혼을 한다고 하니 얼마나 심각한 문제인지 알 수 있다. 물론 고부 갈등으로만 이혼하는 것은 아니다. 시아버지나 시누이, 시동생 등과의 갈등도 있고, 여성을 상대적으로 무시하는 문화 때문에 남편이 아내를 무시하는 마음도 한몫하고 있다. 직장도 함께 다니고 집안일도 잘하고 아이도 잘 키우는 슈퍼우먼을 바라는 남편도 문제이다.

우리나라 출산 정책에 친정 부모나 시부모에게 특정 육아 돌봄 자격증을 취득하게 하여 자신의 손주를 봐주는 정책을 만들어 나라에서 관리하고 수당을 지급한다면 얼마나 좋을까? 아이를 맡기는 엄마도 안심하고 일을 할 수 있을 것이고, 돌보는 부모님도 경제활동이 가능하게 되니 이보다 좋을 수 없을 것이다. 하지만 시부모님이 그냥 봐준다고 해도 며느리들이 고민하는 이유는 시어머니의 육아 돌봄 역할에 경계가 없기 때문이다. 아이를 돌보는 영역과 시어머니로서 행사해야 하는 선을 넘나들기 때문에 시어머니에게 아이를 맡기고 싶어도 주저한다. 그러니 나라에서 이런 갈등을 해소할 수 있도록 트렌드에 맞는 육아법을 교육한다면 시어머니와 며느리의 분쟁은 줄지 않을까. 고부의 관계 개선뿐 아니라 아이를 안심하고 맡길 수 있는 정책이 있다면 저출산을 조금은 줄일 수 있을 것이라고 생각된다.

마음이 지옥 같은 엄마에게서 태어난 아이들은 엄마의 감정에 많은 영향을 받는다. 그런 아이들의 마음이 건강하길 바라는 건 도둑심보이다. 엄마가 행복해야 아이도 행복하다. 엄마의 행복이 한 가정의 행복, 나아가 사회의 행복이 된다. 실제 고부 갈등으로 힘들고 지친 삶을 살았던 나는 그 마음이 아이에게 고스란히 전해지는 불행한 삶을 살았다. 어디로 가야 할지 좌표를 잃어버린 나에게 한 줄기 빛이 되어준 마음공부는 나를 행복으로 인도하는 지름길이 되었다. 내 삶의 등불이 되어준 '새마음 클리닉' 이루디 대표님과 가족들에게 감사의 마음을 전하고 싶다.

내가 그랬듯이 이 책을 읽는 독자 여러분도 갈등으로 점철된 무거운 짐을 내려놓고 내가 먼저 행복해지기, 우리 가정이 행복해지기, 더 나아가 우리 사회가 모두 행복하고 건강해지는 일에 용기를 내시길 바란다.

시월드 리더십 아카데미

원장 정다원

목차

1장 적을 알고 나를 알아야 싸움이 된다

2장 환상적인 결혼을 꿈꾸며

3장 시어머니의 성향별 행동유형

4장 시월드 갈등에 대처하는 며느리 자세

5장 지혜로운 며느리, 미련한 며느리

6장 시월드에서 갑이 되는 실전 노하우

7장 총체적 난국을 어떻게 해결해 갈 것인가?

1장

적을 알고 나를 알아야 싸움이 된다

인간관계의 이해

『손자병법孫子兵法』에 '지피지기知彼知己면 백전불태百戰不殆'라는 말이 있다. '적을 알고 나를 알면 백 번 싸워도 위태롭지 않다.'는 뜻이다. 이 말을 하는 이유는 모든 인간관계에서의 갈등은 상대를 알고 나를 아는 것에서 풀어야 한다는 것으로 대신하기 위함이다.

도를 닦으러 사람들은 산으로 간다. 산속에 혼자 앉아 명상을 하고 때로는 가혹한 수련을 통해 스스로 강한 정신과 마음을 가지기 위해 노력한다. 혼자서 살아갈 수 있는 세상이라면 혼자서 도를 닦는 것이 맞다. 도를 닦는다 함은 사람과 사람 사이에 일어나는 모든 일들에서 자유로워지도록 마음을 수련하는 것이어야 하지 않을까? 나와 맞는 사람과 나에게 친절한 사람만이 착한 사람이라고 단정 짓고, 나와 맞지 않는 사람을 만나게 되면 피하거나 부딪혀 서로에게 상처를 입히니 말이다.

인간관계는 도를 닦는 것이다. 사람을 이해하는 것이 아닌 허용하는 것이다. 예의를 중요하게 생각한다면서 자신이 만들어 놓은 기준 안에 들어오지 않는 이를 보면 생각이 다르다는 이유로 분노하고 관계를 끊어버린다. 이런 인간관계 안에서 자유롭게 살아가기 위해서는 누군가를 이해하기보다는 허용해야 한다. 그렇다면 허용은 쉬울까? 당연히 어렵다. 나와 생각이 다른 사람을 이해하는 일도 어렵지만, 다른 사람의 생각을 바꾸는 일은 더욱더 어렵다.

유명 강사들의 명 강의를 내 삶에 고스란히 반영하여 살 수 있다면 분쟁 없는 평화로운 사회가 만들어졌을 것이다. 카네기의 인간관계론이나 프로이드의 심리가 우리의 삶에 많은 영감을 주었을지 모르지만 그 좋은 말들을 가슴에 새기는 일은 너무나 어렵고 내 삶을 바꾸는 일은 쉽사리 일어나지 않는다.

또한 세상에는 좋은 글과 좋은 영상이 넘쳐흐르고 있어 매일 쉽게 접할 수 있다. 아침마다 좋은 글귀를 친절히 보내주는 어플도 많아 화장실에 앉아서도 볼 수 있는 세상이다. 좋은 글을 읽고 좋은 생각으로 자신의 삶에 충실하고 타인을 존중하며 평화로운 삶을 사는 사람들이 얼마나 될까? 그런 평화로운 삶은 TV프로그램의 산속에서 혼자 살아가는 자연인에게서나 볼 수 있다. 그들의 사연은 대부분 사람들과 어울리며 살아갈 때 받은 상처로 그 상처에서 벗어나고자 혼자의 삶을 선택한 경우가 많았다. 방송 리포터는 그분의 삶이 용기 있고 멋지다고 하지만 아내와 자식, 가정을 버리고 혼자의 삶을 선택한 용기에 박수를 보내야 할까? 떠나가는 리포터의 뒷모습을 바라보는 자연인의 아쉬운 눈빛에서 사람들과의 관계를 단절했지만 한편으로는 간절히 바라고 있다는 것이 느껴졌다.

인간관계의 이해는 사람의 성향을 알지 못하고서는 어렵다. 세상에 착한 사람은 없다. 물론 나쁜 사람도 없다. 나에게 착한 사람인지 나쁜 사람인지가 중요할 뿐이다. 어떤 시어머니는 동네에서 베풀기 좋아하고 사람 좋다고 소문이 났다. 하지만 며느리는 그런 시어머니 수발들다가 허리가 나갔다. 시어머니는 며느리에게 착하고 좋은 사람일까? 어림없는 소리이다.

인간관계에서 가장 우선시되어야 하는 것은 '자신의 마음'에 대한 이해이다. 자신을 제대로 알아야만 시가의 가족이나 남편, 직장동료 등 나와 관계된 사람들과의 갈등이 발생했을 경우 적절한 대처를 할 수 있다. 그래서 제1장에서는 '나는 어떤 성향의 사람인지'와 '상대방은 어떤 성향의 사람인지'를 먼저 파악하는 법을 간략하게 소개하고자 한다. W.B.M.B.World Brain & Mind Behavioral Psychology는 '생각·마음·행동심리학'을 지칭하는 말로 나중에 기회가 된다면 좀 더 밀도 있게 다룰 예정이다. 추후 W.B.M.B. 행성과학심리 책에서는 전문적인 영역에서 접근하겠지만, 이 책에서는 시월드 인간관계 이해를 돕기 위한 기본적인 내용만 간략하게 소개한다.

지구를 포함한 물질과 에너지에 관한 모든 질서계를 우리는 우주라 부른다. 우주(행성)는 빛과 에너지, 물질로 이루어져 있고, 그 우주에 속한 지구에 살고 있는 소우주인 우리는 머리(생각), 가슴(마음), 몸(움직임)으로 이루어져 있다.

우주의 빛에 해당하는 행성은 목성, 토성, 천왕성으로 사람으로 견주어 보면 머리형에 해당한다고 할 수 있다. 생각이나 지식, 지혜 등 뭔가 배우는 것을 좋아하는데, 그래서 자신이 모르는 것에 대해 두려움을 느끼는 성향의 기질을 가지고 있다. "생각해 볼게."라는 표현법을 많이 쓰는 사람으로 스트레스를 받으면 두통이 찾아온다.

우주의 에너지에 해당하는 행성은 화성, 지구, 금성이 있다. 이 행성들은 사람으로 견주면 가슴에 해당하는 형이다. 사랑과 믿음을 중시하고 아름답지 않다고 느끼면 수치심을 느낀다. 흔히 촉이 좋다고 일컬어지는 사람들이다. "내가 느껴보니까……."라는 표현을 즐겨 쓰고 스트레스를 받으면 가슴 통증이 몰려와 가슴을 치거나 문지르는 것을 종종 볼 수 있다. 지구의 기질을 가지고 있는 사람들은 배우는 것을 좋아하기에 자신은 머리형이라고 오해하기도 하는데, 지구는 어디까지나 가슴형이라는 사실을 잊지 말기 바란다.

우주의 물질에 해당하는 행성으로는 수성과 해왕성이 있다. 이 두 행성에 해당하는 사람들은 본능과 움직임에 따라 행동하는 몸형의 기질을 가지고 있으며 열정적이지 못한 것에 분노하는 유형이라고 할 수 있다. "내가 해보고 나서 얘기할게."라고 말하며 행동하는 사람들이다. 그러니 스트레스를 받으면 당연히 장이나 위가 탈이 난다.

이처럼 8개의 행성에 견주어 대략적인 성향이나 기질을 파악할 수 있다. 하지만 행성 하나의 뚜렷한 기질만 가진 사람도 드물게 존재하지만 대부분의 사람은 2가지 행성의 기질을 가지고 있다. 아주 가끔은 3가지 행성의 기질을 가지고 있는 사람도 있다. 이는 수된 행성의 기질 외에 다른 행성의 기질이 슬그머니 따라붙는다고 생각하면 된다. 다음 각 행성의 특징을 살펴보면 자신이 어떤 행성의 기질을 가진 사람인지, 상대는 또 어떤 사람인지 이해할 수 있을 것이다.

먼저 자신을 힘들게 하는 상대가 어떤 기질을 가졌는지를 파악하면 왜 그 사람이 그렇게 행동하는지 이해할 수 있다. "왜 저러는지 난 도무지 이해가 안 돼." 하고 푸념하던 일이 얼마나 많았던가. 또한 왜 내 방법이 조금도 먹히지 않았는지도 비로소 알 수 있게 된다. "나로선 최선을 다했는데 나더러 도대체 뭘 어떻게 더 하라는 거야?" 하며 답답해하던 일도 무지 많았을 것이다.

나를 알고 상대를 알아야 싸움이 되는 것인데, 인간관계의 이해 없이 맞부딪혔으니 지금까지 에너지만 낭비한 셈이다. 지레 겁먹고 미리 항복하거나 아무런 전술 없이 무턱대고 덤비는 것은 수백 년 동안 이어져 내려온 시월드의 관계를 그대로 답습하는 것밖에 되지 않는다. 우리는 조선시대를 살고 있는 것이 아니라 인공지능 로봇이 공존하는 시대를 살고 있는 현대인들이다. 현명하게 대처하고 현명하게 내 삶을 지켜야 한다. 내가 언제 화가 나고, 무엇이 용납이 안 되는지 나를 아는 것이 중요하다. 그리고 상대를 알아야 이해가 가능하고 허용할 수 있게 되는 것이다.

W.B.M.B.에 근거하여 수성, 금성, 지구, 화성, 목성, 토성, 천왕성, 해왕성으로 사람의 성향을 크게 분류하지만 이중 어떤 행성이 가장 이상적인 행성이고, 어떤 행성이 문제점을 안고 있다고 선을 그어서는 안 된다. 모든 행성은 특유의 장점과 단점을 가지고 있다. 이들의 장점과 단점이 서로 조율하여 인간관계가 형성되고 상호 보완하여 건강한 삶을 조화롭게 이어나갈 수 있는 것이다. 행성별 기본적인 성향을 기록하고 이해를 돕기 위해 건강한 모습보다는 마음이 아플 때의 모습들이 더 많이 부각되었음을 미리 밝혀둔다.

특정 성향을 가지고 있다고 해도 건강한 성향으로 살아가는 사람들은 자신이 어떤 행성인지조차 모르고 살아간다. 행성과학심리의 마음 단계는 모두 9단계로 나누어져 있고, 1~2단계는 건강한 단계, 3~4단계는 겉으로는 표가 나지 않아도 조금씩 아픔이 자리잡는 단계로 드러나게 된다. 7~9단계로 갈수록 점점 증상이 심해지는 것을 볼 수 있는데 9단계에 이르면 손을 쓸 수 없을 정도로 모순된 점이 부각되고 마음이 아플 때의 모습이 표출된다.

이 책에서는 무작정 누군가를 이해하라고 하지 않는다. 모두들 좋은 사람이라고 말해도 나에게 나쁜 사람은 나쁜 사람인 것이다. 1장에서는 내가 어떤 성향의 사람인지를 파악하고 내 주변의 사람들이 어떤 성향을 가지고 있는지를 파악하여 이해관계가 발생했을 경우 현명하게 대처하자는 취지로 집필한 것이다.

수성 - 모두 가르칠 테다

태양과 가장 가까운 궤도로 도는 행성으로 태양계에 있는 8개의 행성 가운데 가장 작은 별이 수성이다. 라틴어로 머큐리Mercurius인 수성은 태양계에서 태양과 가장 가까운 궤도를 도는 행성이다. 태양과 가까운 쪽은 뜨겁지만 반대쪽은 차가움이 공존한다. 수성은 가르침과 예의를 중시하여 일명 선생님별이라고도 불린다.

수성은 우리나라 50~60년대에 많이 태어났다. 놀랍게도 행성은 사회변화에 맞춰 성향별로 태어나는 빈도수가 다르다. 그 시절 우리나라는 전쟁의 아픔으로 나라 전체가 피폐했고 먹고 사는 문제가 절실한 시절이었다. 부지런한 사람이 필요한 시기였기에 거기에 맞춰 부지런한 사람들이 많이 태어났다. 그때의 부모님들은 아이들에게 신경을 쓸 겨를이 없었다. 그저 자식을 굶기지 않으면 최고의 부모라고 생각하는 시절이었고, 새마을운동이 한창인 때였다. '새벽종이 울렸네. 새 아침이 밝았네. 너도 나도 일어나 새 마을을 만드세. 살기 좋은 내 마을 우리 힘으로 만드세.' 새마을운동 노래 가사처럼 이런 마음을 소유한 사람들이 필요했고, 그런 사람들이 태어났다. 드물지만 그 무렵 천왕성으로 태어난 사람들은 환경에 적응하지 못하고 '이상한 아이'라는 소리와 함께 엄마에게는 키우기 힘든 아이로 자라게 된다. 학교를 잘 다니는 것이 학생의 본분이라 여겼던 세대들의 생각과 다르고 학원이나 사교육으로 친구들과 잘 어울리지 못하는 요즘 아이들에게서는 보기 드문 성향이라고 할 수 있다.

마윈 회장이 한 말이 생각난다. 우리 부모님 세대는 16시간 일하면서도 온종일 바쁘다고 했고, 우리 세대는 8시간 일하고 온종일 바쁘다고 한다. 우리 다음 세대는 하루 4시간 일하고 똑같이 바쁘다고 할 것이다. 이처럼 바쁘게 부지런하게 살아가는 것이 중요한 일이라 생각하는 수성은 스스로에게도 게으름을 용납하지 않고 타인에게는 더욱더 게으르게 살아서는 안 된다고 가르친다. 물론 자신은 가르치는 중이지만 수성의 가르침이 다른 이에게는 잔소리로만 들릴 뿐이다.

수성의 엄마는 늦게 자고 늦게 일어나는 아들에게 일찍 자고 일찍 일어나야 하는 것이 정상이라고 말한다. 삶의 패턴이 나와 다를 수 있음을 용납하지 못한다. 특히 그 주인공이 다름 아닌 내 아이들일 경우 버릇을 고치겠다는 일념으로 똑같은 잔소리를 매일 반복하게 된다. 이런 수성의 잔소리를 가르침으로 인정하고 잘 들었다면 아이들은 수성으로 바뀌어 있어야 한다. 하지만 30년 동안 똑같은 잔소리를 했지만 꿋꿋하게 자신의 모습으로 살아간다.

남에게 보이는 이미지가 중요한 수성은 엘리베이터나 길에서 옆집 아주머니를 만나면 내 아이가 깍듯이 인사하기를 원한다. 하지만 요즘 아이들은 스마트폰 보기에 바쁘다. 이런 모습이 용납 안 되는 엄마는 애써 옆집 아주머니에게 인사하기를 강요한다. 이런 행동들은 다른 이에게 보이는 내 이미지가 중요하기 때문이다. 혹시라도 내가 아이를 예의 없이 키웠다는 말을 듣고 싶지 않을뿐더러 인사를 잘하는 예의 있는 아이로 키운 엄마라는 인정을 받고 싶은 마음도 크다.

수성은 태양이 준 선물로 돋보기를 가지고 있다. 돋보기를 이용하여 사물을 확대해서 볼 수 있는 능력을 가지고 있는데 애석하게도 한 곳만 오래 비춰서 사물을 태워버린다. 즉 이 돋보기는 상대의 장점보다는 단점이 더 먼저, 더 크게 보인다. 그러다 보니 시시콜콜 상대에게 지적과 억압을 하고 가르치려고 들어 상처를 주게 된다.

반면에 매우 깔끔하고 정리정돈을 잘하고 원칙적이고 규칙적이며 책임감이 강한 편이다. 이러한 많은 장점을 가지고 있음에도 불구하고 자신의 잣대로만 세상을 바라본다. 그러니 항상 본인이 옳고, 본인은 완벽하다는 매너리즘에 빠져 있어 자신의 단점이나 부도덕이 드러날까 봐 전전긍긍할 수밖에 없다.

타인이 수성인 시어머니를 바라볼 때는 며느리에게 불합리한 언행을 하는 것으로는 보이지 않는다. 얼핏 보면 끊임없이 조언을 아끼지 않는 친절한 시어머니로 보일 수도 있다. 하지만 당하는 입장은 묘한 불쾌함을 느끼게 된다. "나는 화나지 않았어. 가르쳐주는 거야."라는 말로 자기합리화를 하며 지적질의 느낌이 안 들게 하는 것을 방패로 삼는다. 그러다 보니 본인은 화가 난 게 아니라는 암시를 끊임없이 해야 하고, 억압된 분노는 마침내 '화병'이라는 지병을 키우게 된다. 자신보다 내 자식, 내 가족이 우선이라 자신의 감정은 억제하고 자신만의 세계에서 만족하고 사는 전형적인 50~60년대 출생 어머니의 기질이다. 수성은 이런 기질 하나만 존재하기보다는 지구나 목성, 해왕성의 기질이 많이 따라붙고, 수성의 어머니에게서는 화성과 천왕성의 자식이 많음을 볼 수 있다.

마음이 건강할 때의 수성은 우선 스스로 상대를 가르칠 수 있는 자격을 갖추어야 한다는 현명함을 가지고 있다. 자신을 향한 평가가 우선이어야 한다는 이성을 가지고 있다면 역시 마음이 건강하다고 할 수 있다. 원칙적이고 규칙적이며 책임감이 강한 모습과 의무감에 열심히 노력하고 스스로를 통제하며 잘 정돈된 모습이라면 이 또한 건강하다는 증거이다. 하지만 3~4단계의 모습이 지나치게 강하다면 가벼운 감기 수준이라고 할 수 있다. 왜 그러한 모습이 감기 정도의 아픈 모습일까? 그것은 수성과 지구는 마음이 아픈 상태가 잘 드러나지 않는 유형으로 원칙적인 것에서 더욱 원칙적인 것을 요구하는 방향으로 흐르기에 쉽게 그 흐름을 눈치채기 어렵다.

"쟤는 저래서 문제야." 하며 점점 자신의 규정에 맞춰 상대를 평가하게 되고, 독선적이고 융통성이 없게 되며 뭔가에 쫓기듯 강박증에 시달려 자기모순을 드러내게 된다면 마음이 아픈 상태로 진입했음을 알 수 있다. 그러다 더 나아가 남을 비난하고 비판하며 징계하는 중증 단계인 제9단계에 이르게 된다.

가르치는 것을 좋아하고 예의를 중시하는 수성을 건강한 상태로 돌리는 방법으로 어떤 것이 있을까? 상대의 가르침을 허용하고 감사를 표시하는 방법도 있다. 또 예의를 중시하는 마음에 작은 기쁨을 주어 자신을 향해 날아올 화살의 방향을 다른 곳으로 돌릴 수도 있다.

수성을 상대하는 방법은 본문의 유형별 사례에서 충분히 다루고 있으니 우선 행성의 상관관계나 인간관계를 먼저 이해하는 것이 이 책을 읽고 이해하는데 도움이 될 것이다. 시어머니가 수성인 경우의 모습은 뒤에 자세히 서술되어 있으니 참고하여 이해가 아닌 허용하는 마음을 가지길 바란다.

금성 - 만인의 친구가 되고 싶어

금성은 서양에서는 사랑과 미의 여신의 이름을 따서 '비너스Venus'라고 부르는 행성이다. 밤하늘에서 달 다음으로 밝고 따뜻한 성향을 지닌 가슴형 행성이다. 수성처럼 민첩하지 않고 정리정돈을 잘 못하지만 많은 이들에게 자신의 것을 아낌없이 베푸는 스타일로 일명 친구별로 불린다.

누가 봐도 따뜻한 성품을 소유한 금성은 사람들과 잘 어울리면서 살아가길 원한다. 금성의 건강한 마음은 놀랍게도 주고 싶은 마음이 크다는 것이다. 누군가에게 내 것을 주는 일이 쉽지 않은 시대에 따뜻한 성품을 가진 금성의 마음은 놀랍도록 아름답다. 어떤 성향도 건강한 모습일 때는 모두 아름답다.

하지만 마음이 아픈 모습으로 전락하게 되면 누군가 필요한 것을 주는 것이 아니고 내가 원하는 것을 주게 된다. 예를 들어 금성이 커피를 좋아한다면 친구가 온다고 하자 친구에게 주기 위해 비싼 커피를 사놓는다. 그런데 친구는 커피를 마시면 잠이 안 오더라면서 마시기를 주저한다. 금성은 '너를 위해 준비한 내 성의를 봐서라도 마시라.'며 강요한다. 그러니 친구는 미안한 마음에 커피를 마신다. 그리고 밤에 잠을 못 자 기분이 좋지 않다. 이런 행동을 세 번 정도 같은 친구에게 했다고 해보자. 아마도 친구는 다시는 금성을 만나러 가지 않을 것이다. 갈 때마다 커피를 주기 때문이다. 그런데 금성은 어떻게 생각하고 있을까?

"내가 커피를 세 번이나 샀는데 단 한 번도 커피를 사지 않아?"

괘씸한 마음에 친구를 미워하게 된다.

그리고 스스로 희생양이 된다. 친구는 커피를 원하지 않았지만 내가 주고 싶어서 사 준 거라면 거기서 끝이 나야 한다. 상대가 원하지 않은 커피를 사주고 스스로 희생양이 되어 있다면 마음이 아프기 시작한 것이다.

사랑은 상대가 원하는 사랑을 해야 한다. 원하지 않은 사랑을 베풀고 그에 맞는 타당한 대우받기를 원하고 인정받기 원하는 마음이 있다면 차라리 하지 말아야 한다. 하지만 놀랍게도 금성은 자신이 대가를 바라고 한 일이 아니라고 우긴다. 좋아서 한 일이라 한다. 하지만 섭섭한 마음은 가시질 않는다. 이렇게 되어 자연스레 인간관계가 멀어지게 된다. 왜 자꾸 사람들이 떠나는지 본인만 알지 못하고 스스로 좋은 사람의 모습으로 살아간다.

금성은 기본 성향과 삶의 목적이 '사랑'이라고 볼 수 있는 유형이다. 모든 이들을 친구로 만들고 싶어 하며 누군가 "당신은 내게 꼭 필요한 사람이에요."라고 말해준다면 에너지가 솟구치고 행복에 젖어 움직이게 된다. 반대로 누가 자신에게 해주려 하면 거부감을 보인다. 따뜻하고 긍정적인 성향이라 앞뒤 재지 않고 보증을 서주던 옛날 아버지들에게 많던 기질이다. 하지만 금성 하나의 기질만 가진 사람은 극히 드물고, 다른 행성의 기질이 따라붙는 경우가 많은 유형이다. 누군가에게 내가 할 수 있는 한 도와줘야 한다는 것에 집착하고 자신에게 도움을 요청하거나 희생을 알아주지 않으면 두려움과 분노를 느끼게 된다. 누군가의 부탁을 거절하는 것은 친절하지 못한 행동이라고 여기며 '나는 이 세상 사람들을 다 포용할 수 있다.'는 교만을 지병으로 가지고 있다. 자신을 필요로 하지 않으면 자신을 알아주는 다른 곳으로 곧 눈길을 돌리게 된다.

마음이 건강한 금성은 스스로 충족하며 조건 없이 사랑한다. 감정이입이 잘 되며 다른 사람들을 따뜻함으로 보살핀다. 하지만 남을 잘 돕고 남에게 주는 것을 좋아하면서 조금씩 감기 증상으로 진입한다. 왜냐하면 상대방을 고려하지 않고 내 입장에서만 돕고 주는 것이기 때문이다.

선한 의도로써 사람들을 즐겁게 하지만 그 이면에는 "즐겁게 해주면 내 곁에 있을 거야."라는 생각이 깔려 있다면 조금씩 마음이 아픈 단계로 들어선 것이다. 좀 더 나아가면 소유욕이 강해지며 “내가 도와줄 일이 뭐가 있을까?” 하고 타인의 삶에 관여하게 되는 단계에 이르게 된다. 그리고 자신은 모든 이들을 포용할 수 있고 충분히 그럴 자격이 있다는 자만심에 빠지는 단계를 거친다. 자신을 정당화하며 다른 사람들의 관계를 시기하거나 조작하게 되며, 자신에게는 그럴 자격이 있다고 자만한다. 그러다가 중증 단계인 제9단계에 이르면 자신을 필요로 하지 않는 사람들에게 희생만 했다는 생각으로 무거운 짐을 지고 살아가게 된다.

금성이 행복해지는 방법으로는 ‘넌 나에게 꼭 필요한 존재’라는 것을 인식시켜야 한다. 자신의 누군가에게 필요한 존재임을 알게 되면 에너지가 솟아오르고 행복감을 만끽하게 된다.

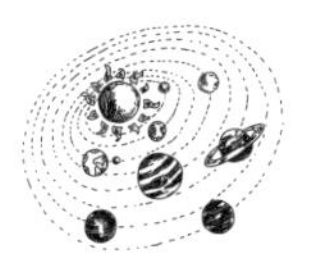

지구 - 성공한 모습을 보여주겠어

태양으로부터 세 번째 궤도를 도는 행성. 오로지 일과 성공과 성취를 위해 산다고 해도 과언이 아닌 유형이다. 그러니 주변 사람들은 힘들어서 하나둘 떠나간다. 외적인 가치, 이익, 성공 등에 집착하여 일할 때에 에너지가 솟아난다. 누군가 약속을 어기면 소중한 내 시간을 뺏었다는 생각에 분노하게 된다. 시간의 효율성을 굉장히 중요하게 생각하는 지구형은 누구에게나 주어지는 시간을 최대한 잘 쓰려고 노력하고 시간을 허비하지 않는다. 내가 누군가에게 무능해 보일까봐 전전긍긍하면서 성공한 내 모습을 보여주겠다는 것이 지구의 본질이다. 일명 경영자의 별로 불린다.

일을 좋아하는 지구는 일을 잘하는 것이 중요하다. 그리고 사실 일을 잘하기도 한다. 같은 일을 효율적으로 하는 능력을 가지고 태어난 지구는 우리 주변 곳곳에 존재한다. 본인이 일을 잘하기 때문에 상대적으로 일을 못하는 사람을 싫어한다. 지구는 일을 안 하는 사람과 못하는 사람을 세상에서 제일 한심한 사람이라고 생각한다. 물론 건강한 단계의 성향을 가진 사람들은 일을 안 하는 사람을 향해서 그런 생각을 하지 않는다.

지구의 이런 모습은 가끔 목성인 머리형의 성향처럼 보이기도 한다. 하지만 지구는 지극히 가슴형이고 상처를 잘 받는다. 혹시라도 내가 열심히 한 일에 대해 누군가 태클을 걸어 무안하게 하는 일이 발생하게 되면 참을 수 없는 분노가 일어난다. 다시는 누군가에게 지적받지 않기 위해 최선을 다해 노력한다.

남편이 지구라면 집에 늦게 들어오고 가끔 안 들어올 수도 있다. 왜냐하면 바빠서이다. 노는 것보다 일하는 것이 쉽기 때문에 늘 바쁘다. 세상의 모든 일은 혼자 다하는 것 같은 행동을 한다. 그리고 일복이 많다는 말을 많이 듣고 스스로도 그렇다고 인정한다. 어떤 사람은 세 시간 걸려 할 일을 일머리가 좋은 지구는 한 시간 안에 끝낼 수 있다. 그러니 상대적으로 다른 사람보다 일을 많이 할 수밖에 없는 것이다.

아내가 지구이면 집안일보다 자신의 일이 먼저다. 뒤에 나오는 화성은 부부싸움을 하거나 다른 이에게 상처받은 일이 생기게 되면 무기력해지는 반면에 지구는 더 열심히 일을 한다. 가정에서 있었던 일을 그 누구도 알지 못한다. 게다가 가정에 힘든 일들이 반복되면 일하는 곳에 에너지를 더욱더 쏟는다.

이런 유형의 지구형을 드라마 속 인물로 비유하면 의사인 아버지가 아픈 엄마보다 맡고 있는 환자나 일을 더 중요하게 여기는 캐릭터와 같다고 할 수 있다. 자신의 어머니를 돌보지 않아 운명을 달리한 엄마 때문에 분노한 자식들의 이야기처럼 지구의 모습은 드라마에서도 쉽게 볼 수 있다.

지구는 사람을 판단할 때에도 외적 성취를 잣대로 삼고, 능력자는 선하고, 무능력자는 악하다는 흑백논리를 가지고 있다. 나보다 일 잘하는 사람은 없다는 생각이 지배적이라 경쟁보다는 혼자 일하는 것이 편하다. 자신의 감정을 겉으로 드러내지 않고, 감정을 억압하고 감정에 기복이 없다. 가령 이런 지구의 기질을 가진 사람은 돈을 쓸 때 쓰지 못하면 엄청난 스트레스를 받는다. 왜냐하면 돈은 성공을 과시할 수 있는 수단이기 때문이다.

마음이 건강한 지구는 에너지가 내면을 향해 있고, 자신의 삶을 제대로 바라보기에 적응을 잘하고 진정으로 존경을 받는다. 목표 지향적이며 자기발전을 위해 노력하는 모습도 매우 건강한 단계이다. 성공 지향적이며 성공을 향해 노력하는 것도 마찬가지이다. 자기발전을 위해 지나치게 노력하는 모습과 만족을 모르고 계속 더 나아가려고 하기 때문에 감기 증상으로 살짝 나아가게 된다. 이미지를 중시하게 되고 때로는 편법을 쓰며 스스로를 알리려고 자신을 내세우는 단계로 진입하면서 마음이 아픈 모습을 드러내게 된다.

원칙을 무시하고 속이려들고, 기회주의적인 행동을 하는 단계를 거쳐 편집증적이며 밖으로 드러나지 않지만 본인 스스로 극도의 불안상태가 되는 제9단계에 이르게 된다.

지구의 기질을 가진 사람을 행복하게 해주려면 일의 성취나 성공에 대해 칭찬해주어야 한다. 본인 스스로도 "이것은 실패한 게 아니야. 다른 성공을 위하여 그렇게 된 것일 뿐이야." 하고 머리형이 아닌 가슴형이라 인정하면 행복해질 수 있다.

앞의 수성편에서도 언급했듯이 수성과 지구는 마음이 아파도 밖으로 잘 드러나지 않는다. 수성은 '잔소리가 좀 더 심해졌구나.' 하는 정도이고, 지구는 밖으로 나타내지 않기 때문에 더욱 알 수 없다는 것을 기억해야 한다.

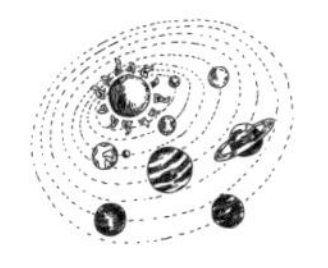

화성 - 날 자꾸 아프게 해

태양에서 4번째에 있는 행성. 산화철이 섞인 표면의 토양이 붉은 색을 띠기 때문에 한자 문화권에서는 불을 뜻하는 '화火' 자를 붙여 화성이라고 부르고, 영어로는 로마 신화에서 전쟁의 신 이름을 붙여 마르스Mars라 부르는 행성이다. 화성은 가장 대표적인 가슴형에 해당하는 별이며 아름다움과 특별함을 우선시하고 뛰어난 창의력을 발휘하는 치유자의 별이라고 할 수 있다.

'치유자의 별'이라니, 별명조차도 너무나 멋있고 매력적이다. 건강한 화성은 멋지고 아름답다. 그러나 화성 자신이 먼저 치유되어야 치유자의 별이 될 수 있다. 화성이 건강하지 않으면 치유자가 될 수 없다. 하지만 이상하게도 치유자로 살아가기 위한 시련인지 가슴 아픈 환경이 많이 생긴다. 아니 작은 일에도 가슴 아파한다. 물론 타인이 보기엔 작은 일이지만 본인에게는 중요하고 큰일이기 때문에 함부로 말할 수는 없고, 일반적이지 않다고 말하는 것이 낫겠다.

화성은 감정기복이 심하다. 그리고 마음이 아플 때면 죽고 싶다는 생각을 많이 한다. 사랑이 중요한 화성은 사랑받고 사랑하는 것이 무엇보다 중요하다. 화성이 사랑을 받고 있다고 느낀다면 정말 멋지고 매력적인 사람이 된다. 삶의 에너지가 충족되는 배터리는 모두 다르다. 지구가 일하면서 에너지를 충족시키고 살아간다면, 화성은 사랑받고 있을 때 에너지가 충족된다. 사랑에 예민한 존재이다.

예를 들어 화성인 아내에게 아침에 남편이 사랑한다고 속삭이며 볼에 입맞춤을 해주고 집을 나서게 되면 사랑받고 있는 충족감에 온종일 집안일을 해도 힘이 들지 않는다. 하지만 아침에 사소한 일로 다투거나 문제가 있어서 문을 소리 나게 닫고 나서게 되면 온종일 '이렇게 살아야 하나?' 하는 생각으로 무기력해진다.

남편이 화성이어도 마찬가지이다. 감정과 날씨 변화에 많은 영향을 받고 사랑받는 것이 중요한 남편이 아침 출근길에 울적해지면 회사로 가지 않고 다른 길로 이탈하여 연락이 두절되기도 한다. 연락이 되지 않고 결근한 남편의 소식을 수성인 아내가 들었다면 이것은 용납할 수 없는 일이고, 옳지 않기 때문에 바로잡기 위해 잔소리를 한다. 물론 수성은 열심히 남편을 가르치겠지만 남편은 아내의 잔소리에 지치고 상처 입고 아파한다.

화성은 많은 이들을 사랑하려는 금성과 달리 한 사람만 사랑하는 유형이다. 감성적이며 병적으로 집착하고 특별함을 무엇보다 중시한다. 어두운 감정, 죽음, 고독, 이별, 슬픔, 분위기 등에 예민하다. 스스로가 특별하다는 것을 인정받으면 행복해지는 타입이나 나에게 관심을 보이지 않으면 "난 누구지? 난 소중하지 않아." 하는 두려운 감정이 생기고 스트레스를 받는다. 그리고 마음의 상처로 인해 자존감이 낮아졌다고 생각한다.

화성은 아름다움이나 선, 특별함을 우선시하는 본질을 가지고 있는데 이를 충족하지 못하면 이미 마음은 상처를 입고 "그래, 세상이 언제 나에게 친절한 적이 있었나?" 하는 자기연민의 방패를 꺼내든다. 불만족스러운 현재를 비교, 질투하게 되고 '평범한 것은 싫어. 난 너희와 달라!' 라는 자만으로 치닫는다. 아름다움에 대한 경쟁력과 무한한 창의력, 아웃사이더처럼 보이는 행동은 모두 특별하고 싶은 것에서 비롯된 행동이다.

화성의 유형들이 마음이 건강할 때는 삶을 있는 그대로 받아들이고 발전시키며 민감하게 행동한다. 여기서 조금 더 나아가 창조적인 것으로 스스로를 드러내게 된다. 그런데 그것이 '난 너희와 달라!' 라는 마음에서 비롯되는 것이라면 감기 기운이 있는 정도의 아픈 단계이다.

낭만적이며 개인주의의 색이 짙어지고, 자신의 세계에 빠져 심한 감정 기복으로 변덕스러워지는 단계를 지나 자신에게 빠져 혼자만의 삶을 살게 되면 마음이 아프다는 증거이다. 급기야 스스로의 분노가 무서워 남들과 떨어진 삶을 살게 되고, 타인들과 잘 어울리지 못하고 우울증을 보이는 단계로 진입한다. 그러다가 결국 절망적인 생각에 사로잡혀 삶을 거부하는 비극을 맞기도 하는 제9단계의 심각한 수준에 이른다.

그렇다면 이러한 화성은 어떻게 치유해야 하는 걸까? 화성이 행복을 느끼게 해주려면 주변에서 특별한 존재임을 인정해 주어야 한다. 가령 선물을 하나 주더라도 누구나 받는 평범한 것이 아니라 "이거 너를 위해 내가 오랫동안 찾아서 특별히 주문한 것이야."라든가 "몇 개밖에 없는 한정품이야."라는 말을 곁들여 상대가 매우 특별하다는 것을 강조하는 것도 한 예가 될 수 있다.

화성 성향을 가진 사람은 아름답고 순수한 매력이 넘친다. 모든 성향이 마찬가지지만 화성은 먼저 자신이 아름다움과 따뜻함을 가지고 있다는 사실을 깨달아야 한다. 그리고 그 모습대로 살아가기 위해서는 다른 이에게 사랑받고 인정받는 것이 아닌 내가 나를 사랑하고 인정하는 것이 중요하다는 것을 인식해야 한다. 물론 모든 사람에게는 인정받고 싶은 욕구가 있다. 인정받고 싶은 욕구가 다를 뿐이다. 내가 어떤 성향인지 알고 타인으로부터의 인정이 아닌 스스로를 인정하는 것이 중요하다. 그렇지 않고서 '내가 왜 이러지? 내가 이상해.'라고 자기연민에 빠지게 되면 우울증 등 큰 상처를 받게 된다.

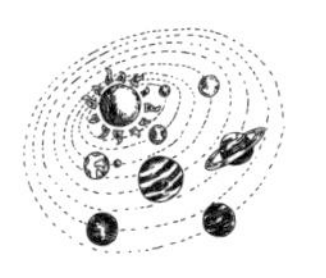

목성 – 난 모든 것을 다 알고 있지

태양계에서 가장 큰 행성. 그리스 로마 신화에 나오는 신들의 지배자 이름을 따서 서양에서는 주피터Jupiter라고 부른다. 지구보다 318배나 무겁고, 부피는 1,500배가 넘는 큰 행성으로 수성의 '지적질'이 전혀 먹히지 않는 유일한 행성이다. 관찰력과 통찰력, 집중력이 뛰어나 한 분야만 파고드는 일에 적합하고, 자신의 생각과 자신이 중요하므로 여럿이 어울려 하는 일보다는 혼자 할 수 있는 일이 더 어울리는 유형이다. 그러다 보니 인간관계가 그다지 좋지 못한 편이다. 일명 교수별이라고도 한다.

똑똑하고 자신의 논리가 중요한 목성은 자신의 생각과 지식이 정답이라고 생각한다. 만약 다른 사람과 갈등하게 되면 자신과 수준이 맞지 않는다고 생각한다. 그리고 더는 말을 하지 않는다. 목성의 성향을 가진 사람들은 원래 말수가 적다. 말을 한다는 것은 상대를 존중하기 때문이다.

어릴 때 엄마가 "옆집 아이는 눈을 뜨면 책을 보는데 너는 왜 책을 보지 않느냐?"고 하셨다. 옆집 아이는 목성이고 나는 목성이 아니었다. 눈 뜨면 책을 보던 아이는 초등학교 때는 영재라는 소리를 듣고, 중학교 때는 전교 1등을 하고, 특목고로 진학했다. 그 후 서울의 유명 대학에 합격을 하고 대학원을 다녔다. 그리고 박사학위를 받으러 미국으로 갔다.

어느 날 엄마에게 그 영재는 잘 있는지 물어보았더니 그는 아직 공부 중이라고 하셨다. 취업할 생각이 없었던 것이 아니라 나보다 못한 사람이 상사이고 무식한 사람들과 일을 하는 것이 힘들고 수준이 안 맞는다고 생각한 것이다. 그러니 인간관계가 어렵고, 자신이 조금 부족하다고 느껴져 더 많은 지식을 채워야 한다고 생각한다.

나이가 들어서도 취업하지 않고 계속 공부에만 매진하는 사람들이 주변에 종종 있을 것이다. 물론 요즘처럼 취직하기에 힘든 상황도 있겠지만 취업이 가능함에도 불구하고 계속 공부만 파는 사람들이 바로 목성의 성향이다. 본인에게 별로 돈을 쓰지 않아 인색하게 보이지만 정작 취미생활이나 본인이 몰두하는 일에 한해서는 아낌없이 돈을 쓰는 타입이다. 옷깃이 너덜너덜해지도록 입는 알뜰함이 있지만 음악에 꽂히면 관련 장비를 다 구입한다. 또는 캠핑에 꽂히게 되면 캠핑용품을 완벽하게 준비하는 목성도 많다.

목성의 삶에는 프로세스가 있다. 영원히 일하고 싶어 하지 않는다. 짧게 일하고 길고 편안하게 쉬고 싶어 한다. 언제 결혼을 해서 언제 아이를 낳고 언제까지 직장을 다니며 얼마를 벌어서 쉬면서 살아갈 것이라는 등의 편안한 삶을 꿈꾼다.

목성의 사랑은 육체적 사랑보다 정신적 사랑이 크다. 몸으로 하는 사랑보다는 머리로 하는 사랑이 많다. 스킨십을 싫어하고 자신이 인정한 스킨십이 아니면 분노할 수도 있다. 목성의 성향이 여성이든 남성이든 마찬가지다. 남편이 목성이라면 관계가 좋을 때는 아내와 이런저런 대화를 나누지만 관계가 원활하지 않을 때는 대화가 단절된다. 또 자신만의 공간이 필요한 목성은 자신의 물건 만지는 것을 굉장히 싫어한다. 어질러져 있는 것처럼 보이지만 자신만의 규칙으로 정리되어 있는 경우가 많다.

호기심이 많으나 한 번 쭉 훑어보고 금방 다 깨우쳤다고 생각하여 깊이 알려고 하지 않는 의외의 반전이 있다. '난 이미 모든 것을 다 알고 있지.'라는 기질이 강해 일명 교수님별이라고 불린다. 지식과 판단, 논리, 토론, 이치 등에 집착한다.

수성이 부족한 상대에게 '지적'하는 반면 목성은 상대를 무시하고 관계를 끊어버리는 극단적인 선택을 한다. 그리고 혼자만의 세계에 갇혀 지낸다. 타인의 감정 따위는 무시하고 자신의 감정에만 충실한 이성 중심과 끊임없는 지식에 대한 탐욕으로 스트레스를 받는다. 할 일이 없어 공허할 때나 이성에 대한 사랑의 감정을 느낄 때조차도 본인은 엄청 고차원적인 일을 하고 있다고 착각한다.

마음이 건강한 목성은 삶의 비전을 가지고 적극적이며 열정적으로 임한다. 이 말은 곧 해박한 지식에도 불구하고 삶의 비전이 없는 경우가 많기 때문이다. 가령 평생 공부나 다른 일에 매진하면서 가정의 경제는 뒷전이라든가 가족 구성원의 고충은 나 몰라라 하는 식의 삶을 사는 사람이 의외로 많다는 뜻이다. 관찰을 잘하며 수용적인 모습을 보이는 것도 건강한 목성의 모습이다. 관찰과 집중력을 발휘하는 것은 좋은 일이나 총체적으로 그러한 것이 아니라 어느 한 분야에만 더욱 몰두하게 되면 마음의 아프다는 신호이다.

뛰어난 준비성을 보이지만 여행준비에 지나치게 철저하다든가 자신만의 프로세스에 집착한다면 주의 깊게 지켜보아야 한다. 타인의 삶에 초연하며 자신의 관심 있는 일에 꽂혀 집중하는 단계를 거쳐 점점 극단적이며 도발적인 단계로 진입한다.

마음이 아픈 목성은 자신만의 세계에 빠져 허무적이고 괴팍스러워지는 단계와 일시적인 정신착란을 일으키게 되는 단계에 이른다. 어릴 때 '저 사람은 너무 똑똑해서 미쳤어.' 라고 어른들이 혀를 차며 하시던 말을 들은 기억이 있을 것이다. 마음이 아픈 정도가 극도에 이르게 되면 정신을 놓아 스스로 고통을 회피하고 스스로를 파멸시키는 제9단계로 전락하게 된다.

목성은 주변 사람들이 꾸준히 다른 사람의 감정을 살필 수 있도록 이끌어야만 행복한 삶을 살 수 있다.

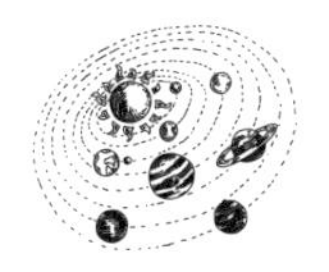

토성 - 내가 과연 잘한 걸까

토성은 태양으로부터 여섯 번째에 있는 행성으로 주위에는 7개로 구성된 거대한 위성 고리가 있다. 이 고리가 토성을 만든 가스나 먼지구름이 응축되어 생겼을 것이라 추정되는 것처럼 토성의 기질은 불안이 고리처럼 자신을 에워싸고 있어 스스로의 안전을 가장 중요시한다. 토성의 서양 명칭인 사투르누스Saturn는 로마의 신 이름에 기원한다.

"내가 잘한 걸까? 정말 잘한 걸까? 진짜 잘한 걸까?"

스스로 끊임없이 반문하는 검사를 닮아 일명 검사별이라고도 불린다. 건강한 토성의 성향은 돌다리도 두드려보는 꼼꼼함이 있고 맡은바 일에 충실하고 굉장히 성실하다. 모든 면에서 누구보다 사회생활을 잘하며 멋진 모습으로 살아간다. 토성에게는 천왕성의 기질도 있고, 수성의 지적 성향도 함께 따른다. 안전과 보호받는 것에 집착하고, 착해 보여야 한다는 생각으로 착한 사람 콤플렉스를 가지고 있다. 시키는 일만 하여 융통성 없다는 소리도 자주 듣는다. 미래에 대한 불안과 아무도 자신을 도와주지 않을까봐 막연한 두려움을 안고 있다.

걱정이 많은 토성은 미래가 항상 불안하다. 그리고 상상력이 풍부하다. 풍부한 상상력을 긍정적이고 밝은 미래를 건설하면 좋겠지만 부정적으로 어두운 상상력이 더 앞선다. 그러니 항상 불안하고 두려움을 안고 살아간다. 문제가 없을 때는 착하고 좋은 사람이다. 그리고 타인에게도 그렇게 비춰지길 바란다. 그렇게 착한 사람이어야 보호받을 수 있다고 생각하기 때문이다.

앞서 말한 바와 같이 문제가 없을 때는 별 탈 없이 잘 살아간다. 하지만 조금만 문제가 생겨도 불안감에 휩싸여 주변 모두가 알아볼 정도로 걱정이 많다. 진짜 착한 것과 거짓은 티가 난다. 여기서 짚고 넘어갈 것은 세상에 착한 사람은 없고, 나쁜 사람도 없다. 나에게 착한 사람인지 나쁜 사람인지가 중요하다. 사회기준 문제가 아니고 내 판단기준이 더 중요하기 때문이다.

토성은 평소 착한 가면을 쓰고 살아가다가 어느 날 순간 확 가면을 벗어던지는 경우가 있다. 참는 사람인 줄 알았는데 분노가 많고 표출하기 시작하면 주변 모두가 두려워한다. 수성의 성향도 조금 가지고 있어서 예의범절을 중요하게 생각하면서도 진짜 수성이 아니어서 자신은 예의가 없고 타인에게만 예의를 강요한다.

토성의 성향을 잘 파악해야 하는 이유는 시집살이를 유독 많이 시키는 시어머니 유형이 제일 많이 포함되어 있기 때문이다.

토성은 세상에 그냥 태어나지 않는다. 엄마가 임신을 했을 때 불안하고 두려운 마음이 가득할수록 토성 성향을 가진 아이가 태어나는 경우가 많다. 유독 우리나라 시어머니에게 토성 성향이 많을 수밖에 없는 이유는 우리 할머니 세대에는 모두 아들을 원했다. 지금이야 초음파가 있어 출산 전에 태아의 성별을 알 수 있지만 옛날엔 부푼 배 모양으로 판단했다. 어른들이 공처럼 동그래서 딸 같다고 말해도 아들이길 바랐고, 태교도 '아들, 아들' 하다 보니 뱃속의 아이는 불안하고 그 불안이 아이에게 많은 영향을 미친다. 게다가 궁핍한 시절 아이를 낳는 것이 먹고 사는 문제와 직결되어 있었기에 걱정되고 불안한 마음은 뱃속 아이에게 고스란히 전해졌을 것이다. 토성은 그렇게 태어난 어머니 세대들에게서 많이 보이는 성향이다. 물론 요즘 아이들에게도 토성 성향이 많다. 불안정하고 안전을 보장받지 못하는 삶의 영향이 태교에 많은 영향을 주기 때문이다.

그리고 요즘 며느리에게도 토성 성향이 많다. 작은 분쟁도 큰 고통으로 느끼게 되고 미래를 어둡게 그리는 성향 때문에 시집살이에 대한 막연한 두려움을 가지고 있다. 갈등이 해결되지 못하고 남편이 아내의 편이 아닌 어머니의 편을 들게 되거나 어머니가 토성일 때 아내의 편을 드는 아들을 용납하기 어렵다.

『고슴도치의 소원』이라는 베스트셀러가 있다. 그 책의 내용을 보면 토성의 마음을 그대로 서술했다고 해도 과언이 아닐 것이다. 고슴도치의 소원은 친구들을 집에 초대해서 즐겁게 놀고 싶은 것이다. 그래서 막상 친구들에게 보낼 초대장을 만들지만 매번 찬장에 쌓아두게 된다. 그리고 친구들이 자신의 집에 왔을 때 벌어질 일에 대해 불안한 상상을 한다. 그 이유는 두려운 상상력이 생각을 안에 가두기 때문이다. 즉 생각만 하고 행동하지 않는다.

토성의 기본 성향은 늘 불안을 안고 있으므로 본인이 전적으로 신뢰하고 믿는 소수의 사람들하고만 좋은 관계를 유지한다. "그건 내 잘못이 아니야. 다 너희들 탓이야!" 하고 남의 탓을 하는 것을 방패로 삼는다. 지나친 걱정과 자신이 인정하는 권위만 인정하려 하고, 강한 척 무모한 행동을 하여 스트레스를 받는다. 불확실한 것과 잘못, 있는 그대로를 인정하지 않고 회피한다. 왜냐하면 스스로에 대한 신뢰와 확신이 없기 때문이다. 그러므로 스스로의 책임과 의무조차도 자신을 지켜줄 보호자와 함께 하기를 원한다.

마음이 건강한 토성은 스스로에게 의존하며 용기가 있다. 타인을 편안하게 해주며 동시에 믿는다. 헌신적이며 협동적인 모습도 마음이 건강한 모습이다. 의무를 잘 이행하며 충실하다. 하지만 그것이 착한 사람처럼 보이려는 이미지를 위해서라면 서서히 마음이 아픈 단계로 진입했다는 신호이다. 점점 야심을 드러내고 반항적인 단계에 거쳐 권위적인 행동을 하며 남을 험담하기에 이른다. 마음이 아플 때의 토성이 남 탓을 많이 하고 남의 흉을 많이 보는 것은 자신의 행동에 대한 정당함을 요구하기 위해서다.

불안해져 남을 신뢰할 수가 없는 단계가 악화되면 편집증적이고 공격적 성향이 드러나는 단계로 진입한다. 그러다가 결국 스스로를 파괴시키고 스스로의 인격을 실추하는 사태에 이르는 제9단계로 진행한다.

토성인 시어머니는 규칙이 없고, 본인은 갖추지 못했으면서 상대에게 이것저것 요구하는 성향을 보인다. 신뢰를 중요하게 생각하므로 '같은 편'이라는 생각이 들게 하면 신뢰를 얻을 수 있다. 가령 시어머니가 당신 앞에서 누군가의 흉을 본다면 적절히 맞장구를 치는 것으로도 시어머니가 당신을 믿게 된다. 왜냐하면 늘 불안하고 선택장애가 있어 멘토가 필요한 성향인데 곁에서 "맞아요, 그 사람에겐 그런 면이 있더라구요. 저도 그걸 느꼈어요."라든가 "그건 걱정 마세요. 제가 있잖아요!"라고 안심시켜 준다면 신뢰하는 소수의 관계가 되어 고부 갈등은 멀어질 수도 있다.

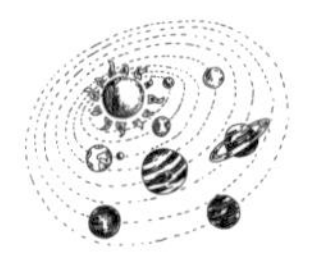

천왕성 - 뭐 신나는 일 없을까

천왕성은 태양계 바깥쪽에 자리 잡은 얼음 행성으로 고체핵 위에 가스와 얼음으로 된 맨틀이 자리 잡고 있다. 영어 이름인 우라노스Uranus는 그리스 로마 신화에서 크로노스의 아버지이자 제우스의 할아버지인 우라노스에서 따온 것이다. 단순하고 단기 암기력이 좋으며, '내 행복'을 중요시하는 요즘 젊은 아이들에게 많은 성향으로 일명 예능인별이라 한다. 천왕성에겐 금성 기질이 많이 따라붙게 되어 청개구리 성향의 양면성을 지니고 있다. 호기심 왕성한 개구쟁이인 천왕성은 끊임없이 "뭐 신나는 일 없을까?" 하고 주위를 둘러보는 타입이다.

신나는 일과 재미, 자아도취, 낙천주의 등에 병적으로 집착하며 즐거움을 박탈당하면 분노를 느낀다. 끈기와 인내를 요구하는 일에는 집중할 수 없어 고통과 두려움을 느끼고, 타인의 행복이 아닌 나의 행복만 중요하게 여기는 것이 천왕성의 기본 성향이다.

또 천왕성은 어려움이 닥치면 도망치거나 자신만의 객관적 논리로 합리화한다. 무절제한 폭식과 쾌락은 스트레스가 되고 어려움이나 갈등, 육체적 · 정신적 고통과 책임은 인정하지 않고 회피한다. 열정은 넘치지만 또한 싫증을 잘 내 일을 잔뜩 벌이기만 하고 수습이 안 되는 타입이다. 내 것과 새것에 대한 집착이 강해 전자기기나 스마트폰의 새 기종이 출시되면 얼른 바꿔야 하는 얼리어댑터가 많다.

천왕성은 시어머니 성향에는 그다지 많이 보이지 않는다. 시어머니의 성향이 천왕성이라면 어차피 며느리의 삶에 많은 관여를 하지 않고 자신의 삶에 충실하기 때문에 큰 갈등을 일으키지 않는다. 하지만 며느리의 성향에 천왕성이 많다. 천왕성 며느리는 분쟁이 생기거나 문제가 생겼을 때 누군가에게 상담을 받아 해결하려 하지 않는다. 자신만의 방식대로 해보고 안 되면 쉽게 포기하게 된다.

하루 벌어야 하루 먹을 수 있었던 힘든 시절이 수성의 시대였다면 지금은 천왕성의 시대이다. 이런 행복 추구의 삶을 살아갈 수 있도록 사회가 만들어주고 있다. 24시간 놀 수 있는 문화가 있고, 들고 다니는 게임기가 있다. 혼자서도 잘 놀 수 있고, 무리 지어서 놀 수 있는 공간도 많다. 매번 새로운 게임은 진화하고 새로운 세상이 열리는 시대이다. 이런 시대에 천왕성은 싫증나면 매번 다른 것으로 바꿀 수 있다. 수성의 시대에 한번 사귀면 결혼까지 갔던 시절과는 너무나 다른 삶을 살아간다. 사귀는 사람이 자주 바뀌고 또 쉽게 만나고 헤어지기도 한다.

천왕성이 건강하게 살아가려면 현재를 만족하고 미래를 위해 자신의 시간을 투자하며 아끼는 마음이 필요하다. 미래지향적인 삶을 살아가고 미래에 대한 계획을 세우고 살아갈 수 있도록 해주는 것이 중요하다. 스스로 그런 마음을 가지고 있어서 건강한 마음으로 준비하는 삶을 살아가면 좋겠지만 수성 엄마를 만나 잔소리를 많이 듣고 자라게 되면 삐뚤이 마음이 생긴다. 다른 말로 하면 청개구리 모습을 하고 있다. 시키면 하기 싫고 하고 싶은 마음이 들어야 뭐든 열정이 생긴다. 막 하려고 마음먹었는데 누군가 왜 안 하냐고 잔소리를 하게 되면 그때부터 하기 싫어진다.

며느리가 천왕성인데 시어머니가 수성이어서 매번 잔소리를 하며 예의 지키기를 바라고 전화를 자주 하기 바란다면 천왕성 입장에서 알아서 할 텐데 전화하는 시어머니에게 더 반기를 들고 싶어진다. 요즘 아이들이 엄마가 하지 말라고 하면 더 하는 것처럼 천왕성을 건강하게 살아가게 하는 것은 관여하지 않고 인생을 알아서 잘 살라고 해주는 것이며 스스로 책임지는 삶을 살아가게 이끄는 것이다.

결혼 전 천왕성으로 살았어도 결혼 후 수성이 되는 천왕성이 많다. 이런 마음을 알아주고 가끔은 휴식을 주고 고생한 자신에게 보상해줄 수 있도록 하는 것이 중요하다. 한 달 내내 아이를 돌보았다면 아무 생각 없이 하루 정도 쉴 수 있도록 해준다. 또 미리 해외여행이나 즐거움을 만끽할 수 있는 시간이 예고되어 있다면 그때를 위해 지금의 힘든 일들을 참아낼 수 있을 것이다.

마음이 건강한 천왕성은 진정한 행복에 만족스러워한다. 열정적이고 적극적이다. 현실적이며 생산적이지만 미래에 대한 보장이 아닌 '현재'에 만족하게 되면 서서히 마음이 아픈 단계로 진입하게 된다. 이 말은 부모에게 물려받은 부를 소비하기보다 스스로 성취한 것을 미래를 위해 축적하며 적절한 소비를 한다면 건강한 삶이라 할 수 있다.

하지만 새로운 것에 집착하고 소비지향적인 단계로 들어서면 산만하여 주의가 분산되는 단계로 발전한다. 점점 마음이 아프게 되면 나만 건강하면 된다는 자기중심적인 단계로 돌입한다. 탐욕스러워지고 책임을 회피하기에 이른다. 이는 타인에 대한 배려 없이 나만 행복하면 된다는 생각으로 전락한 것이다. 그러다가 중증으로 발전하면 갑자기 기분이 좋았다가 순식간에 나빠져 버럭 화를 내는 조울증이 나타나고 무모한 행동을 하기에 이른다. 그러다가 극도의 공포에 압도되어 무기력한 상태에 이르는 제9단계의 중증에 도달한다.

천왕성이 행복해지려면 천왕성이 추구하는 행복과 즐거움을 침해하거나 억압하기보다는 천왕성이 잘하는 것과 좋아하는 것을 존중하고 인정해주면서 어떤 일을 성취했을 때 올 행복감을 제시하여 타인과 함께 행복할 수 있는 길로 이끌어주는 것이다.

해왕성 - 내가 하라는 대로 해

태양계의 8개 행성 중 8번째 행성이다. 해왕海王은 '바다의 왕'이라는 한자어로, 영어 이름은 그리스 신화에서의 포세이돈 또는 로마 신화에서의 넵투누스Neptunus를 번역한 것이다. 이름만으로도 알 수 있듯이 모든 이들에게 왕처럼 명령을 하여 주변에 부딪히는 사람과 떠나는 사람이 많다. 일명 리더별로도 불린다.

건강한 모습의 해왕성은 자신의 가족에 대한 보호 본능이 강하다. 강한 자에게는 더 강한 성향을 보이고 약한 자에게는 약한 모습을 보인다. 하지만 세상은 모두 자기중심이라 여기고 무슨 일이든 부정적 성향이 강하다.

하늘에 해가 떠있고 행성은 스스로 빛을 발하지 않는다. 태양의 빛으로 행성은 빛을 받는 것이다. 하지만 해왕성은 자신이 스스로 빛을 발한다고 생각한다. 나보다 위는 없다. 모두 내 아래라 생각하고 아랫사람 대하듯 한다. 세상은 내가 통제하고 지배한다는 생각에 병적으로 집착하기 때문에 누군가로부터 구속을 당하거나 명령받는 것에 분노하고 두려움을 느낀다. 한마디로 '내가 있는 곳에서는 곧 내가 왕!'이라는 기본 성향을 가지고 있다. 걱정이 가득하나 남들 앞에선 없는 척하며, 독립적이지 못해 부모 그늘에서 의존하며 사는 사람이 많다.

집안에 다른 행성들이 존재하고 막내가 해왕성이라면 그 집 리모컨 주인은 해왕성이 된다. 그만큼 강한 성향을 가지고 있고 지배력이 강하다. 이런 해왕성은 모두 다 내 말을 듣고 살아야 한다고 생각한다. 자신의 말을 따르지 않으면 분노가 치밀어 오른다. 대꾸 없이 순종하기를 원하기 때문에 만약 시어머니가 해왕성 성향이라면 무조건적인 순종을 요구한다.

남편에게도 많이 나오는 성향이다. 남편이 해왕성이라면 밖에서 일하고 들어온 것으로 자신의 할 일은 다했다고 생각한다. 아내가 같이 일을 해도 마찬가지이다. 가부장적인 성향이 강해 집안일은 아내의 일이지 자신의 일이 아니라고 생각한다. 이런 성향을 가진 남편을 두었다면 집안일을 같이 하지 않는 남편을 이해하기가 당연히 어렵다. 그런데 이런 성향을 모른 채 해왕성과 맞서 싸우려 했다가는 다른 행성이 해왕성을 이길 재간이 없다.

해왕성과 해왕성이 결혼을 하면 싸움은 불을 보듯 뻔하다. 그냥 말로만 싸우지 않는다. 서로가 더 강한 존재로 서로에게 인정을 받기 위해 자신의 강한 존재임을 보여주려 한다. 또한 해왕성이 있는 그룹에서는 당연히 서열이 존재한다. 물론 보이지 않는 서열이지만 이 서열이 무너지게 되거나 그 모임 안에 해왕성이 두 명 존재하게 되면 모임은 오래가지 못한다. 시어머니가 해왕성이고 며느리가 해왕성이라고 해도 서로의 명령에 익숙해지지 않기 때문에 분쟁이 잦을 수밖에 없다.

해왕성은 본인이 할 일을 남에게 시키는 뻔뻔함을 방패로 삼고, 자신의 약점과 힘의 한계를 부정하는 지병을 가지고 있다. 이것은 약점과 한계를 감추려고 과시하기 때문이다. 허약함과 부드러움, 다정다감을 누군가 알까봐 숨기고, 자신이 온순하고 속박당하는 것을 인정하지 않고 회피한다.

마음이 건강한 해왕성은 따뜻하고 너그러운 영웅의 모습이다. 게다가 독립적이고 강인하다. 늘 자신감 넘치며 리더십이 강한 성군의 모습을 하고 있다. 여기서 리더십이나 자신감이 필요 이상으로 넘치기 시작하면 감기 증상처럼 아프기 시작하는 단계로 전락하게 된다.

실질적이며 진취적인 모습이 나타나는데 이것 또한 자신만을 위한 경제적 지출을 하기 때문에 잘 살펴야 한다. 자기미화를 하고 타인을 지배하려 하는 단계를 지나면 적대적인 모습을 드러내고 상대를 겁주는 아픈 모습을 보인다. 더 전락하면 냉혹하고 지시적이며 과대망상으로 위협적인 존재가 되어버린다. 제9단계가 되면 분노조절 장애로 반사회적이며 파괴적인 폭군으로 전락하고 만다.

해왕성을 내 편으로 만드는 방법은 '도움이나 부탁'을 요청하여 우쭐하게 만들어주는 것도 한 방법이다. 물론 흔쾌히 들어줄 수 있는 수준과 횟수여야 한다. 잦은 부탁은 이 역시 독약이 될 것이다.

2장

환상적인 결혼을 꿈꾸며

착한 사람 콤플렉스

어린 시절의 나는 착한 아이였다. 아빠가 일찍 돌아가시고 홀로 남겨진 엄마가 우리 네 남매를 키웠다. 엄마는 우리를 고아원에 보낼 수는 없으니 적어도 굶기지 않는 것을 목표로 생각하며 하루하루 마음을 다잡았다고 하셨다. 큰딸로 자란 나는 또래들보다 조금 빨리 철이 들었던 것 같다. 나는 엄마를 위해 더 강해져야 했고, 동생들에게는 더 희생적인 장녀여야 했다.

살아생전 아빠는 퇴근 후에 엄마의 발을 씻어주고 우리들 목욕까지 도맡아 할 정도로 가정적인 분이셨다. 퇴근길에 빈손으로 돌아오시는 법이 없었기에 아빠의 퇴근은 우리 네 남매에게 늘 행복이고 즐거움이었다. 그런 아빠가 너무나 일찍 우리 곁을 떠나셨고, 엄마는 등대 없는 밤바다에 떠 있는 것처럼 위태로워 보이기만 했다. 어쩌면 엄마에게 남은 넷이나 되는 자식들은 희망이기보다 버거운 짐이었을 것이다. 그 옆에서 할머니는 혼자된 며느리를 안타까워하는 것이 아니라 엄마가 행여나 자식들을 두고 다른 살림이라도 차릴까 노심초사하실 뿐이었다.

가끔 TV프로그램에서는 일찍 혼자가 된 엄마가 자식들을 위해 일하는 강인한 모습으로 많이 묘사되는데, 우리 엄마는 남편의 빈자리를 공허하고 버겁게 버티는 느낌이었다. 사실 엄마가 이해되지 않았던 적도 많다. 나는 엄마가 어떻게든 물불 가리지 않고 열심히 삶을 개척하기를 바랐으나 엄마는 그렇게 강인하지 못하셨다. 마냥 순종적이지 못한 딸이었던 나는 성인이 되자 엄마와의 갈등에서 벗어나 결혼이라는 돌파구를 찾게 되었다. 직장생활을 하면서 자연스럽게 지금의 남편을 만났다. 나의 가정을 꾸리면 이제 꽃길만 놓여 있을 것이라고 생각했다.

결혼을 하면 자연스럽게 따라붙는 시집살이라는 단어를 의식하지 않은 건 아니었지만, 그 말은 나에게는 어울리지 않는다고 생각했다. 나는 결혼 전에 혼자 살고 계신 노인들을 방문하는 봉사활동을 자주 다녔다. 어릴 때는 무슨 일인지도 모르고 그저 일주일에 한 번씩 할머니, 할아버지를 방문하여 말동무를 해드리거나 사탕을 건네 드리곤 했다. 지금 생각해 보니 그 봉사활동은 독거노인들이 외롭게 생을 마감하지 않도록 자주 찾아뵙고 온기를 전해드리는 일이었다.

어린 나이였지만 할머니, 할아버지를 열심히 돌봐드리려고 노력했고, 그분들도 나를 무척 예뻐하셨다. 일 년간의 봉사 기간 동안 나는 스스로가 어르신들에게 예의 바르고, 또 귀염받을 줄도 아는 착한 사람이라는 결론을 내렸다.

결혼을 앞두고 시부모님이 같이 사는 것을 제안하셨다. 주변에서 모두 만류했지만 나는 나처럼 착한 여자가 시집살이를 겪을 일은 없다고 생각했다. 애초에 '시집살이'라는 말 자체가 다른 세상의 언어처럼 느껴졌다. 세상 모든 어른들의 마음을 얻을 수 있다고 단순하게 여겼다. 하물며 다른 이도 아니고, 내가 사랑하는 남편의 부모님에게 사랑받는 며느리가 되는 것은 일도 아니라고 자만했던 것이다.

그러나 나의 희망적인 전망은 결혼식을 준비하면서부터 벌써 삐걱거리기 시작했다. 예단과 예물을 준비하는 과정에서 하나부터 열까지 시어머니의 간섭을 피할 수 없었고, 나는 점차 신경이 날카로워졌다. 그러다 정말 폭발하게 된 사건은 바로 남편의 한복 문제에 부딪혔을 때였다.

애초에 나는 내 한복도 맞추고 싶지 않았는데, 시어머니는 남편의 한복뿐 아니라 두루마기까지 맞춰야 한다고 주장했다. 결혼식 때 딱 한 번만 입고 다시는 입지 않을 한복을 돈 주고 맞추는 것도 아까운데, 결혼식 날조차 입을 것 같지 않은 두루마기까지 맞추라니……. 내 생각에는 쓸데없는 욕심일 뿐 도저히 납득할 수 없는 일이었다. 시어머니의 말을 전하는 남편은 그저 의견을 전했을 뿐이라며 방관자적인 입장을 취했다. 결국 남편과 처음으로 크게 싸우고 말았다.

우리는 결혼을 다시 생각해 보자는 말까지 하며 서로에게 화를 내고 헤어졌다. 하지만 결혼 준비는 이미 한참 진행되어 양가 친척들에게도 통보되어 있는 상태였다. 이대로 그만두기에는 너무 많이 온 것 같다는 이유로 그리고 '이만한 일로 헤어지기엔…….' 하는 마음에 약간의 찜찜함을 안고 그대로 결혼을 진행하게 되었다.

그래도 일생에 단 한 번뿐인 결혼식만큼은 정말 최고의 날이 되리라 기대했다. 오랫동안 꿈꿔왔던 아름다운 성당 결혼식을 그리며 그날을 맞이했다. 하지만 또다시 생각지도 못한 현실이 기다리고 있었다. 시어머니가 마치 본인의 결혼식이라도 되는 양 며느리와 치마저고리 색깔만 바뀌었을 뿐 같은 색깔의 한복을 차려입고 오신 것이다. 나는 이날 다시는 들춰보고 싶지 않은 최악의 결혼사진을 남기고 말았다.

결혼 준비 과정에서 느꼈던 시집살이의 예고를 애써 모르는 척하며 무시하는 게 아니었다는 후회가 밀려왔다. 약간의 찜찜함은 있었지만 그래도 결혼식에서 친구들과 주변 사람들에게 혹여 잘못 시집가는 듯한 인상은 심어주고 싶지 않았다. 아니, 시집 잘 간다는 소리를 듣고 싶었던 것이 솔직한 심정이었다. 하지만 시어머니의 등장으로 그 희망은 산산조각 나고 말았다.

그날의 시어머니는 너무 젊었고, 그날의 며느리인 나는 착하지 않았다. 자신만의 스타일로 입고 오신 시어머니의 한복을 내가 신경 쓸 필요가 없었는지도 모른다. 하지만 시어머니의 그런 모습이 의도적인 것 같아 도저히 이해할 수 없었기에 결혼식 내내 분노가 차올랐다. 화를 억누르는 나의 표정은 고스란히 결혼식 사진에 담겼다. 누군가에게 어머니의 흉이라도 보고 싶었지만 흉볼 데도 없었고 그렇게 한다 한들 내 얼굴에 침 뱉는 일이 되어버렸을 것이다.

결혼식이 끝난 뒤 한동안 친구들 사이에 내 결혼식에 대한 이야기가 오갔다. 친정 식구들 사이에서도 조심스럽게 '시어머니 자리가 보통이 아니겠다.'는 말이 나왔고, 나는 자존심에 금이 가고 말았다.

내가 결혼한 뒤 얼마 지나지 않아 친구들도 하나둘 결혼을 했다. 친구들 결혼식에 참석해 보니 시어머니 되시는 분들은 모두 푸른빛 한복을, 친정엄마는 핑크빛 한복을 입으셨다. 그 모습이 참 단아하고 좋아 보였다. 다들 이구동성으로 친구의 시어머니가 너무 좋아 보이신다며, 결혼을 참 잘했다고 한마디씩 했다. '결혼을 잘했다.'는 기준은 뭘까? 남편을 잘 만나서 둘이 행복하게 살아가면 결혼을 잘한 것이라고 생각했는데, 사람들은 시어머니의 인상에 따라 결혼을 잘했는지 못했는지를 판단했다.

결혼 전까지 나는 다른 사람의 외모나 패션, 행동에 대해 깊은 관심을 가져본 적이 없었다. 그런데 결혼식 이후 나의 시어머니와 남들의 시어머니 옷차림을 자꾸 비교하며 삐딱해지는 나를 발견하게 되었다.

결혼을 준비하면서 시부모님은 우리에게 집을 마련해주는 대신 당신들과 같이 살 집을 지었다. 1층에는 상가가 들어왔고, 2층은 시부모님이, 3층에서는 우리 부부가 신혼집을 꾸몄다. 누누이 들어왔듯이 결혼은 현실이 되었다. 남편을 만나서 사랑을 시작했고, 사랑을 기반으로 결혼이라는 새로운 세계에 들어섰는데, 그 안에서 나는 지금껏 전혀 알지 못했던 사람들을 가족으로 맞이하게 된 것이다.

시할머니, 시어머니, 시아버지, 시누이와 시동생. 갑작스레 생긴 가족이지만 이 모든 사람들을 사랑의 힘으로 받아들이고, 잘 살아갈 수 있을 거라고 생각했다. 그런데 이상하게 자꾸 화가 나는 일들이 생겼다. 결혼 후 곧 아이를 가진 나는 무거운 몸을 이끌고 아침마다 설거지를 한 뒤에야 출근을 했다. 그런데 동갑이었던 시누이는 늦잠을 자고 겨우 일어나면 아버지가 회사까지 데려다 주셨다. 서운한 마음이 또 스멀스멀 올라왔다. 나는 아이까지 가진 몸으로 아침 일찍 일어나 밥 차리고 설거지까지 바지런을 떠는데, 시누이는 맘껏 자다가 편하게 아버지 차를 타고 출근하는 환경이 비교되지 않으면 이상한 일이었다.

그런데 화가 치밀어 오르는데도 이게 왜 화가 나는지, 어디에 화를 내야 하는 건지, 내가 왜 이런 생각을 하고 있는지 스스로도 명료하게 결론을 내릴 수가 없었다. 어느 날 남편에게 불만을 털어놓았다. 다 큰 성인을 늦잠 자게 놔두고 아침마다 태워다주는 것은 옳지 않은 일이라고 부모님의 행동에 대해 질타를 했다. 그러자 남편은 그런 나를 도리어 이상하게 여겼다. 원래부터 그랬는데 그게 무슨 상관이냐는 것이었다. 나는 그래도 나를 배려한다면 이제 바뀌어야 하는 것 아니냐고 소심하게 항의했지만, 내 목소리는 아무런 울림을 만들지 못하고 허공에 흩어졌을 뿐이다.

TIP & SOLUTION

지금 생각해보면 필자의 그때 마음은 질투였던 것 같다. 아니면 자격지심이었을까? 내가 아버지에게 누려보지 못한 서글픔이 한이 되고, 순간순간 밀려오는 서운한 감정들과 겹쳐 내 삶을 더 빈곤하게 만들었을 것이다. 나는 이 모든 불만과 분노를 내 안에 숨기고 참을 수 있는 착한 사람이 아니었다. 그걸 나도 뒤늦게야 깨달았다.

『자신을 비참하게 만드는 법』이란 책에서는 타인의 삶을 훔쳐보며 내 삶과 비교하는 것이 자신을 비참하게 만드는 가장 쉬운 방법이라고 말한다.

어쩌면 내 시집살이의 시작은 시어머니가 시킨 것이 아니라 내가 누군가와 나의 상황을 자꾸 비교하면서 이미 시작되었는지도 모른다.

시어머니가 엄마가 될 거라는 미친 생각

만약 자신의 아버지가 경제적인 능력도 없고 전혀 가정적이지 않으며 자식들을 위해서는 조그만 희생도 하지 않는 사람이라고 가정해보자. 그런데 옆집 아저씨는 부자인데다 가족들에게 너무나 다정다감하고 멋진 사람이다. 한마디로 가장 이상적인 아버지의 모습 그 자체인 것이다. 부러운 마음에 옆집 아저씨에게 삼십 년 동안 아침마다 인사를 드리고 명절에는 선물도 건네 드렸다. 삼십 년 정도 이렇게 애쓰고 수고했으니 이제 옆집 아저씨는 나를 자신의 호적에 올리고 자식으로 인정해줄까? 물론 아니다. 삼십 년이 아니라 삼백 년을 노력한다고 해도 옆집 아저씨는 나를 자식으로 인정해주지 않을 것이다.

그 이유가 무엇일까? 아무리 사이좋은 관계라 해도 자신의 핏줄을 타고나지 않은 존재는 당연히 자식이라고 할 수 없기 때문이다. 혈연관계가 중요한 한국문화에서 그저 정으로 부모 자식 관계가 맺어진다는 것은 쉽지 않은 일이다.

그런데 한국의 시어머니들은 참 마음이 넓다. 내 아들이 사랑하는 여자인 '며느리'라는 존재를 기꺼이 당신의 딸로 삼겠다고 하니 말이다. 많은 시어머니들이 며느리에게 '나는 너를 딸처럼 생각한다.'는 말을 내뱉는데, 과연 이 말은 진실일까? 며느리들이 이 진실 같은 거짓말을 믿는 데서 시어머니와 갈등의 씨앗이 싹트게 된다. 며느리들은 자신을 딸처럼 여긴다는 시어머니의 말에 감동하여 일단 마음을 활짝 열어둔 상태에서 시어머니를 맞이한다. 하지만 그 말이 거짓말이라는 사실을 얼마 지나지 않아 깨닫게 되고, 치솟은 기대치가 바닥으로 떨어지며 오히려 더 큰 상처를 입는다.

남편의 여동생과 나는 동갑이다. 며느리와 동갑인 딸을 둔 시어머니 입장에서는 며느리를 딸처럼 아끼고 싶은 마음이 분명히 있었고, 그런 이유로 내게 당신을 엄마라 부르라고 하셨다. 시어머니를 엄마라는 호칭으로 부르는 게 너무나 어색하고 불편했지만, 어른의 말씀을 밀어내는 것이 무례하게 여겨져 차마 거절하지 못했다. 결국 어머니를 부를 때마다 주저하고 머뭇거리면서도 한편으로는 그런 어머니의 마음이 감사하게 느껴지기도 했다.

하지만 애초에 그런 말은 하지 말았어야 했다. 시어머니를 엄마라고는 불렀지만 나는 시어머니에게서 엄마를 느낄 수는 없었다. 엄마와 시어머니는 너무 달랐다. 우리 엄마는 내가 김치찌개라도 끓여드리면 감동하고 좋아하셨으며 내가 설거지를 하지 못하도록 말리며 쉬라고 하셨다. 하지만 시어머니에게 김치찌개를 끓여드리면 이런 솜씨로 내 아들 어떻게 먹이겠냐는 타박이 돌아왔다. 엄마는 임신해서 잠이 많아진 딸이 혹여 깰까봐 조심하며 조금이라도 더 잘 수 있도록 배려해 주셨다. 하지만 시어머니는 당신은 아이 낳을 때까지 일했다 하시며 내게 남들 다 낳는 아이 낳는데 유난이라고 하셨다.

주말에 시댁에 가면 남편에게는 직장 다니느라 얼마나 피곤하겠느냐고 안쓰러워하시는데 며느리가 부엌일을 하는 건 그저 당연한 풍경이다. 나도 직장을 다니고 있고, 심지어 근무시간은 내가 더 긴데도 그런 사실은 시어머니의 안중에 없었다. 내가 더 체력이 약한데 먹을 것을 챙길 때는 남편과 시누이 것만 챙기셨다. 이런 와중에 딸처럼 생각한다는 시어머니의 말을 떠올리면 한층 더 분노할 수밖에 없다. 말은 그렇게 하면서도 행동은 전혀 그렇지 않기 때문이다.

심각한 경우에는 식사할 때 다른 가족들 밥은 다 퍼주면서 며느리 밥은 쏙 빼놓는다는 시어머니도 있다. 다른 것도 아니고 먹을 걸로 치사한 상황에 놓일 때의 기분은 겪어보지 않은 사람은 모를 것이다. 뭘 얻어먹으러 온 것도 아니고 그렇게 홀대받는 환경에 자신이 놓여 있다는 것만으로도 화가 날 수밖에 없다.

며느리를 딸처럼 생각한다는 시어머니의 모순된 행동은 또 있다.

시댁에 가서 남편과 같이 부엌일을 하려고 하면 시어머니는 부엌이 좁으니 며느리 혼자 하라며 남편을 방으로 떠민다.

"직장 다니느라 고단할 텐데 설거지할 동안 넌 들어가 잠깐이라도 눈 붙이거라."

그런 시어머니에게 같이 하겠다고 항의하면 이런 일 안 시켜서 못한다고 한다. 웬만한 며느리들은 이쯤에서 더는 대꾸하지 못하고 속만 부글부글 끓이며 하던 일을 마무리한다.

물론 시어머니에게 야무지게 따지는 며느리들도 있다. 하지만 속 터지는 시어머니의 대답에 또 수명만 줄어들기 일쑤다.

"어머니, 저도 결혼하기 전에 이런 일 안 해봤어요. 저도 배우면서 하는 거예요."

"우리 아들은 귀하게 키웠다. 너랑은 다르다."

"저도 우리 집에서는 귀하게 자랐어요. 손에 물 한 방울 안 묻히고 컸어요."

이쯤 되면 시어머니는 결국 친정엄마를 흉본다.

"너희 엄마는 딸 시집보내면서 그런 것도 안 가르쳐 주셨니?"

그리고 한술 더 떠서 남편이 나보다 나이가 많으니 어린 내가 해야 한다는 말도 안 되는 논리를 펼치기도 한다. 여기에서 끝나지 않고 한마디 더 하면 어떻게 될까?

"나이로 따지면 시누이가 저보다 더 어리잖아요."

이제부터는 막장 드라마에서 많이 볼 수 있는 전개로 바뀐다. 할 말이 없어진 시어머니들의 공통 언어가 있다.

"네가 감히 나를 가르치려 드느냐?"

화를 내거나 심지어 시어머니에게 빡 맞는 드라마 속 며느리의 모습을 떠올리는 것도 어렵지 않다. 이렇게 시어머니에게 대드는 나쁜 며느리로 결론이 나고 나서야 비로소 상황은 정리된다.

그러니 시댁 가는 며느리의 발걸음이 무거운 것은 너무나 당연한 일일 것이다. 그런데 정작 말도 안 되는 논리로 며느리를 상처 준 시어머니들은 며느리가 매주 시댁에 오지 않는다고 노여워한다. 매주 오라는 성화에 못 이겨 시댁을 방문하려고 하니 이번에는 남편이 피곤하다고 못 가겠다고 한다. 시어머니가 서운해 하시겠지만 남편이 안 간다고 하니 그렇게 말씀드리면 시어머니는 며느리만 오라고 부르신다. 남편 없이 못 가겠다고 하면 또 못되고 이기적인 며느리가 된다. 아들은 안 와도 괜찮고, 며느리는 그렇지 않은 그 마음은 도대체 뭘까. 이런 악순환이 반복되니 시어머니와 며느리는 사이가 좋아질 수가 없다.

시어머니의 이기적인 행태를 겪으면서 며느리들의 마음속에는 점점 화만 쌓여 간다. 하나하나 따지고 들면 말대꾸하는 걸 보니 친정엄마에게 제대로 못 배웠다고 욕을 먹고, 시어머니의 지나친 요구에 아무 말 없이 듣고만 있으면 왜 대답을 하지 않느냐고 채근을 당한다. 무조건 어머니 말에는 "네네" 하며 순종하는 게 맞는 거라고 하신다. 물론 대답만 하는 게 아니라 행동으로 옮겨야 한다. 결론적으로 시어머니 말씀에는 토 달지 말고 무조건 시키는 대로 따라야 착한 며느리, 좋은 며느리가 된다.

이성적으로 생각하면 도저히 이해가 되지 않는 상황을 맞닥뜨리고도 어른이 하시는 말이니 무조건 따라야 하는 걸까? 잘못한 것이 없는데도 시어머니가 말씀하시면 죄송하다고 인정해야 할까?

이 모든 불통의 상황은 아마 결혼 후 시어머니가 딸처럼 생각한다는 말만 안 했어도 덜 서운할 일이었을 것이다. 며느리들은 딸처럼 생각한다는 시어머니의 말에 내가 잘하면 언젠가는 시어머니가 나를 딸처럼 이해하고 사랑해줄 것이라고 기대한다. 하지만 그런 일은 없다. 우리는 피가 섞이지 않았고, 앞으로도 영원히 섞이지 않을 것이기 때문이다. 시어머니의 친자식이 되는 것은 하루에 벼락을 두 번 맞는 것보다 어려운 일이다.

TIP & SOLUTION

"어머니, 어머니!" 부르며 살갑게 순종하면 시어머니가 엄마 같은 존재가 될 거라는 망상에서 벗어나야 한다.

시어머니에게 '왜?'라는 질문을 던지지 마라. '엄마처럼 생각하라는 분이 나에게 왜 그러는 걸까?' 하고 생각하면 할수록 결론은 미궁으로 빠져든다. 이 질문에 정답은 없다.

시어머니와 며느리는 그저 딱 그 정도의 사이일 뿐이다. 논리적으로 납득할 수 있는 이치를 따지면 시월드는 영원히 이해할 수 없다. 왜 그러는지 묻지 말고 그저 있는 그대로 보고 허용하는 마음이 필요하다. 즉 시어머니와 며느리는 적정한 거리 유지가 필요한 관계이다.

평소 시어머니랑 좋은 관계였어도 부부 간의 문제가 생기면 시어머니의 팔은 안으로 굽는다. 아들이 아무리 잘못을 했어도 시어머니의 입에서는 스스럼없이 "여자가 참고 살아야 한다."는 말이 나온다. 우리 아들이 그렇게 행동한 데에는 며느리가 원인 제공을 했을 거라는 말에 논리적으로 대꾸한다 한들 무슨 의미가 있을까. 그러니 일단은 시어머니가 엄마 같은 존재가 되리라는 헛된 희망에서 벗어나자. 시어머니를 이해하려면 엄마가 아니라 시어머니 그 자체로서 바라보아야 한다.

30여 년을 다른 환경에서 살아온 며느리가 하루아침에 남편의 가족들과 가족으로 어울릴 수는 없다. 상대의 문화를 이해하고 받아들일 시간이 필요하다. 이는 며느리에게만 강요할 일이 아니라 양가 가족 모두가 노력해야 하는 일이다.

지원은 OK, 간섭은 NO

결혼하면서 가장 큰 걱정거리는 바로 주택 문제이다. '내 집 마련'은 아직 먼 꿈이고, 싸고 허름한 곳보다는 좀 더 나은 환경에서 살고 싶은 것이 인지상정이다. 때로는 결혼한 친구들과 누구는 어디에서 살고, 남편은 무슨 일을 하는지 일종의 자존심 겨루기를 하는 경우도 생긴다. 물론 이는 일부의 이야기고, 사랑하는 사람을 만나 형편에 맞춰 노력하며 살고자 하는 예비부부가 더 많을 것이다. 하지만 여유가 있다면 당연히 더 좋은 집, 월세나 전세보다는 내 집을 장만해 결혼하고 싶은 마음은 누구에게나 있지 않을까.

며느리들의 이야기를 다룬 방송 프로그램에서 며느리는 시어머니가 경제적 지원을 해주되 참견은 하지 않았으면 좋겠다고 말하자 방청객과 많은 패널이 야유를 보냈다. 하지만 어쩌면 그 마음은 당연한 것이 아닐까? 며느리만 무작정 비난할 수는 없다. 요즘처럼 집 장만하기 어려운 시대에 여유 있는 부모님이 집 구하는 데 도움을 주신다면 며느리 입장에서는 얼마나 고마운 일일 것인가.

하지만 이런 경제적 지원이 가정사에 대한 참견으로까지 이어져도 된다는 뜻은 아니다. 어느 정도는 허용할 수 있을지 몰라도 정도가 지나치면 경제적으로 받은 지원도 무르고 싶어질 것이다. 집 마련에 도움을 주시고 살아갈 수 있는 기반을 만들어주신 부모님에 대해 감사의 마음이 드는 것은 당연하지만, 그 마음을 전하기도 전에 시부모님이 생색을 먼저 내면 고마운 마음도 슬그머니 자취를 감추고 만다.

사실 집을 마련해주신다고 해도 아들과 며느리 앞으로 공동명의로 해주는 시부모는 거의 없다. 대개 시부모나 아들의 명의로 하기 때문에 며느리 입장에서는 온전한 자산으로 보기는 어렵다. 실상은 당신의 아들을 위한 집이지, 며느리를 위한 집은 아닌 셈이다. 그런데도 매번 시어머니는 너희가 내 덕분에 편하게 살고 있다고 강조하며 며느리가 더욱더 잘하기를 바란다. 하지만 이렇게 시어머니가 아들 내외를 위한 일이라고 생각하는 일이 사실은 그렇지 않은 경우가 많다. 서로를 위해서는 오히려 아들 부부가 스스로 해나갈 수 있도록 하고, 간섭도 하지 않아야 한다. 시어머니와의 관계에서 며느리가 힘들어 하는 이유는 주로 도가 지나치기 때문이다. 간섭의 정도가 적당하지 않고 지나치다고 생각되기 때문이다.

결혼은 두 사람이 만나 가정을 이루는 것이고 부모님 품에서 벗어나 독립하는 일이 되어야 한다. 부모님들은 자녀가 독립할 수 있도록 격려와 도움을 주는 입장이어야 하고 결혼한 부부는 이제 부모님을 떠나 제대로 홀로 설 수 있어야 한다.

그런데 이상하게도 실제로는 순서가 거꾸로 되는 경우가 많다. 대학을 졸업하고 군대를 다녀오면서 직장생활에 접어든 아들은 사실상 부모로부터 독립을 하게 된다. 그런데 결혼을 하면서부터 이상하게 다시 부모님과 연계되는 지점이 많아지고 어느새 부모님의 그늘 아래로 들어가 살아가는 모양이 된다. 독립 후 아들이 혼자 살았을 때는 가끔 안부 전화만으로도 족했던 시어머니는 결혼 후 며느리에게 대신 잦은 연락을 기대한다. 게다가 효부가 되기를 바라신다.

며느리는 아마 자신의 엄마에게도 안부 전화를 자주 하지 않으며 살아왔을 것이다. 그런 며느리가 갑자기 시어머니에게 자주 연락하는 것은 어렵고 불편한 일이다. 매일 반복되는 일상에서 뭐 그리 할 말이 많겠는가. 식사는 하셨는지, 건강하신지를 묻고 나면 할 말이 없다. 퇴근하고 돌아와 정신없이 집안일을 하다 보면 전화할 시간을 놓치게 된다. 매일 의무감에서 건성으로 전화하기보다는 가끔이라도 진심으로 전화하는 게 더 낫다고 생각한다. 그런데 시어머니는 그런 며느리를 나무란다.

"내가 너한테 어떻게 해주었는데 그깟 전화도 자주 하지 못하느냐?"

단골 멘트이다.

이 말의 이면에는 시어머니가 아들 부부가 잘살 수 있도록 경제적인 지원을 해주었다는 의미가 담겨 있다. 하지만 며느리는 그런 시어머니의 언어에 동의할 수가 없다. 궁극적으로는 아들을 위해 해준 집인데, 마치 며느리에게 증여라도 한 것처럼 효부가 되어 보답하길 바라는 마음을 용납하기가 어려운 것이다.

이런 시어머니의 요구가 힘들어 남편에게 하소연하면 남편들은 약속이라도 한 것처럼 '전화 몇 번 하는 것이 뭐가 그리 어렵냐?'고 말한다. 별로 어렵지도 않은 일, 스스로 하면 될 텐데 그 역할을 아내에게만 요구하는 것은 이번엔 가정불화의 원인이 된다.

물론 기본적인 도리도 하지 않으면서 자신의 주장만 고집하는 것은 옳지 않다. 며느리로서도 어느 정도의 도리를 하는 것은 나름대로 중요한 역할이다. 그렇지만 그 '기본적인 도리'의 기준이 서로 너무 다르다는 것이 문제다. 물론 집안마다 풍습이 다르고 시어머니의 성향과 기질에 따라 요구하는 내용도 다르기에 무엇이 맞고 무엇이 틀리다고 정의를 내릴 수는 없다. 그렇지만 일반적인 상식선에서 서로 납득하고 이해할 수 있는 내용이 오가야 할 것이 아닌가.

시어머니는 집을 구해주는 조건으로 자신의 집 근처에서 아들 부부가 살길 원한다. 며느리는 물론 직장도 가깝고 합리적인 곳을 원하지만, 시어머니는 아들 부부를 바로 곁에 두고 간섭하고 싶어 한다. 때론 그렇게 따르지 않으면 집을 구해주지 않겠다는 협박도 서

습지 않는다. 남편이 시어머니에게 아내의 뜻을 전달해주면 좋겠지만 남편은 엄마의 뜻을 따르자고 하며 분쟁의 방관자가 되어 피하는 것을 선택한다.

며느리들이 시어머니의 재정적 지원은 받고 싶어 하면서 간섭은 싫다고 하면 이기적이라며 비난받기 쉽지만, 실은 재정적 조건을 내걸고 며느리에게 갑과 을 관계를 만들어 종속시키려는 시어머니의 마음이 더 문제다. 게다가 집을 마련해주신 시어머니만 간섭하는 것도 아니다. 결혼할 때 경제적으로 아무런 도움을 주지 않고도 간섭하는 시어머니들도 많다. 간섭받기 싫은 며느리의 마음만 무작정 나쁘다고 할 수 있을까? 애초에 지원을 받든 받지 않든 그런 것은 중요하지 않다. 어른들의 역할은 결혼한 자식을 품안에 두고 사사건건 통제하려 하는 것이 아니라 부모로부터 독립하여 잘 살아갈 수 있도록 도와주는 것이다.

'독립'이라는 단어에는 많은 의미가 함축되어 있다. 부모님 집에서 나와 스스로의 힘으로 살아가는 것도 독립이지만, 제일 중요한 것은 정신적인 독립이다. 결혼생활은 누구에게나 처음이기에 부족하고 서툴기 마련이다. 시어머니는 부족해 보이는 살림과 삶의 방식을 일일이 가르치고 싶어 하지만, 결국은 당사자 스스로 해나가야 한다. 현대사회는 바쁘게 돌아간다. 어른들이 살아왔던 시대와는 또 다르다. 이 와중에 아직도 시집살이 갈등을 겪어야 한다는 것 자체가 요즘 며느리들로서는 참고 이해하기 어려운 일이다.

물론 며느리들 스스로도 자립 의지가 있어야 한다. 시어머니의 간섭은 싫어하면서 친정엄마의 도움은 당연하게 여기는 며느리들도 많다. 자신은 결혼 후에도 친정 부모님과 자주 왕래하며 도움을 받고 있으면서 시어머니의 참견은 조금도 견디지 못하는 며느리들도 있다. 시어머니도 며느리도 지금 자신이 어떤 마음인지 알지 못한다. 행동이 온통 모순 덩어리니 말이다.

시어머니는 요즘 집값이 비싸니 다른 혼수는 하지 말고 둘이 돈을 모아 집을 장만하라고 한다. 며느리는 시어머니의 말이 평등하고 합리적이라고 생각한다. 그렇게 결혼을 했어도 시어머니는 '넌 며느리니까.'라고 말한다. 이 불합리한 관계를 며느리가 이해하기는 어렵다.

TIP & SOLUTION

시집살이가 특히 어려운 이유는 이렇게 각자 힘들고 지쳐 있으면서도 서로에게 그런 마음을 들키지 않기 위해 다른 표정을 짓고 있기 때문이다.

서로 속마음을 알고 있다 하더라도 집안의 평화를 위해 속마음을 감추고 살아가는 가족도 많다. 그런 마음을 남편에게 의논한다 해도 자신의 부모님에 대해 부정적인 시선을 가진 아내를 매번 예뺀 얼굴로 바라보기는 어려울 것이다.

사실 많은 부부 갈등이 그 뿌리를 타고 올라가 보면 근본적으로는 고부 갈등에서 시작되는 경우가 아주 많다. 해결점을 찾지 못하고 깊어지는 갈등은 어느덧 이혼에까지 이르게 된다.

경제적 지원을 받고도 시어머니의 간섭을 피하려는 며느리를 못되고 이기적이라고 매도하지 않았으면 좋겠다. 시댁에 여유가 있어 경제적 지원을 받을 수 있었던 건 감사해도, 그로 인해 시어머니와의 갑을 관계까지 선뜻 받아들일 수 있는 며느리는 없다. 어쩌면 간섭을 피하려는 건 이기적인 게 아니라 독립된 성인으로서 당연한 권리다.

당연한 권리를 말하면 따지는 며느리가 되고, 참고 버티면 착한 며느리가 되는 세상이 오히려 잘못된 것 아닐까.

며느리가 바뀌어야 하는지, 아니면 목소리를 내는 며느리를 비난하는 한국사회가 바뀌어야 하는지 생각해볼 필요가 있다.

며느리 괴롭히는 시어머니는 없다

시어머니와 갈등이 깊어지고 고부관계가 파국으로 치달을 때 며느리들이 선택하는 최후 해결 방법은 이혼이다. 실제로 고부 갈등으로 이혼하는 부부가 상당히 많은 걸 보면 시어머니의 의도를 의심해보지 않을 수 없다. 시어머니는 무조건 며느리를 괴롭히고 싶은 것일까? 며느리를 핍박하고 구박하여 결국 집에서 쫓아내고 자신의 아들을 불행하게 만들고 싶은 것일까? 시어머니가 아들과 손주에게 이혼 가정을 만들어 주고 불행해지길 바라지 않는다면 도대체 왜 며느리를 괴롭힌단 말인가?

하지만 세상의 모든 시어머니는 며느리를 괴롭히지 않는다. 괴롭히는 시어머니는 없는데, 괴롭힘 당하는 며느리가 있을 뿐이다. 시집살이를 시키는 모든 시어머니들에게 물어보자. 아마 한 명도 빼놓지 않고 '나는 시집살이 시킨 적이 없다.'고 답할 것이다. 도리어 요즘에는 며느리살이를 시킨다며, 며느리 눈치 보느라 바쁘다고 손사래를 치지 않으면 다행이다.

이렇게 시어머니에게는 며느리를 괴롭힐 마음도, 괴롭힌 적도 없는데 왜 며느리들은 그렇게 지치고 힘들어하는 것일까? 시어머니가 본인은 시집살이를 시키지 않는다고 생각하는 바로 그 점이 문제다. 시집살이라는 게 별게 아니다. 같은 말도 다른 느낌으로 들리기 때문이다.

예를 들어 친정엄마가 딸 부부를 향해 "넌 살이 좀 올랐네. 요즘 편한가 보구나. 그런데 자네는 그대로야. 살이 좀 더 찌면 좋겠네." 하면 딸이 잘 지내는 것 같아 좋아서 하는 말로 들린다. 그런데 시어머니가 "넌 살이 많이 올랐구나. 우리 아들은 빠진 것 같고……." 하며 두 사람을 훑어보면 이것이 시집살이다.

물론 시어머니 입장에서는 그런 말도 못하느냐며, 어떻게 그걸 시집살이라고 하냐고 억울해할 수도 있을 것이다. 하지만 시어머니가 그 말을 할 때 내심은 며느리가 미운 마음이 깔려 있다. 며느리는 잘 먹으면서 내 아들은 잘 먹이지 않는 것 같은 얄미운 마음 말이다. 시어머니로서는 대놓고 '우리 아들을 얼마나 못 먹이면 너만 살이 찌고 아들은 빠지는 거냐?'고 말하고 싶지만 참은 것이다. 그러니 이 정도면 시집살이를 시킨 적 없다고 생각하게 된다. 하지만 얼굴 표정과 말의 뉘앙스와 눈짓과 몸짓이 며느리를 향해 마음의 소리를 내뱉고 있다. 며느리 입장에서는 말하지 않은 내용도 알아듣고 말았으니 상처를 받고 시집살이로 느끼는 것이 당연하다.

살다 보면 살이 빠질 때도 있고 살이 오를 때도 있다. 그때마다 시어머니가 며느리에게 한마디씩 지적한다면 시어머니를 만날 때마다 마음이 편치 않을 것이다. 매사에 눈치가 보이니 시댁은 어려운 환경이 되고, 만남은 껄끄러워진다. 시어머니에게 싫은 소리를 들은 며느리는 그 문제를 상의할 곳이 남편밖에 없는데, 많은 남편들이 아내가 별것도 아닌 일로 투정을 부린다고 생각한다.

시댁과의 갈등을 잘 살펴보면 큰 문제로 다투거나 싸우는 게 아니다. 별일 아닌 일들이 겹겹이 쌓이다가 터져서 어느 날 별일 아닌 일에 폭발하는 세상 나쁜 며느리가 탄생하는 것이다.

시어머니와 같이 사는 어떤 며느리의 사례를 살펴보자.

어려서 엄마가 돌아가신 탓에 늘 엄마의 정이 그리웠던 그 며느리는 결혼 후 함께 살자는 시어머니의 말에 별다른 고민 없이 합가를 선택했다. 시어머니와의 관계는 정말 좋았다. 남들이 걱정하는 고부 갈등은 자신과는 전혀 상관없는 일이라고 생각했고, 일찍 엄마 잃은 설움을 시어머니와의 관계로 보상받는 것도 같았다. 처음 얼마 정도는 시어머니가 시집살이를 시킨다고는 꿈에도 생각하지 않고 문제없이 지냈다.

그런데 언제부터인가 시어머니가 마냥 편하지가 않았다. 자신은 최선을 다해서 노력하고 있는데 시어머니는 며느리가 아무 노력도 하지 않는다며 화를 내는 일들이 생기기 시작했다. 직장을 다니는 며느리였지만 가능한 한 시어머니를 대신해 집안일을 하려고 노력했다. 그런데 설거지를 해놓으면 시어머니는 마음에 안 든다고 다시 손을 댔다. 청소를 해도 어딘가 부족한지 다시 청소를 하셨다. 콩나물 하나를 무쳐도 별 탈 없이 넘어가는 법이 없었다. 뭘 해도 마음에 들지 않는 듯한 시어머니의 반응에 뭐 하나 맘 편히 할 수가 없었다. 살림에 멋대로 손을 대기도 불편하고, 무슨 일을 해도 어차피 욕을 먹으니 차라리 안 하는 게 낫겠다는 생각이 들어 집안일에서 아예 손을 뗐다.

자, 이제 시어머니는 만족했을까? 물론 시어머니는 며느리가 차려주는 밥만 먹고 집안일도 재깍재깍 돕지 않는다며 또 화를 냈다. 무엇을 해도 지속적으로 시어머니의 지적을 받아야 한다면 그 일을 하고 싶은 사람이 누가 있을까? 결혼 전에 잘해왔던 일조차 시어머니의 기준에 미치지 못한다는 이유로 구박이나 받고 속만 상할 뿐이다. 이런 상황에 놓이면 며느리는 해도 욕을 먹고 안 해도 욕을 먹는 괴로운 처지가 된다.

며느리는 처음엔 분명 최선을 다해 무언가 하려고 시도했고, 시어머니를 친엄마처럼 생각하며 지낼 수 있으리라 믿었지만 그런 일은 일어나지 않았다. 도리어 점점 더 게으르고 예의 없는 못된 며느리 취급을 받게 되었다.

그렇다면 이 시어머니는 며느리가 하는 일마다 사사건건 일부러 괴롭히려고 했던 것일까? 시어머니는 절대 아니라고 말한다. 시어머니는 며느리를 괴롭힌 적이 없고, 자신을 모함하는 며느리가 있을 뿐이다. 마찬가지로 처음부터 시어머니와 싸울 마음으로 결혼한 며느리가 어디 있을까? 결국 각자 애초의 의도는 부질없이 흩어지고 그 사이에 갈등만 남았다. 서로 원하는 것에 대해 솔직하게 표현하면 좋을 텐데, 서로 사랑하는 척 화나지 않은 척만 하다가 대화는 단절되고 오해가 쌓인 것이다.

물론 며느리를 괴롭히기 위해 그런 게 아니라는 시어머니의 말은 진심일 것이다. 하지만 며느리의 입장에서는 그게 아니라면 시어머니의 행동을 이해하기 어렵다.

만약 시어머니가 처음부터 며느리를 인정하고 요리나 청소에 대해 자신이 원하는 방향을 제시하여 가르쳤다면 며느리는 그 의도를 이해하고 잘 배웠을 것이다. 그런데 시어머니는 며느리가 알아서 하기를 바라면서도 한편으로는 알아서 한 것에 대한 칭찬은 인색했고 지적하느라 바빴다. 정확히 시어머니가 무엇을 원하는지 알 수 없는 며느리 입장에서는 잘하나 못하나 혼나는 건 똑같으니 열심히 할 마음이 사라지게 된다.

사실 시어머니는 시나브로 며느리를 향한 경쟁 심리가 발동한 것이다. 무엇이든 며느리보다 잘하고 싶었던 것이다. 며느리가 직장을 다니며 살림까지 잘한다면 자신의 위신이 서지 않는다고 생각했다. 삼십 년 이상 살림을 해왔는데 결혼한 지 얼마 안 된 며느리가 자신보다 살림을 잘하는 것은 왠지 인정할 수가 없을 것이다. 아마 이 점을 지적하면 시어머니는 대노할 것이다. 며느리가 잘하면 잔소리할 사람이 어디 있겠느냐고 말이다. 하지만 객관적인 능력치를 떠나 시어머니의 기준에서는 자신의 방식을 그대로 따르지 않으면 며느리는 항상 부족한 사람이다.

며느리는 시어머니가 설마 자신을 경쟁상대로 생각하리라는 생각은 전혀 해본 적이 없기에 시어머니의 앞뒤 안 맞는 말과 행동에 휘둘리다 금방 상처투성이가 된다. 나름대로 더 잘하기 위해 여러 가지 삶의 지혜를 배우고 적용해 보지만 시어머니의 마음에는 들지 않는다. 시어머니의 방식을 그대로 배운 것이 아니기 때문이다. 시어머니의 생각과 사상을 바꿀 수는 없다. 이미 가부장적인 가치관으로 살아온 삶이 온몸과 마음에 녹아들어 있기 때문이다.

"내 아들은 매 끼니 따뜻한 밥해서 먹였고 설거지 한 번 시킨 적 없으니 내 아들 시키지 말고 네가 다 해라."

시어머니는 며느리에게 일방적인 희생을 요구한다. 아들 끼니를 체크하고 며느리를 훈계하는 것이 시어머니 머릿속에서 가장 중요한 일과인 것만 같다. 하지만 우리는 가정을 이루고 행복한 삶을 살기 위해 결혼한 것이지, 남편을 키우기 위해 결혼한 게 아니다. 이 모습은 마치 유치원에 아이를 맡기고 초조해하는 엄마의 모습 같다. 그렇게 걱정되시면 영원히 데리고 키우시지 결혼은 왜 시키신 건지 묻고 싶다. 그럴 바에야 차라리 다시 데려가시라고 말하고 싶다.

TIP & SOLUTION

앞에서 말한 성향으로 보면 이 시어머니는 수성에 가까운 성향이다. 예의범절을 중요시 여기고 가부장적인 성향을 가지고 있는 시어머니에게 며느리는 딸이 아닌 며느리일 뿐이다.

여자의 적은 여자라고 했던가? 일도 잘하고 스스로 자신이 좋은 시어머니라고 생각하는 순간 그리고 아들이 며느리에게 잘한다고 생각하는 순간 나와는 다른 복 있는 삶을 살아가는 며느리의 삶이 부럽기도 하고 화가 나기도 한다. 실제로 시집살이 시키는 시어머니의 대부분은 부부 관계가 좋지 않은 경우가 많다. 경제적으로 힘든 시절을 살아낸 우리 부모님 세대에 서로 애틋하게 사랑을 표현하며 살아가는 부부는 그리 흔하지 않다. 경제적 여유가 있었다 해도 문화적으로도 사랑을 표현하는 데 서툴렀다. 그러니 행복해 보이는 며느리를 향한 마음은 조금 억울한 마음까지 포함되는 경우가 있다.

며느리 입장에서는 시어머니의 상처를 위로해주어야 할 이유가 하나도 없다. 물론 솔직히 얘기하지 않으므로 알지도 못한다. 이런 상황에서 분가 말고는 답이 아니라고 생각한다. 하지만 시집살이 갈등의 대부분은 합가의 문제가 아니다. 70%이상 분가해서 따로 살면서도 시집살이 갈등은 이어진다.

수성의 성향을 가지고 있는 시어머니 갈등에서 벗어나기 위해서는 성향을 인정하는 부분이 굉장히 중요하다. 스스로 며느리의 도우미가 된 듯한 느낌에서 벗어날 수 있도록 해주는 것이 중요하다. 수성 시어머니를 둔 며느리들이 주의해야 할 점은 처음부터 알아서 너무나 잘한다는 것이다.

물론 처음에는 시어머니에게 물어보는 것도 있었을 것이다. 그리고 시어머니의 살림 솜씨를 경탄하는 말도 빼놓지 않았을 것이다. 하지만 시어머니가 변화하지 않는 것은 자신의 가치를 제대로 말해주지 않아서이다. '이 집에 며느리인 나는 없어도 시어머니가 없으면 큰일난다.'라는 표현과 '어머니가 안 계셨으면 직장생활은 꿈도 못 꾸는데 항상 감사드린다.'는 표현이 중요하다. 거기다 '우리 아이들이 제가 혼자 키웠다면 이렇게 잘 크기 어려웠을 텐데 어머니 덕분에 잘 크고 있다.'는 인사성 말이 필요하다.

가르침이 중요한 수성의 성향은 인사성이 중요하다. 여기에 더 큰 솔루션은 아이들에게 아침저녁 시어머니에게 문안 인사를 시켜보라.

"할머니, 안녕히 주무셨어요?"

"할머니, 안녕히 주무세요."

별거 아닌 이 인사가 시어머니의 마음을 감동하게 한다. 왜냐하면 며느리가 시킨 것임을 알기 때문이다. 아이들의 문안 인사는 예의범절과 인사를 무척이나 중요하게 생각하는 이 시어머니 유형에 아주 좋은 방법이 된다.

자존심과 자존감은 나를 떠나고

많은 여성들이 결혼이라는 동굴에 들어와 점차 빛을 잃어간다. 처음 입구에 들어섰을 때는 아직 바깥의 빛이 충분히 들어오기 때문에 동굴이 그리 어둡지 않다. 하지만 안으로 들어가면 갈수록 빛이 사라지고 출구를 찾아 헤매는 시간만 늘어난다.

결혼을 통해 여성들은 많은 변화를 맞이하게 된다. 다들 결혼 전에는 엄마가 차려주신 아침밥을 먹는 둥 마는 둥 출근하고, 퇴근 후에는 친구들과 어울려 놀거나 개인적인 취미생활을 했다. 물론 아무것도 하지 않고 침대 위에서 스마트폰을 들고 빈둥거려도 뭐라고 하는 사람은 없었다. 늦잠을 자거나 방을 어지럽히면 엄마의 잔소리가 들려왔지만 그 잔소리 때문에 자존감이 낮아지는 일은 없다.

그런데 사랑하는 사람을 만나 결혼을 하고 나니 생각했던 것보다 해야 할 일이 많다. 아침에 일어나서 나와 남편의 아침밥을 챙겨야 하고, 퇴근 후에는 쌓여 있는 집안일을 해야 한다. 물론 요즘 젊은 세대는 일도 살림도 둘이 같이 하는 추세라지만, 아직도 우리나라 문화에서는 가부장적인 남성우월주의가 남아 있어 집안일은 아내의 몫으로 기우는 경우가 많다.

결혼 후 아내는 퇴근하고 나서 당연히 집으로 돌아와 집안일을 하는 반면, 남편은 친구를 만나거나 회식에 참여하는 등 총각 때와 별반 다를 바 없는 저녁 시간을 보낸다. 가끔 설거지라도 하고 나면 아내의 일을 자신이 도와주었다는 것처럼 생색을 낸다. 분명 공동의 살림인데도 빨래 한번 널 때마다 잘했다고 칭찬해 주어야 하고, 청소기라도 한번 돌리게 하려면 옆에서 애교를 부리며 부탁해야 한다. 집안일은 아내의 몫이라는 전제하에 남편의 '도움'을 받아야 하는 현실은 결혼한 여자들의 삶을 피곤하게 한다.

물론 요즘 남자들은 그래도 옛날과는 많이 달라졌다. 집안일을 동등하게 나누려 노력하고 아내가 힘들지 않게 배려하는 남편들도 많아진 것이 사실이다. 세상이 빠르게 변화하는 동안 젊은 세대에서는 가부장적인 가치관을 버리고 합리적인 문화를 수용해가기 시작했다.

그런데 여기에 숨겨진 복병이 있다. 그런 부부의 공동 주거생활 형태를 바라보는 시어머니의 따가운 눈총이다. 말도 안 되는 구태의연한 잔소리를 듣고 있자면 내가 지금 조선시대에 살고 있는 것은 아닌지 의심스러울 정도다.

아침마다 전화하여 내 아들 아침밥은 차려주었느냐고 묻는 시어머니를 며느리는 어떻게 받아들여야 할까? 그냥 아들 사랑이 과하시구나 하고 넘어가기에는 문제가 심각하다. 보통 그런 시어머니들은 단지 아침밥에 대해서만 묻지는 않기 때문이다. 수시로 며느리에게 전화해서 '우리 아들은 몸이 약해서 바깥일과 집안일을 같이 하면 몸에 탈이 나니 큰일'이라고 압박을 주기도 한다. 누가 봐도 아들보다는 며느리의 몸이 훨씬 약해 보이고, 심지어 출산 후에 여성들의 몸은 심각한 변화를 겪기 마련인데도 말이다.

이렇게 마치 아들을 돌봐주는 종이라도 한 명 데려다 놓은 듯한 시어머니의 행동은 며느리가 시어머니를 미워할 수밖에 없게 만들고, 며느리의 자존감을 깎아내린다. 이럴 때 남편이 집안일을 함께 하고 가정을 행복하게 만들어 가려 노력해야 하지만, 남편조차 아내의 편을 들지 않으면 이 가정은 결국 남태평양 한가운데서 좌표를 잃고 헤매는 배의 처지가 되고 만다.

우리는 지금 혁신의 기로에 서 있다. 시대가 달라지고 시어머니와 며느리의 세대 차이는 심각한 수준에 이르렀다. 시어머니는 또 시어머니에게 여러 가지 배움을 강요받았으며 배워야만 하는 것이 많았다. 그리고 어릴 때부터 남아선호사상 속에서 자연스럽게 차별대우에 익숙한 삶을 살았다. 그게 우리나라의 문화와 역사였기에 힘들어도 겸허히 받아들이고 참는 것을 미덕으로 알았다. 부당함을 느긴다 한들 싸울 수 있는 환경도 아니었고 그럴 힘도 없었다.

하지만 요즘 며느리들은 다르다. 딸로 태어났다고 해서 대접받지 못하는 환경에서 자라지 않았고, 일방적으로 차별받는 문화를 당연하게 느끼지도 않는다. 이런 며느리들이 시어머니의 행동에 부당함과 불합리함을 느끼면서도 적극적으로 맞서 싸우지 않는 것은, 그래도 친정 부모님께 배운 어른에 대한 예의 때문이다.

하지만 납득할 수 없는 상황이 계속되면 참을성도 오래 가지 못한다. 참고 살아야 하는 이유를 알 수 없는 며느리는 처음에는 남편과 싸우지만, 어느 날 결국 시어머니와 대놓고 싸우게 된다. 이렇게 달라도 너무나 다른 시어머니와 며느리는 서로에게 날을 세운다. 일부러 상처를 준 사람은 없지만 상처를 받은 사람은 있는 상황이다.

물론 그전까지 며느리들은 최선을 다해 참고 이해하려 노력도 했을 것이다. 하지만 그 와중에 자존감이 서서히 무너져 내린다. 뭘 해도 못마땅해 하시는 시어머니에게 항의도 해보지만 허공을 맴도는 메아리가 될 뿐이다. 마치 시어머니의 아들을 위해 사는 것 같은 무리한 요구를 들으며, 며느리는 조금씩 자신을 잃어가는 스스로를 발견하게 된다.

학교나 직장을 다니면서 뭐 하나 못하는 것 없이 능력을 발휘하던 여성들이 결혼이라는 제도를 통해 스스로 삶의 질을 낮추는 듯한 기분을 겪게 되는 것이다. 마치 나락으로 떨어진 듯 자존감이 바닥난 상태에서는 무엇도 즐겁지 않다. 사랑했던 남편에 대한 마음은 어느

새 사라지고, 심각한 경우에는 아이를 보아도 행복하지 않게 된다. 그만큼 며느리들의 심리 상태는 점차 암울해지기만 한다.

여자가 마땅히 집안일을 해야 한다는 우리나라의 기존 가치관은 이제 달라져야만 한다. 우리는 엄청난 경제발전을 거듭하면서 성장했지만 정신적인 사상은 그리 많이 변화하지 않았다. 여성들의 인권 역시 아직도 제자리걸음이다. 이 답답한 환경에서 벗어나지 못하는 제일 큰 이유 중 하나는 여자의 적이 여자라는 것이다.

시어머니가 당신의 시어머니에게 겪은 시집살이를 100이라고 한다면, 지금 시어머니는 며느리에게 20 정도의 시집살이밖에 시키지 않는다. 그러니 당신이 겪었던 것에 비하면 이 정도는 시집살이라 할 수도 없는 것이다. 하지만 며느리의 입장에서는 그 20이 100이나 마찬가지다. 그러니 시어머니가 너무 과하다는 생각에서 벗어나기 어렵다.

이상하게도 윗세대에서 겪은 시집살이를 며느리에게 물려주지 않겠다고 선언한 시어머니가 오히려 시집살이를 더 심하게 시키는 경우가 많다. 시어머니가 무의식적으로 지니고 있는 보상심리는 며느리를 통해서 해결할 수 없다. 오히려 며느리들이 왜 결혼을 유지해야 하는지 혼란스럽고 괴로워하도록 만들 뿐이다.

아무리 자존감이 높은 사람도 지속적인 스트레스나 압박 상황에 놓이게 되면 자존감이 떨어진다. 잘한 일도 못했다고 말하는 시어머니의 행동은 며느리의 자존감을 깎아내리고 자연히 아들 부부는 행복한 삶을 살아가기 어려워질 것이다. 행복감이 형성되지 않으면 에너지도 샘솟지 않는다. 에너지가 없다는 것은 기가 약하다는 말이고 기가 약해지면 힘이 없어진다.

아이를 키우고 가정을 이끌며 직장도 다녀야 하는 엄마가 에너지 없이 살아간다면 그 가정이 과연 온전할 수 있을까? 가정의 중심에는 여성들, 엄마이자 아내가 자리하고 있다. 아무 사건 없이 살아가기에도 버거운 현실인데, 거기에 삶을 더욱 지치게 만드는 말을 날마다 쏟아낸다면 더는 살지 말라고 떠미는 것이나 다름없다.

시집살이는 이제 개인의 문제가 아니다. 세상의 정서와 가치관이 변화했다는 걸 시어머니가 느껴야 하고, 아들을 장가보냈으면 독립할 수 있도록 존중해주는 것이 또한 시어머니의 역할이다. 그런데 아들을 독립시키지 못하고 끊임없이 며느리를 간섭하는 시어머니의 문제가 비단 가정 안에서만 발생하는 건 아닌 것 같다.

얼마 전 TV 뉴스에서 아들이 대기업 서류전형에서 떨어진 것에 분노한 엄마가 회사 홈페이지에 항의하는 글을 올렸다는 내용이 보도되었다. 자신의 아들이 외국 명문대를 나왔고 스펙이 훌륭한데 어떻게 내 아들을 떨어뜨릴 수 있느냐고 항의한 것이다. 이런 행동을 서슴없이 하는 엄마가 나중에 며느리가 생기면 어떻게 할까? 설사 같은 명문대를 나왔다고 해도 내 아들은 너랑은 많이 다르다고 생각할 것이다.

실제로 연봉이 꽤 높은 전문직 아들을 둔 엄마가 대기업에 다니는 예비 며느리를 맞이하게 되었던 사례가 있다. 결혼을 앞두고 예비 시어머니를 만났는데, 왠지 눈초리가 매섭고 무언가 마음에 들지 않는 눈치였다고 한다. 예비 며느리도 얼굴이며 집안, 뭐 하나 빠지는 것이 없었는데 시어머니가 불만스러워하는 이유를 알 수가 없었다. 그런데 어느 날 예비 며느리 면전에 대고 이렇게 말했다고 한다.

"넌 내 아들에 대면 저소득층이야."

황당하고도 기가 막혀서 아무 말 못하고 있자 못 들었을까봐 세 번을 연속해서 말했다고 한다. 예비 며느리는 남편 될 사람이 아무리 좋아도 이 결혼은 못하겠다고 선언하고 뒤도 돌아보지 않고 집을 나왔다. 아들에게 사랑하는 여자를 잃는 아픔을 주었지만, 시어머니는 당연히 더 나은 며느리가 올 것이라고 생각하고 있을 것이다. 과연 이 시어머니의 마음의 드는 며느리가 있을지 의문이지만 말이다.

이런 시어머니의 생각을 우리가 뿌리부터 바꿀 수는 없다. 그렇다고 매번 듣기 힘든 말을 견뎌내며 자신을 지옥에 두어서는 안 된다. 자신을 탓하지 말고 오히려 스스로 사랑하는 마음으로 다독여 주어야 한다.

"내 잘못이 아니야."

TIP & SOLUTION

참는 것이 미덕이라는 문화에서 우리는 감정을 숨기는 것을 당연히 여기며 자랐다. 슬퍼도 남들 앞에서 울면 안 되고, 기분이 나빠도 화내면 안 된다고 배웠다. 하지만 그렇지 않다. 참는 게 아니라 자신의 뜻을 상대방에게 제대로 전달하는 방법을 배웠어야 했다.

자존감을 낮추는 환경에서 하루빨리 벗어나라. 자신의 자존감이 바닥을 치고 있다는 사실을 발견했다면 스스로 그것을 극복하지 않으면 안 된다. 지금 시집살이로 지쳐 있다 해도 그것은 당신의 잘못이 아니다. 많은 며느리들이 제일 먼저 '나는 왜 이런 결혼을 선택했을까?' 하며 스스로를 자책하며 자신을 낮춘다. 또 시어머니의 부당한 언어와 행동에 제대로 대처하지 못한 자신의 탓을 한다. 하지만 이런 생각은 자신을 더욱 힘들게 만들 뿐이다.

사람의 자존감에 상처가 나는 이유는 부당한 대우 자체보다는 부당한 대우에 굴복하는 자기 자신을 용납할 수 없기 때문이다.

부당함에 맞서지 못하고 있다면 그것은 당신이 힘이 없어서가 아니라 착한 사람이기 때문이다. 그러니 자책하지 않기 바란다.

늦었다 싶을 때는 늦은 것이다

결혼이라는 미지의 세계를 앞두고 있을 때 우리는 많은 상상, 어쩌면 환상에 젖게 된다. 아마 여자든 남자든 마찬가지일 것이다. 사람은 누구나 경험하지 않은 일에 대해서 상상력이 풍부해지기 마련이다. 결혼 후에는 어떻게 살아야겠다는 막연한 다짐과 아마도 어떤 모습이 펼쳐질 것 같다는 기대감 속에서 사랑하는 두 사람이 결혼이라는 제도 속에 발을 내딛는 것이다.

특히 여성들은 결혼 후 남편이라는 든든한 존재로 인해 세상이 다 내 것 같고, 살아가면서 조금은 잃었던 자신감도 되찾는 기분을 느끼기도 한다. 그러나 많은 것이 내가 생각했던 것과는 조금 다르다는 걸 깨닫는 데까지는 오래 걸리지 않는다.

막상 결혼을 해서 살아보니 남편은 내가 생각했던 그런 사람이 아니었다. 남편의 강한 면모가 결혼 전에는 남자답고 멋지게 보였는데 콩깍지가 벗겨지고 나니 무슨 말이든 명령조로 느껴졌다. 큰딸이었던 나는 동생들과 지내며 명령을 받기보다는 하는 입장이었고, 남편과도 물론 동등한 위치라 생각하고 결혼을 했다. 그런데 자꾸 명령조의 말을 듣게 되니 트러블이 생겼다. 신기한 건 결혼 전에는 그런 생각을 한 번도 하지 못했다는 점이었다. 사실 소수의 부부를 제외하면 누구나 티격태격하면서 신혼을 보내게 되어 있다.

이상하게 부부는 닮은 사람들끼리는 잘 만나지 않는다. 실제로 결혼한 부부들은 많이 공감할 것이다. 아내가 아주 깔끔하면 남편은 상대적으로 깔끔한 것과는 너무나 동떨어진 성향을 가지고 있다. 반대로 남편은 아주 깔끔한 성향을 가지고 있는데 아내는 전혀 관심이 없는 경우도 많다. 취미도 마찬가지다. 결혼 후에 비로소 알게 될 때가 많다.

아마도 신께서 서로의 부족한 부분을 채우고 살아가길 바라며 서로 다른 사람끼리 만나도록 점지해 주시는 것은 아닐까? 하지만 인간들은 마음이 넓지 않아서 서로의 존재로 부족한 부분을 겸허히 채우려 하지 않는다. 좋은 점은 인정받고 싶어 하고 부족한 점은 감추고 싶어 하는 것이 사람들의 본능이다. 또 나와 다른 상대방의 모습을 있는 그대로 받아들이기보다 바꾸려 드는 경우가 더 많다.

나 역시 남편과 너무나 다른 취미와 성향에 당황한 적이 많았다. 나는 산을 좋아한다. 직장인 산악회 회장을 맡을 정도로 등산을 즐겼다. 결혼하면 남편과 주말마다 등산을 다니며 즐거운 시간을 보낼 수 있으리라 기대했다. 하지만 남편이 등산을 싫어한다는 건 결혼을 하고 나서야 알게 되었다. 게다가 남편은 움직이며 돌아다니는 것 자체를 싫어하며 사람 많은 곳은 질색이라고 했다.

결혼 전에는 왜 그 사실을 알지 못했을까? 그뿐만이 아니다. 남편은 자상한 사람이었고 내 말이라면 무슨 말이든 들어주는 로맨티스트였다. 하지만 결혼 후에는 내 말을 도통 들어주지 않아 마치 둘 사이에 두꺼운 벽이 세워져 있는 듯했다. 물론 이러한 변화를 결혼하자마자 바로 알게 되는 것은 아니다. 서로에게 사랑이 남아 있을 때는 싫어도 같이 하려고 노력을 한다. 그런데 문제는 '노력'이라는 건 얼마 가지 못한다는 것이다. 원래 좋아하는 일을 꾸준히 하는 건 어렵지 않지만 하고 싶지 않은 걸 애써서 하는 건 지속되기 어렵다.

그리고 서로 부족한 부분은 쉽게 지적하지만 장점을 찾아 칭찬하는 일은 점점 사라지게 된다. 사회 이슈나 연예인의 사생활 기사에 입에 담지 못할 댓글을 쓰고 비판하는 것도 아주 흔하게 볼 수 있다. 어쩌면 우리가 가정 안에서 비판을 주로 받으며 자랐기 때문은 아닐까 생각해볼 필요가 있다.

이렇듯 결혼 후 우리의 변화는 긍정적인 것보다 부정적인 방향으로 흘러갈 때가 많다. 결혼 제도에 들어선 여성들은 출산과 육아를 거치며 엄청난 변화를 맞이하게 된다. 물론 첫아이의 임신은 부부에게나 주변 사람들에게나 큰 기쁨이기 때문에 많은 관심과 사랑 속에서 약간의 불편함 정도는 금방 지워버릴 수 있다. 그런데 출산이 라는 커다란 사건으로 인해 부부 관계에도 변화가 일어난다. 아내의 사랑이 남편보다는 아이로 향하게 되는 것이다. 이렇게 되면 남편들은 덩달아 아이가 되어버린다. 남편은 아내가 자신을 바라봐주기를 바라지만 아내는 이제 자신과 아이를 감당하는 것만으로도 벅차고, 경험해본 적 없는 새로운 일들에 적응하기도 어렵다.

이럴 때 아내는 남편의 도움이 절실하다. 그런데 잘 생각해보면 이상한 일이다. 왜 '도움'을 받아야 할까? 내 뱃속에서 나오긴 했지만 아이는 두 사람의 사랑의 결실이다. 게다가 아이의 성도 남편의 성을 따르고 있다. 그러면 오히려 남편이 육아를 도맡아 해야 하는 거 아닌가. 그런데 왜 항상 남편에게 '아이 좀 봐 달라, 좀 씻겨 달라.' 하며 도움을 구하는 입장이 되는 걸까?

어느 날 화장실에 있는데 아이 우는 소리가 들려서 남편에게 좀 안고 달래주라고 소리를 질렀다. 그런데 남편이 자신은 아이를 어떻게 달래는지 모른다고 대답하여 당황한 적이 있었다.

이제 우리 부부는 결혼한 지 이십 년이 되었고, 지금은 그때와는 시대가 많이 달라졌다. 요즘 부부들은 육아를 공동으로 담당하려고 노력하고, 나라에서도 남편들의 육아휴직을 권장하고 있다. 하지만 그때만 해도 육아는 전적으로 아내의 몫이었다.

이런 전쟁을 치르는 동안에 남편에 대한 사랑의 콩깍지가 벗겨지는 건 당연한 일이었을지도 모른다. 그런데 문제는 두 사람의 관계를 현명하게 헤쳐 나가기도 바쁜데, 두 사람의 장애물이 또 있다는 것이다. 결혼한 지 얼마 안 된 며느리들은 착한 며느리 콤플렉스를 가지고 있기 마련이다. 막연히 시댁에 잘하고 귀염받고 싶다는 마음이 처음에는 있다. 그걸 점차 사라지게 만들어주는 존재가 다름 아닌 시가 식구들이다. 남편도 벅차고 내가 낳은 아이에도 지쳐 있는 와중에 사사건건 간섭하고 지적하는 시어머니를 수용할 수 있는 며느리는 많지 않다. 부당함에 대항하는 1인 피켓 시위라도 하고 싶지만, 그럴 새도 없이 이번에는 집안일이라는 미로 속에 갇히고 만다.

결혼한 지 얼마 지나지 않았는데 나는 어느새 두 아이의 엄마가 되어 있고, 행복한 육아를 꿈꿨는데 이미 행복이라는 단어를 잃어버린 것만 같았다. 문득 뒤돌아보니 나는 이미 너무 멀리 와있고, 다시 되돌릴 수 없는 시간 속에 갇혀 있었다. 개그맨 P씨가 방송에서 한 말이 엄청난 어록으로 사람들에게 회자되지 않았던가. '늦었다고 생각할 때는 늦은 것이다.' 나는 준비 없는 결혼을 한 대가를 톡톡히 받은 셈이고, 그 대가는 다름 아닌 나를 잃어버리는 것이었다. 그렇지만 당시엔 결혼을 어떻게 준비해야 하는 것인지 알지 못했다. 그저 사랑하는 사람을 만나서 살아가면 저절로 행복해지고, 결혼하면서 얻어지는 가정은 행복이 당연한 옵션으로 따라오는 것인 줄 알았다.

결혼이라는 제도가 행복으로 귀결되려면 그 안에 변화해야 하는 요소가 너무나 많다. 그런데 역사는 느리게 흘러가고 문화는 빠르게 흘러간다. 역사 안에 사로잡혀 있는 사람들은 지금 이 순간에도 변하고 있는 문화의 변화에 발을 맞추지 못하고 있다.

육사 중위인 여성과 부사관 출신인 남성이 군대에서 만나 4년여를 사귀다가 드디어 남자가 프로포즈했던 사례가 있었다. 연애 시절에 친절하게 대해주셨던 예비 시어머니였지만 막상 결혼을 하겠다고 공포하니 시어머니는 뜻밖의 소리를 했다.

"아내가 남편보다 계급이 높아서 우리 아들이 기를 펼 수 있겠느냐. 여자는 집안일을 하는 사람이고 남자는 바깥일을 하는 사람이다."

그러면서 시어머니는 남자는 하늘이고 여자는 땅이니, 결혼을 하려거든 군인을 그만두라는 말을 덧붙였다. 며느리는 일을 그만두고 집안 살림을 하며 남편을 떠받들어 모셔야 한다고 말이다. 너무 기가 막힌 여성은 이 결혼을 정말 해야 하는지 고민하고 있다며 많은 이에게 의견을 물었다. 당연히 주변 사람들은 말할 것도 없이 결혼을 말렸지만, 사실 당사자 두 사람은 사랑하는 사이가 아닌가? 시어머니로 인하여 사랑하는 사이가 갈라지는 게 옳은 걸까?

그렇다고 사랑을 이어간다면 그 사이의 걸림돌은 어떻게 제거해야 하는 걸까? 시어머니는 며느리가 군대를 제대하고 집안 살림을 하지 않으면 결혼을 허락할 수 없다는데 말이다.

여기서 여성이 제대하지 않고 결혼을 감행한다면 그다음에 이어질 시어머니의 행동은 불 보듯 뻔하다. 수시로 아들 내외의 가정을 살피며 혹여 내 아들을 군대에서처럼 대하고 있는 것은 아닌지, 아침밥은 차려주고 있는지 일일이 확인하려 들 것이다. 그리고 스트레스를 받은 며느리는 아마 남편에게 화를 내게 될 게 자명하다. 그럼 이 가정은 과연 행복하게 유지될 수 있을까? 반대로 결혼을 포기하고 두 사람이 헤어졌다면, 아들은 사랑하는 여자와 헤어진 뒤 행복하게 살아갈 것인가? 어떤 선택이든 이 시어머니의 행동은 아들의 삶을 고통스럽게 만드는 결과를 낳게 될 것이다. 애초의 의도와는 전혀 반대로 말이다. 이런 사례는 수도 없이 많다.

어떤 어머니는 아들이 쉰이 다 되도록 장가를 안 가 가슴이 바짝바짝 타들어 간다고 답답해했다. 죽기 전에 아들 장가가는 것을 보고 죽었으면 소원이 없겠다고 한다. 하지만 정작 아들에게는 대놓고 재촉하지 못하는 속사정이 있었다. 아들은 오래전에 결혼하고 싶은 사람을 어머니에게 소개시킨 적이 있었다고 한다. 그녀는 남자보다 네 살 연상이었고, 워낙 똑똑하고 능력이 좋아서 젊은 나이에도 빨리 승진을 하여 우리나라 유명 중견기업의 이사였다.

남자의 어머니는 그녀가 아들보다 나이가 많다는 이유로 결혼을 결사반대했다. 여자가 사회적 지위도 높고 아들보다 나이가 많아서 아들을 잡고 살 것 같다는 이유였다. 아들은 어머니를 설득하여 결혼하려 했지만 밥도 먹지 않고 누워버린 어머니를 설득하기란 쉽지 않았다. 여성의 입장에서는 자신을 반대하는 시어머니를 이해할 수 없었고, 열심히 당당하게 살아온 자신의 삶을 오히려 세상 못된 여자로 폄하한 시어머니의 말이 커다란 상처로 남았다. 그렇게 갈등의 시간이 길어지면서 자연스럽게 그녀는 떠났다.

그 후 어머니는 아들에게 결혼하라는 말을 꺼내지 못하게 되었다. 그 일 이후 아들은 여자에 관심을 주지 않고 일만 하며 아예 결혼을 포기해버렸다. 어머니는 자신이 어떤 일을 저질렀는지 뒤늦게 깨달았지만 돌이킬 수 있는 일이 아니었다.

한 TV 프로그램에서도 늦은 나이까지 결혼을 하지 않은 어떤 유명한 연예인이 나와 위의 사례와 비슷한 경험담을 말하는 것을 본 적이 있었다. 자신도 예전에 결혼을 하려 했는데 어머니의 반대로 결국 헤어졌다고 한다. 그러면서 그때 그녀를 잃어버린 고통은 한쪽 팔이 떨어져 나가는 것 같은 고통이었다고 설명했다. 그리고 그는 그 이후 여자를 만나지 못했다. 정확히 말하면 결혼할 여자를 만나지 못했다.

TIP & SOLUTION

'늦었다고 생각할 때는 늦은 것'은 시어머니에게도 해당되는 말이다.

사랑해서 하는 결혼을 마치 점수 매기듯 저울질하고 조금 더 좋은 조건을 찾다가는 결국 아무것도 하지 못한다. 아들을 사랑한다면 아들이 진정 원하는 게 무엇인지, 어떤 게 아들이 행복해지는 길인지를 계산해보아야 할 것이다.

사람들은 계획적으로 살고 싶어 한다. 하루의 계획, 한 해의 계획, 인생의 계획을 세워보곤 한다. 인생의 계획 중에서도 결혼만큼 중요한 게 있을까? 하지만 이상하게도 결혼이란 계획을 세운다고 잘 되는 것도, 세우지 않는다고 안 되는 것도 아니다. 결혼은 이성이 아닌 감성으로 하게 된다. 계획이 있든 없든 사랑하는 사람을 만나면 이성이 아니라 감성과 감정으로 결혼에 이른다. 그 어떤 것보다 신중하게 생각하고 검토해야 하는 일이지만 조건이 맞아떨어졌다 해서 감정이 따라가는 것은 아니다.

이렇게 결혼이라는 선택은 두 사람의 마음이 닿아 진행되는 것 같지만, 막상 살아가는 모습을 보면 두 사람이 아니라 집안과 집안이 만나는 형태가 된다. 부부의 일에 간섭하는 시어머니의 마음은 아들이 행복하게 살길 바라는 마음이겠지만, 정작 어떻게 하는 게 아들을 위한 것인지 모르고 있는 경우가 많다. 아들을 위해서는 목숨을 내놓을 수도 있지만, 어떻게 해야 아들이 행복해지는지 뻔히 보이는데도 정작 그렇게 살아가지 못한다.

자신의 뜻과 생각을 관철시키는 일이 결국 아들의 가족을 파괴시키는 일이라고 조언해도 시어머니는 그게 다 아들을 사랑하기 때문이라고 변명한다.

소통이 안 되면 고통이 된다

세상에는 다양한 성향의 사람들이 각기 다른 방식으로 살아가기 때문에 주변의 모든 사람들을 완벽히 이해할 수는 없다. 때로는 사소한 취향 차이를 느낄 때도 있고, 때로는 아예 기본적인 가치관부터 완전히 다른 사람들을 만날 때도 있다. 많은 사람들이 이해할 수 없는 비상식적인 케이스는 일명 '막장 드라마'로 그려지기도 한다. 그런 이야기를 보면 '설마 저렇게까지 할까?' 싶지만, 또 한편으로는 드라마보다 더 드라마 같은 것이 우리의 삶이다. 필자가 이 책에 소개하는 사례는 그야말로 빙산의 일각일 뿐이다.

인간관계에서 소통은 정말 중요한 요소다. 한 번 보고 말 사이라면 좀 소통이 안 돼도 괜찮겠지만, 지속적으로 관계를 이어가야 하는 사이에서 소통이 안 되면 고통이 된다. 무엇보다 소통이 원활하지 않을 때 가장 큰 상처를 받는 곳은 다름 아닌 가정이다.

시어머니와 며느리는 같이 한국말을 하는데도 때론 서로 벽을 보고 얘기하는 것처럼 말이 안 통할 때가 있다. 스트레스가 쌓인 며느리는 자신이 받은 상처를 남편이나 아이를 향해 쏟아내게 된다. 실상 고부 갈등이 깊어져 이혼에 이르는 부부가 엄청 많다. 사실상 이혼의 가장 큰 원인은 갈등 그 자체가 아니라 서로를 경멸하고 무시하며 소통을 제대로 하지 못하기 때문이다. 서로의 마음을 들여다보고 알아주지 않을 때 상처받는 사람은 바로 내 가족이다.

소통이 문제가 되는 건 학교나 직장에서도 마찬가지다. 하지만 학교에서의 인간관계는 일정 기간이 지나면 자연히 벗어나게 된다. 또 다른 친구들과의 만남으로 지난 상처를 자연스레 치유하기도 하고, 성인이 되어 환경이 바뀌면 자신감을 찾아 지난 인연에 대해서는 잊어버리기도 한다. 소통이 안 되는 인연을 끊고 소통이 되는 친구들을 새로 사귈 수도 있다.

직장에서도 마찬가지다. 혹 동료들과의 관계가 원활하지 않고 말이 안 통하면 직장의 출근 자체가 고통이다. 하지만 직장에서의 관계는 어떻게든 벗어날 수 있다. 맡은바 일에 충실하다가 퇴근을 하면 얼굴을 안 볼 수 있고, 친구에게 동료에 대한 흉을 보거나 욕을 해도 죄의식이 생기지 않는다. 그리고 결정적으로 고통을 참아낼 수 있는 이유가 있다. 일단 참으면 월급이라는 보상이 따른다. 극단적으로 치달으면 이직을 하여 고통에서 벗어날 수도 있다.

하지만 가족과의 소통은 다르다. 평생을 이어가야 하기 때문에 그 소통이 안 되는 답답함을 끌어안고 참으면서 살기는 어렵다. 그래도 피를 나눈 가족들과의 갈등은 비교적 쉽게 해결된다. 내가 낳은 아이와 소통이 안 되어 다투고 서로 상처를 주었다고 해도 며칠 지나면 특별히 사과하지 않아도 서로 자연스럽게 언제 그랬나 싶게 화해하곤 한다.

하지만 시댁 식구들과의 관계라면? 시어머니와 며느리, 시아버지와 며느리, 올케와 시누이, 동서와 형님 등의 관계는 어떨까? 사랑하는 사람과 결혼했을 뿐인데 갑자기 가족이 되었다. 가족이라는 이름으로 서로에게 주는 상처는 더 깊고 아프다. 더 큰 문제는 그럼에도 불구하고 관계를 이어가야 한다는 점이다. 나에게 상처를 주는 사람들에게 최선을 다해 예의를 갖추어야 하고, 명절과 생일에는 선물도 바리바리 챙겨야 한다.

시어머니 때문에 힘들다는 며느리들의 하소연 속에서 그 딜레마에 대한 고통을 느낄 수 있다. 수시로 방문하고, 온 집안을 스캔하듯이 훑어보는 시어머니로 인해 느끼는 고통은 당해보지 않으면 모른다. 냉장고 속부터 침대 밑, 장롱 속까지 샅샅이 뒤져보며 잔소리를 하는 시어머니에게 사랑을 느낄 며느리는 없다.

며느리가 출장을 다녀오는 동안 아들 집을 방문한 시어머니의 행동에 분통을 터트린 며느리의 사연이 있다. 아들 밥이 걱정된 시어머니가 방문하여 며느리가 없는 동안 온 집안을 뒤져보았다. 그리고 그 결과는 옷장 속에서 발견되었다. 원래 옷장 속의 옷들은 종류에 따라 두꺼운 옷걸이에 걸어야 할 것과 세탁소에서 준 얇은 옷걸이에 걸어도 되는 것들이 분류되어 걸려 있었다. 그런데 출장을 다녀와 보니 며느리의 옷은 종류와 상관없이 모조리 세탁소 옷걸이에 걸려 있고, 남편의 옷은 다 좋은 옷걸이로 바뀌어 있었던 것이다. 이런 시어머니의 행동에 너무나 기분이 나빴던 며느리가 남편에게 말했더니 그는 자신의 어머니가 귀엽다고 답했다. 남편은 공감하지 못하겠지만 며느리인 아내 입장에서 이는 상상할 수 없을 만큼 불쾌한 일이다.

이뿐만이 아니다. 어느 날 며느리는 몸살이 나서 꼼짝을 못하고 누워 있는데 시어머니가 전화를 했다. 몸살이 나서 누워 있다고 말하면 보통 상대방은 뭐라고 할까? 당연히 어디가 아픈지, 약은 먹었는지 물어보고 빨리 나으라고 걱정하는 것이 어른으로서의 모습이 아닐까? 그런데 시어머니는 어땠을까?

"그럼 아침에 아범 밥은 해 먹여 보냈니?"

며느리가 아니라 딸이면 그렇게 말할 수 있었을까? 이런 시어머니를 사랑하라고 강요하는 이 세상은 너무나 불합리하고 불공평하다.

소통이라는 것은 어느 한 사람의 노력과 희생으로 되는 것이 아니다. 예전에 우리 어머니 세대와 현재 며느리 세대는 다르다. 며느리들은 이런 부당함을 겪는 것에 익숙하지 않을 뿐, 시어머니의 지극한 아들 사랑에 대해 화를 내는 것이 아니다. 무조건 참아야 시어머니와의 사이가 좋아진다면 도대체 어디까지 마냥 참고 희생해야 하는 걸까?

시어머니와의 소통이 어려운 또 다른 이유는 뜬금없고 이치에 맞지 않는 강요 때문이다. 남편도 하지 않는 효도를 며느리에게 강요하고, 아들도 하지 않는 안부 전화를 며느리에게 하루에 한 번씩 걸라고 한다. 그렇다고 사위가 장모님에게 하루에 한 번씩 문안 인사를 드리는 것도 아니고, 누군가 그걸 강요하지도 않는다. 그런데 왜 유독 며느리는 시어머니에게 해야 하는 일이 이렇게 많은 걸까?

효도를 해야 한다면 몇 십 년 키워준 아들에게 받아야 하는 것이 마땅한데 꼭 아들 키워서 며느리에게 바친 것인 양 시어머니는 며느리에게 효도를 강요한다. 요즘 며느리들은 머리로 이해되지 않는 일들을 의무적으로 따르는 경우가 많지 않다. 물론 결혼 초에는 그래야 하는 줄 알고 자기도 모르게 노력하지만 그것도 잠깐일 뿐, 시간이 지날수록 의문이 떠오르고 똑똑한 불만이 생긴다.

시어머니에게 전화를 하지 않으면 시어머니는 며느리에게 예의가 없다고 한다. 특별히 할 말이 없는데도 왜 매일 전화해야 하느냐고 물으면 시어머니는 명쾌한 답변을 해줄까? 아마 "며느리니까 그래야 한다."고 대답할 것이다. "며느리니까 그래야 한다고요, 왜요?"라고 한 번 더 물어보면 어떻게 될까? 그때부터 버릇없고 못된 며느리가 되어버린다.

며느리들이 겪는 고충 중에서도 많은 부분을 차지하는 것이 바로 이 전화 문제다. 시어머니는 수시로 며느리에게 전화나 문자 메시지를 보낸다. 전화하는 내용도 집에 오게 하는 방법도 참 다양하다. 이렇게 수시로 전화를 하면 며느리는 불편을 느끼게 된다. 특별히 할 얘기도 없는데 밥 먹었는지, 뭘 먹었는지, 아들은 전날 일찍 들어왔는지, 아이들은 잘 있는지 등 일상적인 이야기를 매일 반복해야 한다.

그런데도 며느리가 조금만 연락에 소홀하다 싶으면 시어머니는 남편이나 딸에게 며느리 흉을 본다. 시어머니가 먼저 전화하지 않으면 절대 먼저 하는 법이 없다는 둥, 시어머니가 밥을 먹었는지 안 먹었는지 관심이 없다는 둥 며느리를 나쁜 사람으로 만들어 버린다. 시어머니의 잦은 전화로 인하여 안 그래도 스트레스가 쌓여가고 있는 며느리가 시어머니가 이런 소리로 자신을 흉보는 것을 알게 되면 시어머니와 소통은 물 건너간 거라고 할 수 있다.

TIP & SOLUTION

서로의 거리를 좁혀주는 소통은 그 어느 곳보다 가정 안에서 먼저 이루어져야 한다.

서로에게 소통이 아닌 고통을 나누고 누군가에게 일방적인 희생을 요구하게 되면 절대 관계는 좋아질 수 없다. 또한 그 고통은 한 사람의 것으로 끝나지 않고 결국 가정 안에서 많은 부정적인 영향을 미치게 된다.

시월드 시집살이 갈등의 대표수자인 전화 스트레스는 시집살이의 원흉이라고 할 수 있다. 시어머니는 왜 그리 전화를 받고 싶어 하고 며느리는 왜 그리 하기 싫어할까? 시어머니와의 통화를 힘들어하는 며느리 사례를 들어보면 왜 전화 걸기가 힘든지 설명이 된다.

일찍 전화를 하면 웬일로 이렇게 일찍 했냐고 비꼬고, 조금 늦으면 전화 기다리다 눈 빠질 뻔했다고 타박을 하신다. 물론 며느리의 안부 따위는 묻지 않는다. '아범은 잘 챙기고 애들은 잘 건사하느냐?'가 전부이다. 더 놀라운 사실은 이런 상황을 남편에게 들려주면 "우리 엄마가 내가 걱정되어서 그러는 거잖아. 당신은 그런 것도 이해 못 해?" 하면서 오히려 속 좁은 사람으로 만들어버린다. 게다가 "나도 장모님께 일주일에 한 번씩 전화하면 되잖아." 하고 어이없는 말을 한다. 강요로 전화를 하고 빈정거리는 말을 들어야 하는 며느리와 의무감 없이 장모님의 따뜻한 말에 오히려 칭찬을 받는 전화 통화를 어떻게 비교할 수 있을까?

그렇다면 전화 문제를 어떻게 해결해야 할까? 제일 좋은 방법은 남편이 해결하는 것이다. 며느리니까 무조건 전화를 하라는 얘기는 말도 안 된다.

"어머니가 키운 자식은 접니다. 집사람이 아니에요." 이 말을 정확히 자신의 어머니에게 전달해야 한다. "어머니 안부는 제가 자주 전화드릴 터이니 집사람 전화 기다리지 마세요."

처음에는 서운하더라도 아들과 엄마의 관계 속에 서운함은 그리 오래가지 않는다. 이 방법은 미리 말한 것처럼 처음부터이다.

위 사례처럼 전화를 계속 강요하는 시어머니의 대처법은 전화를 하지 않는 것이다. 매주 전화를 해도 못마땅해 하시고, 한 달에 한 번 해도 말투는 똑같기 때문이다. 마음 상한 소리를 들었다면 조금 더 강하게 마음먹고 더 길게 시간을 둔 뒤 전화한다. 단 아들과는 전화 통화를 자주 할 수 있도록 해야 한다. 여기서 중요한 것은 전화를 일부러 피한다는 느낌이 들지 않으려면 남편에게 비난을 퍼붓거나 시어머니에게 대놓고 티를 내서는 안 된다.

중요한 것은 집안 대소사를 미리 파악하고 그때마다 전화를 하는 것이다. 제사라던가 식구 중 누구 생일이 다가올 때 먼저 아는 척하고 그 이유로 전화한 것이라는 것을 인지시켜야 한다.

보이지 않는 리더십은 내가 해야 할 일은 하고 할 이유가 없으면 안 하는 것이다. 중요한 것은 내가 할 수 있는 며느리 도리를 하고 있다는 것을 보여줄 필요가 있다.

3장

시어머니의 성향별 행동유형

사사건건 간섭하는 시어머니

임춘성 작가의 『거리두기』라는 책에 이런 내용이 나온다. '이 세상을 어렵게 만드는 사람들, 이 세상에서 나를 힘들게 하는 사람들은 사실 우리가 '우리'라 부르는 사람들입니다. 무슨 관계가 있어 내 앞에 다가왔고, 그 관계가 깊어질수록 내 곁에 깊이 들어오는 사람들입니다.'

하지만 시집살이에서 며느리가 힘든 것은 시어머니의 '우리'에 며느리는 포함되어 있지 않다는 점이다. 며느리는 '우리'의 테두리 바깥에서 진정한 사랑을 느끼기가 어렵고, 그래서 '우리'에 들어가려고 노력하다가 결국은 상처만 남는 경우가 많다. 자기계발서와 심리서적이 넘쳐나는 시대에 살고 있는데도 불구하고 며느리들이 겪는 시집살이가 크게 나아지지 않는 이유는 '우리'이면서도 '우리'가 아닌 모호한 관계를 명료하게 정의내리기 힘들기 때문인지도 모른다.

결혼하면서 애초에 시집살이를 각오하고 준비하는 며느리는 없다. 그런 미래를 예상한다면 아예 결혼도 하지 않았을 것이다. 시집살이는 남들 얘기고 나에게만은 그런 일이 일어날 리 없다고 생각한다. 무엇보다 내가 잘하면 시어머니도 나를 예쁜 며느리로 봐줄 것으로 믿어 의심치 않기 때문이다. 하지만 며느리의 이런 순진한 바람은 결혼한 지 얼마 안 되어 산산이 깨지고 만다.

며느리를 괴롭게 하는 시집살이 중에서도 가장 많은 유형이 바로 지나치게 간섭하는 시어머니다. 결혼을 앞두고 시어머니가 신혼집을 가까이 얻으라고 할 때, 예비부부는 시어머니가 곁에 계시면 도움이 될 거라고 막연히 생각하기도 한다. 또한 우리나라 결혼 문화에서는 신랑이 집을 구하고 신부가 살림을 장만하는 경우가 많다. 물론 요즘은 한 사람이 짊어지기에는 집값이 너무 비싸기 때문에 두 사람이 합하여 집을 구하고 혼수를 줄이는 경향이 있다. 그렇다고 해도 여자 쪽에서 살림을 더 많이 장만하고 집은 남자 쪽에서 비용을 더 부담하는 것이 일반적인 형태이다. 그렇다 보니 시어머니의 주도하에 집을 가까이 정하게 되는 경우가 많이 생긴다.

물론 시어머니가 꼭 근처에 살고 있기 때문에 시집살이가 있는 것은 아니다. 멀리 떨어져 살아도 시어머니의 간섭으로 힘들다는 며느리가 많다. 가까이 살고 있는 것도 아닌데 시어머니 간섭이 힘든 이유는 무엇일까? 같이 살지 않기 때문에 오히려 하나부터 열까지 더 사사건건 아들 내외의 생활이 궁금하기 때문이다. 이런 시어머니에게 며느리는 왜 분노하는 것일까?

우리 어머니 세대만 해도 자신의 시어머니에게 가르침을 받으며 자란 세대에 속한다. 시어머니는 결혼을 하면 그 가정의 풍습을 자신의 시어머니에게 배움을 받아야만 했고, 그런 환경 안에서 시집살이를 몸소 체험하며 살아오셨다. 당시 세대는 지금과는 기반 자체가 많이 달랐다. 여자가 아무리 똑똑해도 오빠나 남동생에게 밀려 불공평한 대우를 받았고, 남아선호사상과 남성우월주의에 고통받아왔다.

하지만 지금의 며느리들은 어떠한가? 물론 사회에서는 아직도 여성 불평등이 해결되지 않았으며, 기업에서 여성의 임금은 능력과는 별개로 남성을 따라가지 못하고 있다. 그렇지만 사회는 불공평할지라도 부모님은 딸이라고 해서 불공평하게 대우하지 않으셨다. 오히려 딸이라고 귀염받은 세대이다.

그런데 결혼을 하고 보니 시댁이라는 공간은 21세기를 사는 며느리들이 이해하고 받아들이기는 너무나 혹독하다. 시어머니는 내 며느리에게는 시집살이를 시키지 않겠다고 생각하지만, 이상하게도 시집살이는 대물림된다. 그러나 현실의 며느리들에게 이 풍습은 더는 이어져서는 안 되는 개혁의 대상이다.

시어머니는 당신의 아들이 설거지하는 꼴을 보지 못한다. 아들을 그리 키우지 않으셨다 하신다. 그런 말씀을 하시는 시어머니에게 묻고 싶다.

"그럼 제가 당신의 아들을 키우고 있는 것인가요?"

결혼이라는 제도를 통해 우리는 서로를 존중하고 협력하며 가정을 일구어 나가야 하는데, 시집살이는 그 과정의 가장 큰 장애물이다. 며느리들이 시집살이의 고통에 대해 말하는 것을 들어보면 이구동성으로 며느리라는 존재에 대한 대우를 말한다. 마치 시어머니가 자신을 집안일 해주러 들어온 도우미 대하듯 할 때면 너무도 화가 난다는 것이다.

현대의 며느리는 시어머니에게 배우고자 하지 않는다. 요리를 하려고 하면 인터넷을 통해 얼마든지 배우고 바로 따라할 수 있는 세상이다. 전문가들이 영상으로 차근차근 설명하는데 굳이 시어머니에게 배울 필요도 없고, 배운다는 개념도 가지고 있지 않다. 게다가 시어머니도 막상 어떻게 가르쳐야 할지 모르는 경우가 더 많다. 시어머니 입장에서는 그저 며느리 앞에서 음식을 하면 며느리가 눈여겨보고 배울 거라고 생각한다. 무엇을 얼마나 넣어야 하고, 왜 넣어야 하는지 수업하듯이 가르치지도 못한다. TV만 틀어도 쉬운 개량과 따라 하기 편한 레시피가 언제든지 나오는 세상이고, 바쁜 주부들을 위해 반찬을 만들어 파는 가게도 많다. 그런 세상에서 시어머니에게 가르침을 받고자 하는 며느리는 그다지 많지 않다.

게다가 요즘 며느리들은 커리어 우먼들이 많아 무지 바쁘게 살고 있다. 하지만 우리나라는 여자가 살림하는 문화가 익숙해져 있는 나라다. 이에 대해 시어머니도 며느리에게 같은 여자로서의 동질감은 가지고 있다. 나는 고생했지만 너는 그렇게 살지 않기를 바라는 시어머니의 마음은 당연히 진심이다. 그런데 그 진심은 며느리보다는 자신의 딸을 향해서만 열려 있는 경우가 많다.

게다가 잘난 며느리를 보는 시어머니의 깊은 내면에는 '그래도 내가 너보다 뭐 하나 잘하는 것은 있어야 한다.'는 마음도 깔려 있다. 삼십 년 이상 살림을 해온 시어머니의 '가르침'이 그래서 더욱 집요한 것이다.

다음의 사례를 살펴보자.

이제 막 시집온 한 며느리는 시부모님에게 사랑받고 싶은 의욕이 넘치던 차에 시아버지의 첫 생신을 맞이하게 되었다. 시어머니는 며느리에게 생신상을 차려보라고 했다. 엄마가 해주신 것만 먹고 자란 터라 해본 적은 없지만 며느리는 그래도 열정을 불태우며 잘해보려고 마음을 먹었다. 그래서 냉큼 "네, 그러겠습니다." 하고 대답을 했다.

'사랑받는 시아버지 생신상'이라고 검색해 보니 제법 많은 요리들이 추천 목록에 있었다. 집밥 전문 백 선생님의 강의도 보면서 온종일 썰고 볶으며 한상 가득 음식을 준비했다. 너무 힘들었지만 칭찬받을 생각을 하니 그래도 뿌듯했다. 남편도 너무 좋아하고 고마워하기에 더욱 열심히 했다. 곧 시댁 식구들이 신혼집으로 총출동했다. 거실의 상차림을 보며 다들 놀라워하며 대단하다고 한마디씩 했다. 그런데 그 순간 시어머니가 버럭 화를 내는 것이 아닌가. 가족들이 당황한 것은 물론이고 며느리는 얼마나 놀랐겠는가? 무엇을 잘못했을까?

"어디 어른 생신상에 접시를 세트로 사용하지 않고 이것저것 섞어 올렸느냐?"

시어머니가 화가 난 이유였다. 일순 집안에 정적이 흘렀다. 결혼할 때 접시 세트를 장만해 오기는 했지만 그래봐야 4인 기준 식기가 전부다. 음식의 종류가 너무 많다 보니 한 세트로는 감당하기 어려운 상황이었다. 신혼에 그 많은 식기를 갖추어 두고 사는 집이 얼마나 있을까?

결국 어색하고 이상한 분위기에서 생신은 마무리되었다. 며느리는 그날 밤새 눈물을 흘렸다. 아무리 생각해도 시어머니가 이해되지 않았다. 일 년에 한두 번 사용하자고 그 많은 식기를 세트로 준비해 두어야 하는 건지 도무지 납득하지 못한 채 밤을 보냈다.

시어머니는 왜 화를 냈을까? 시어머니가 내준 어려운 미션을 잘 해낸 며느리를 오히려 예쁘고 기특하다고 칭찬해주어야 하는 것 아닐까? 그런데 왜 시어머니는 그 상황에서 화가 난 것일까? 뭐든 가르치고 싶어 하는 시어머니의 마음과 달리 며느리가 이미 너무나 잘 해냈기 때문이다.

시어머니는 며느리보다 잘하고 싶고, 뭐든지 지적하고 싶어 한다. 시댁에 특별한 내력이나 방침이 있는 것도 아닌데 며느리에게 가르칠 것을 찾기 위해 불시에 집에 방문해 냉장고나 장롱 문을 열어본다. 혹여 지적할 만한 게 없으면 장롱 아래의 먼지라도 체크하는 시어머니의 행동을 보면서 며느리가 시어머니를 좋아할 수가 있을까.

예의범절을 중요시하며 며느리에게 도리를 요구하기 전에 시어머니의 도리가 먼저인지도 모른다. 불시에 집을 방문해서 점검하는 것은 예의가 있는 행동일까? 이것도 입장의 차이는 있다. 시어머니는 아들 집은 내 집이니 말하지 않고 와도 된다고 생각한다. 하지만 며느리는 엄연히 아들 부부의 집을 내 집처럼 드나드는 건 예의가 없는 것이라고 여긴다. 살림에 가타부타 손을 대는 것은 더더욱 참기 힘들지만, 시어머니는 스스로에게 그럴 수 있는 자격을 부여한다.

물론 아들 집에 밑반찬이 떨어졌을까 챙겨주시고 때때로 제철음식으로 식탁을 책임져주시는 시어머니께 감사해야 한다. 하지만 시어머니가 아무리 열심히 아들 부부를 위해 뭔가를 해주려 해도 감사하는 마음은 좀처럼 들지 않는다. '벌써 입으로 공을 다 갚았기 때문'이라고 말하는 며느리들이 많다. 시어머니가 음식을 챙겨주기만 하는 게 아니라 필요 이상의 참견을 양념으로 곁들이기 때문이다.

"전에 만들어준 음식은 왜 이렇게 많이 남았니? 살림을 제대로 하지 않는구나. 나가서 사먹으니 음식이 그대로지. 힘들게 벌어다주는 돈으로 팔자 좋게 살고 있구나."

덧붙이는 한마디 한마디가 고마운 마음을 싹 지워버린다. 심지어 며느리 잘못 들여 아들이 호구가 된 듯한 발언을 할 때는 차라리 도움을 안 받는 게 낫다는 생각이 들 것이다. 도움이 아니라 오히려 시어머니를 마주치는 것 자체가 괴로운 일이 된다.

시어머니의 지나친 간섭에서 벗어나려면 어떻게 하는 것이 좋을까? 시어머니는 며느리보다 당연히 나이와 경험이 많다. 젊은 사람들이 아무리 지혜롭게 행동한다고 해도 연륜에서 배울 점이 분명히 있을 것이다. 우리가 그 모습을 찾기도 전에 시어머니의 부족한 부분을 먼저 접하다 보니 미처 보지 못한 것이다.

TIP & SOLUTION

시어머니의 간섭에서 벗어나기 위해서는 어른이 되기 위해 노력하는 모습이 드러나야 한다.

시어머니가 간섭하는 근본적인 이유는 '아들 며느리가 잘 살아갈 수 있을까?' 싶은 마음, 즉 '내가 도와주지 않으면 안 될 것 같은 불안함' 때문이다. 그렇다면 어머니의 간섭을 피하기 위해서는 한 가정의 아내가 되고 엄마가 되기 위한 준비를 하고 있는 모습을 확실히 어필해야 한다.

어른의 모습을 갖추기 위해서 다른 누구도 아닌 시어머니에게 배워 실천하겠다는 마음과 태도를 보여주는 방식을 취하라.

시어머니가 잔소리를 시작하기 전에 먼저 물어보고 어떻게 하고 있는지 알려드리는 방식을 선택하라는 것이다. 시어머니가 좋아하시는 일을 하는 게 죽기보다 싫다는 며느리도 있다.

"그런 걸 물어보면 어머니가 좋아하신다는 건 알아요. 하지만 제가 왜 어머니에게 맞춰드려야 하죠?"

맞춰드리라는 것이 아니다. 그저 예의를 지키는 것뿐이다. 그런 행동으로 어머니에게 졌다고 생각하는 것은 옳지 않다. 이런 작은 변화와 행동들은 여러분의 삶을 긍정적으로 변화시킬 것이다.

시어머니는 자신이 어른으로 대접받는다고 생각되어 며느리를 보는 시선이 너그러워질 테고, 며느리는 시어머니의 모난 시선이 부드러워져 일상이 좀 더 편해질 것이다. 누이 좋고 매부 좋은 격이다.

올가미 시어머니

'올가미'는 시어머니의 무시무시한 아들 사랑을 보여주는 대표적인 영화다. 영화에서는 시어머니가 아들을 너무나 사랑하여 마치 며느리를 아들의 장난감처럼 취급하고, 심지어 아들이 며느리보다 자신을 더 사랑하길 바라며 며느리를 괴롭힌다. 며느리를 사랑하는 아들을 향해 분노하다 며느리를 쫓아내기에 이르고, 끝내는 아들이 죽게 된다. 이런 영화 속 이야기가 과연 현실에도 있을까?

시집살이의 여러 유형 중 '올가미 시어머니'를 떠올리는 며느리들이 의외로 많은 것이 현실이다. 영화에서처럼 아들을 너무 사랑한 나머지 집착하는 시어머니, 아들과 며느리의 일거수일투족을 모두 알고 싶은 시어머니 등 올가미의 종류도 다양하다. 영화처럼 며느리를 극도로 미워하고 증오하는 극단적인 상황은 아닐지라도 아들 사랑이 지나친 올가미 시어머니는 현실에도 많다.

물론 어떤 부모도 자기 자식을 사랑하지 않는 부모는 없다. 문제는 사랑의 표현을 어떻게 하느냐에 따라 한 가정이 지켜질 수도, 무너질 수도 있다는 것이다. 여기서 며느리들의 성향도 중요하다. 시어머니의 아들 사랑을 그리 큰 문제로 여기지 않는 며느리도 있기 때문이다. 오히려 시어머니와 아들 사이가 나빠서 중간에서 곤란한 며느리도 있으니, 각자의 상황이나 성향에 따라 체감 정도는 달라질 것이다.

시어머니가 아들을 사랑하는 마음 자체는 문제가 아니지만, 그 사랑의 표현이 과해지면서 며느리를 학대하는 방식으로 표출되는 경우가 있다. 며느리가 집에 종으로 들어온 것처럼 굴고, 음식이라도 만들면 아들 입에만 넣어주지 며느리에게는 권하지 않는다. 며느리가 혹시 먹을까봐 전전긍긍하는 치사한 시어머니도 있다. 또한 '내 아들은 내가 한 음식이 아니면 잘 안 먹는다.'는 것을 강조하기 위한 발언을 하기도 한다.

"네 처는 밥을 안 해주니? 엄마 밥을 못 먹으니 살이 안 찌는구나."

은근히 며느리를 욕하는 것이다. 이런 표현을 듣고 있는 며느리는 물론 화가 치밀어오를 수밖에 없다.

거기다 혹여 새 옷이라도 입고 가면 내 아들이 번 돈으로 사치한다고 생각한다. 맞벌이 부부여도 마찬가지다. 어쨌든 내 아들이 더 고생하고 더 잘 번다고 생각하기 때문이다.

"너는 좋은 것을 입어도 티가 나지 않는구나."

하면서 며느리를 어떻게든지 아래로 깔아 내린다. 그래서 시댁에 갈 때는 가장 허름한 옷을 입고 간다는 며느리들이 많다.

전형적인 올가미 시어머니는 며느리보다 아름답길 원하고 아들이 며느리의 말보다는 자신의 말을 더 듣기를 원한다. 그런데 시어머니와 며느리가 같은 성향을 가지고 있을 때 문제는 더욱 커진다. 남편을 사랑하는 마음이 크고 남편의 사랑에 의해 행복한 삶이 좌우되는 성향을 가지고 있는 아내라면 올가미 시어머니 스타일을 만났을 때 삶이 정말 고통스러워진다.

"시어머니가 자기 아들을 너무 사랑해요. 그래서 힘드네요."

이렇게 말하는 며느리들의 마음에는 결혼을 통해 남편의 사랑을 독차지하고 싶은 마음도 같이 작용하고 있는 것이다.

이렇게 시어머니와 며느리가 남편을 두고 삼각관계의 모습의 빠진 듯한 모습은 당사자가 아니고서야 아무도 이해하지 못한다. 사랑의 표현은 여러 가지이고 사랑의 모습 또한 여러 가지이다. 아들에게 사랑받기 위해서 노력하는 시어머니의 이런 성향은 도가 지나치면 올가미 시어머니의 유형이 된다. 우리 부모님 모습을 한번 떠올려 보자. 나이 들어서도 서로를 너무 사랑해서 자식들에게는 관심 없는 부모님이 과연 얼마나 될까? 시어머니의 사랑은 부부 관계 대신 어느 순간부터인가 아들을 향해 있는 경우가 많다. 남편에게 느끼지 못했던 사랑의 마음을 아들에게 찾고, 아들이 사랑하는 아내를 며느리가 아니라 '아들의 여자'로 보면서 질투를 하는 것이다.

여기서 심지어 아들이 엄마 말이라면 자다가도 벌떡 일어나는 마마보이 유형이라면 어떻게 될까? 며느리는 마치 두 사람 사이에 끼어 있는 듯한 불편한 느낌을 받게 된다. 그들이 정상적인 모자 관계가 아닌 것처럼 여겨지기도 한다. 다른 여자도 아니고 시어머니와 삼각관계가 된 것 같은 느낌은 며느리 입장에서는 치욕스러울 뿐 아니라 '두 사람이 아니라 내가 이상한 것인가?' 하고 혼란스러울 수도 있다.

실제로 올가미 유형의 시어머니 때문에 고통을 호소하는 며느리가 있었다. 이 시어머니는 아들과 며느리, 이렇게 세 사람이 만나는 것을 싫어하고, 아들과 단둘이 만나고 싶어 했다. 낮에 일하고 있는 아들에게 전화해서 퇴근하고 집에 들르라고 한다. 그리고 엄마랑 둘이 술을 마시자고 하고는, 그 핑계로 자고 가라고 한다. 며느리는 친정 부모님으로부터 밥은 아무 데서나 먹어도 잠은 아무 데서나 자면 안 된다고 배웠다. 그런데 심지어 결혼한 남편이 본가에서 자고 아내를 신혼집에 혼자 재우는 게 말이나 되는 일인가. 며느리는 그렇게 행동하는 남편도 이해가 안 되고, 시어머니도 이해가 안 되었다.

이런 일로 남편과 다투면 남편은 당당했다. 다른 집도 아니고 엄마 집에게 자고 오는 걸 왜 이해해주지 않느냐고 말했다. 이유야 어찌됐든 싫다는 아내의 말에 시어머니를 따로 만나러 가지 않으면 이번에는 시어머니가 아들에게 전화를 해서 눈물을 보였다.

"이 세상에 나는 혼자다. 사랑하는 아들도 옆에 없는데 이렇게 살아서 뭐하겠냐?"

우는 어머니의 목소리를 듣고 마음이 약해진 아들은 아내가 싫어하는 일을 또다시 반복하게 되는 것이다. 한 남자를 사이에 두고 마치 치정극처럼 얽힌 시어머니와 며느리 사이에서 남편은 어디에 장단을 맞추어야 할지 몰라 괴롭기만 하다.

설마 이런 일이 있을까 싶지만 실제로도 비슷한 사례가 굉장히 많다. 꼭 시어머니뿐만이 아니라 시누이와 삼각관계가 되는 경우도 있다. 오빠와 동생이 수시로 문자를 주고받고, 무슨 일만 있으면 여동생이 오빠를 불러내는 통에 아내 입장에서는 화가 난다고 했다. 형광등 갈 일만 생겨도 꼭 오빠를 부르고, 그러면 또 당연하다는 듯 달려가는 남편 모습이 이해가 안 되고 답답하다는 것이다.

또 어떤 며느리는 시어머니가 신혼집과 같은 단지로 이사를 온 것에 대해 처음에는 크게 염려하지 않았고, 친정엄마가 없어 오히려 더 좋아하기까지 했다. 하지만 시간이 지날수록 힘들어졌다. 시어머니와 같이 사는 것도 아닌데 같이 사는 것보다 더 구속당하는 신세가 됐다. 집에 늦게까지 불이 켜져 있으면 왜 불이 켜져 있느냐고 불쑥불쑥 찾아오기도 하고, 어느 날은 친구랑 얘기 중인데 시어머니가 벌컥 문을 열고 들어왔다.

"내 아들은 나가서 힘들게 돈 버는데 너는 친구들과 수다나 떨고 있느냐?"

시어머니는 친구가 있는데도 민망한 말을 퍼부었다. 며느리로서는 감당하기 어려운 상처가 남았다. 그 와중에 남편은 혼자 계시는 시어머니가 안쓰러워 퇴근길에 항상 어머니의 집에 먼저 들러서 일주일에 세 번은 밥을 먹고 왔다. 며느리는 어머니의 관심이 집착처럼 느껴지고 항상 감시받는 듯해 하루하루가 편치 않다고 했다. 남편이 마치 두 집 살림을 하는 느낌이 든다는 것이다. 다른 사람도 아니고 시어머니에게 이런 마음이 드는 건 옳지 않다는 생각에 스스로를 다독여보지만 마음은 이미 상처로 가득했다.

"겨우 그런 일로 기분 나빠하면 어떡해?"

그런 기분을 남편에게 전하면 도리어 아내의 마음이 옹졸한 것처럼 몰고 갔다.

이런 패턴이 반복되면 기운이 빠지는 것은 당연한 일이다. 당하지 않으면 모를 법한 깊은 상처가 생기는 것이다. 시어머니의 이 같은 행동을 며느리는 어떻게 감당해야 할까?

TIP & SOLUTION

일단 시어머니의 아들 사랑에 맞서지 마라.

이긴 게임에서 자꾸 진 사람의 입장으로 살아가지 말아야 한다는 말이다. 어차피 남편과 살아가는 것은 아내고, 남편을 채워주는 모든 아내의 영역은 시어머니도, 시누이도 할 수 없는 부분이다. 그러므로 최후의 승자는 아내이다.

괴롭다는 생각에서 빨리 벗어나야 한다.

아들 사랑이 지극한 시어머니에게 오히려 먼저 나서서 아들을 보내주라. 그리고 어머니에게는 아들이 집에서도 늘 어머니 생각뿐이라고 전해드리자. 내 주변을 다 둘러봐도 친구들 시어머니 중에 어머니가 제일 젊고 예쁘시다고 알려드리자.

이 불편한 삼각관계에서는 각자 모두 자신만의 감정과 그에 대한 이유를 가지고 있다. 서로의 마음을 이해하려고 노력한다고 해서 이해할 수 있는 게 아니다.

스스로를 자책하고 학대하지 말고, 차라리 승자의 위치에서 그들을 바라보자.

아들에게 집착하는 시어머니가 불편하게 느껴지는 건 당신이 이상한 것이 아니다. 하지만 그 올가미에서 벗어나야 자신이 자유로워질 수 있다.

며느리를 무시하는 시어머니

시장에서 장사를 하시는 시어머니가 있었다. 남편이 일찍 세상을 떠나 혼자서 아들을 대학까지 보내고 좋은 직장에 들어가도록 잘 키운 시어머니였다. 그런 시어머니 손에서 자라서인지 남편은 아내가 보기에 참 착실한 효자였다. 결혼 후에도 일주일에 한 번씩 주말마다 시어머니를 방문했다. 남편 입장에서는 혼자 계신 어머니가 적적하실까봐 당연히 마음이 쓰이겠지만, 아내 입장에서는 그래도 신혼인데 주말에는 둘이 쉬거나 가까운 곳으로 여행을 가고 싶은 마음도 있었을 것이다. 하지만 남편은 여행을 가더라도 꼭 시어머니와 함께하고 싶어 했다.

결혼을 했지만 부부의 일상에는 시어머니가 빠진 적이 없다. 결혼 후 일 년 정도가 지나자 더는 힘들다고 판단한 며느리는 시어머니에게 새로운 취미나 다른 즐거움을 드리면 좋겠다고 생각했다. 마침 시어머니가 장사하고 있는 시장에서는 주말마다 등산을 가는 등 여러 가지 모임이 있었다. 시어머니에게 그런 모임에 참여하시면 어떻겠느냐고 여쭤보니 시어머니는 그들과 수준이 맞지 않는다고 답했다. 며느리 입장에서 보면 시어머니 학벌이 엄청 높은 것도 아니고, 같은 일을 하는 사람들인데 수준 차이를 논하는 게 의아하게 느껴졌다. 시어머니가 왜 스스로의 삶이 그들과 다르다고 여기는지 모르겠지만, 그런 이야기를 남편에게 하자니 흉보는 것 같아 혼자 답답해하는 수밖에 없었다. 효자인 남편에게 왜 자꾸 시어머니를 보러 가느냐고 화를 낼 수도 없는 노릇이었다.

다른 사람을 무시하는 성향이 강한 시어머니는 자신이 가지고 있는 생각이 답이라고 여기는 고집이 있다. 학벌이 높지는 않지만 그것은 자신이 처한 환경 탓이지 자신이 부족해서라고는 생각하지 않는다. 그런데 그 말도 맞는 말이다. 시어머니 세대는 배울 수 있는 환경이 갖춰지지 못해 배움에 한을 품고 살아가는 사람들도 많다. 하지만 자신과 같은 일을 하는 사람들도 수준이 맞지 않다 생각하고 무시하는 사람이라면 동료들과 어울림이 적고 인간관계가 좋지 못한 것이다. 장사를 하더라도 일만 하는 것이지 주변 사람들과의 소통은 거의 없을 가능성이 높다.

사람을 무시하는 시어머니 유형은 특히 상대가 무식하다고 생각하면 더욱더 무시하고 얕본다. 며느리가 무식하다고 생각하는 순간 며느리를 대놓고 무시하기 시작할 것이다. 특히 아이를 키울 때 못마땅해 하는 것이 늘어난다. 아이에게 책을 읽어주는 게 중요하다고 생각한다면 며느리가 책을 읽지 않는 걸 무식하다고 생각하는 식이다.

한 예비 며느리는 결혼을 앞두고 양가 부모님 상견례 자리에 갔는데, 시어머니가 친정엄마에게 미리 며느리의 대학 졸업증명서를 요구했다고 한다. 친정 부모님 입장에서는 그런 것도 믿지 않으면 결혼을 어떻게 시키나 싶으면서, 또 딸의 졸업증명서를 요구했다면 당연히 아들 것도 가져오리라 생각했다. 하지만 시어머니는 예비 며느리의 졸업증명서는 당당히 요구하면서 자기 아들의 졸업증명서는 가져오지 않았다. 당연히 상견례 분위기는 좋을 수가 없었다.

시어머니는 똑똑한 분이었지만 가정 형편이 어려워 공부를 많이 하지 못했다. 그래서 학벌에 대한 자격지심이 있었다. 친정 부모님의 경우 우리나라 명문 대학 졸업생들이었는데, 시어머니의 졸업증명서 요구로 기분이 나빴던 터라 그 자리에서 자신이 어느 대학을 나왔으며 딸을 어떻게 키웠는지를 구구절절 얘기했다. 며느리는 시어머니가 자신을 미워하기 시작한 것이 아마 그때부터였다는 생각이 든다고 했다. 시어머니는 며느리가 뭘 해도 사사건건 트집을 잡았고 작은 실수도 용납하지 않았다. 그런 가운데 며느리는 지치기 시작하고 자신의 삶을 비관했고 결혼에 대한 후회가 밀려왔다.

며느리는 명문대를 졸업하고 유학도 다녀오고 남들 부러워하는 멋진 직업까지 가지고 있었지만 결혼을 통해서 그 모든 것들이 의미가 없어졌다. 아이가 태어났고 아이를 키우는 일은 전적으로 엄마의 몫이 되어 직장은 당연히 그만두어야 했다. 가부장적인 시어머니에게 양육을 받고 자란 남편은 착한 사람이었지만 집안일을 해야 한다는 생각은 못하는 듯했다. 남편에게 '가정은 이렇게 만들어 가는 것'이라고 가르치거나 시킬 수도 있었겠지만, 당연히 알아서 해야 할 일조차 하지 않는 남편에게 실망한 아내는 작은 일조차도 도움을 요청하지 않았다.

왠지 그렇게 하는 것은 자신이 구차해 보이고 짜증이 났고, 내 부족함을 인정하는 느낌이 들었다. 하지만 그러면서 홀로 점점 더 지쳐갔다. 시어머니의 무시하는 말과 잔소리는 더욱더 심해져 갔다. 물론 며느리가 어느 대학을 나와 어떤 일을 했고, 현재는 왜 할 수 없는지 시어머니는 너무나 잘 알고 있다. 하지만 그런 건 전혀 인정해주지 않고, 태어나서 한 번도 해본 적 없는 살림과 육아에 있어서 부족한 점만 계속 지적했다. 결국 며느리는 시어머니 때문에 신경안정제를 복용해야 하는 상황이 되었다.

어디서부터 잘못된 건지, 어디서부터 개선해야 하는지 알 수 없었다. 학교에서도, 직장에서도 누군가에게 지적을 받거나 무시당해 본 적 없던 며느리 입장에서 시어머니의 태도는 감당하기 어려웠다. 이렇게 후회스러운 결혼생활을 이어가는 것은 자신에게도, 아이들에게도 못할 짓인 것 같다는 생각이 들기 시작했다.

결혼은 여성들에게 이제껏 해왔던 일과는 확연히 다른 삶에 대해 요구한다. 그 변화에 대해 열심히 노력하고 애쓰면서도 노력에 대해 전혀 인정받지 못하고 점차 자신감만 떨어지는 경우가 많다. 며느리를 한없이 무시하고 싶은 시어머니는 별일 아닌 일로도 며느리를 세상에서 제일 부족한 사람 취급을 하고, 그런 무시가 싫은 며느리는 최선을 다해 노력하지만 상황은 좀처럼 나아지지 않는다.

이 며느리의 결혼생활은 이미 상견례 때 브레이크가 걸렸다고 봐야 한다. 시어머니는 며느리 가족이 자신을 무시했다고 생각한다. 상대를 무시하는 시어머니가 제일 견디지 못하는 것은 상대방이 자신을 무시하는 상황이다. 무시받는 게 싫어서 상대방을 누르며 자신을 높이는 방법을 쓰고 있는 것이다. 하지만 그 사실은 자신조차 알지 못할 때가 많다. 의도적인 것이 아니라 무의식적으로 발현되는 마음이기 때문이다.

TIP & SOLUTION

시어머니의 무시에서 벗어나려면 도대체 어떻게 해야 할까? 상처 입은 자신의 마음을 남편에게 구구절절 설명한다고 해도 알아주는 남편은 없다. 남을 무시함으로써 자신을 높이고 싶은 시어머니의 마음을 어떻게 현명하게 충족시켜줄 것인지 생각해야 한다.

시어머니가 살아온 삶을 인정해주는 방식이 좋다. 시어머니를 존경할 필요는 없으나 존중해야 한다.

사람은 누구나 인정받고 싶은 욕구가 있지만 무엇에 대한 인정 욕구인지는 제각기 다르다. 남을 무시하는 경향이 있는 사람들은 자신의 생각이 무조건 법이라고 생각하는 경우가 많다. 며느리 입장에선 그 주관적인 법을 인정하기 어렵겠지만, 그게 나름대로 시어머니 세계에서의 법이라는 걸 인정해주는 표현이 필요하다.

시어머니의 지적 미모를 칭찬하자.

물론 시어머니가 밉고, 시어머니가 잘하는 것을 찾기 어려울지도 모르지만 찾아야 한다. 어른의 지혜를 인정함으로써 시어머니와의 인간관계를 회복할 수 있다. 그리고 자신의 지혜를 내세우기보다 스스로 부족하기에 항상 노력하고 공부하는 모습을 보여주는 것으로도 큰 효과를 볼 수 있다. 아이들을 키울 때 시어머니 앞에서 더욱 책을 많이 읽어주거나, 시댁에 갈 때 꼭 책을 들고 가서 틈틈이 읽는 모습을 보여주는 것도 좋다. 말 그대로 '틈틈이' 읽자는 것이고, 무엇보다 책을 갖고 다니는 것 자체가 중요하다. 항상 지혜를 찾고 있다는 걸 보이면 며느리를 무시하지 않게 된다.

상대편을 향해 먼저 칼을 드리우는 사람은 자신이 그 칼로 공격당하기를 원하지 않기 때문에 방어적인 방편으로 오히려 공격을 하는 경우가 많다.

며느리를 향한 시어머니의 공격 형태는 다양하지만, 그 내면에는 자신을 보호하려는 의지가 강하게 작용하고 있다. 그러니 시어머니의 행동 패턴을 살펴보고 시어머니가 말하는 내용을 잘 들어보자. 어떤 말을 많이 하는지, 어떤 부분에서 화를 내는지 파악하여 그 부분을 먼저 인정해주는 마음이 중요하다. 친정 부모님을 무시하는 말에 즉시 발끈하지 말고 시어머니의 약점을 들여다보고 인정해주는 마음을 가진다면 그 문제에서 빠르게 벗어날 수 있을 것이다.

문제의 근원을 인지하고 해법을 찾아 나가야 한다.

피하는 것이 답이 되면 좋겠지만 피하기만 하면 결국 자신을 더 괴롭히게 된다. '내가 왜 그 상황에서 아무 말도 하지 못했을까?' 자책해 봐도 또다시 그 상황이 오면 아마 또 말하지 못했을 것이다. 그러니 나를 무시당하는 환경에 놓지 않도록 바꾸어야 한다. 물론 상처 받은 며느리는 시어머니를 인정하고 들여다보려는 마음까지 지니기 어려울 것이다.

시집살이를 개선하는 데 있어서 중요한 것은 상처를 치유하는 일이다.

그 상처가 나아지지 않으면 절대로 시어머니를 인정할 수가 없다. 이 모든 과정은 시어머니의 마음을 편하게 해주기 위한 것이 아니다. 내가 무시당하지 않고 행복한 나로 살아가기 위한 환경이라는 걸 잊지 말아야 한다.

규칙이 없는 시어머니

시집살이로 힘들어하며 찾아오는 며느리의 상당수가 규칙 없는 시어머니 유형을 겪고 있다. 규칙이 없을 뿐만 아니라 남의 흉을 잘보고, 자신은 예의가 없으면서도 다른 사람에게는 예의를 강조한다. 내 탓이란 없고 대부분 남의 탓이며, 매사에 기준이 바뀌고 기분에 따라 오락가락한다. 며느리 앞에서 자기 가족이나 친지 흉을 보면서 편을 들어주길 바라지만, 며느리 입장에서는 무작정 한쪽 편을 들기가 애매하다. 며느리로서는 이렇게 규칙 없는 시어머니를 어른으로 존경하기는 어렵다.

이런 시어머니는 자신이 무슨 말을 하는지 잘 모른다. 스스로 만들어 놓은 자신만의 세계에서 다른 사람을 존중하기보다 자신의 뜻과 의지로 살아가려는 힘이 강하다. 늘 근심걱정이 많고 아들 부부에 대해서 무엇이든 궁금해 한다. 그런 점을 차라리 속 시원하게 물어보면 좋겠지만 짐짓 전혀 궁금하지 않다는 듯 몰래 엿듣는 모습 등을 발견하면 며느리도 화가 치밀어 오른다.

이 유형의 시어머니는 명확한 기준을 가지고 있지는 않으면서 며느리를 가르치고 싶은 마음도 강하다. 집안 살림과 내력, 문화와 전통을 가르쳐주고 싶어 하는데 며느리 입장에서 보기엔 딱히 가르침을 받을 만한 전통 있는 양반집도 아니다. 게다가 실제로는 그때그때 다른 기준에 마음 내키는 대로 살아왔으면서 며느리에게는 자꾸 제대로 된 엄격한 규율을 배워야 하는 것처럼 말한다. 그런데 막상 며느리가 무언가를 잘 해내면 또 그것대로 화를 낸다. 그래서 차근차근 잘 가르쳐주지는 않는다. 혹여나 며느리가 자신보다 잘할 것 같은 두려움 때문이다.

사실 시어머니가 아무래도 며느리보다 요리를 잘하는 경우가 많다. 시어머니는 조미료를 절대 쓰지 않는다고 내세우며 무언가 특별한 비법이 있는 것처럼 말씀하신다. 며느리가 시어머니의 양념을 그대로 가지고 음식을 해보지만 아무래도 맛이 제대로 나지 않는다. 그래서 처음엔 시어머니의 손맛이 굉장히 좋으신 거라고 생각한다.

하지만 어느 날 시어머니가 정체불명의 조미료 넣는 것을 발견하고 뭐냐고 물어보면 별거 아니라고 한다. 자신은 숨겨놓고 조미료를 넣으면서 며느리에게는 안 넣었다고 말한 것이다. 한동안 미원이라는 조미료가 화학성분이 들어 있다는 이유로 은연중에 금기시되던 시기가 있었다. 미원을 대체하는 조미료로 등장한 것이 바로 다시다였다. 미원이든 다시다든 조미료인 것은 마찬가지라고 며느리는 생각한다. 사실은 어머니도 그걸 알고 있기에 며느리에게 감추었던 것이 아닐까? 그런데 시어머니는 자신은 조미료를 쓰지 않는다고 극구 부인을 하는 것이다.

명절이나 제사 때면 빠지지 않는 전 종류의 하나인 일명 동그랑땡을 만들 때도 이 규칙 없음이 적용한다. 며느리가 한 입에 쏙 들어가게 앙증맞게 만들어 부치면 그것을 본 시어머니는 말한다.

"그렇게 조그맣게 하지 말고 먹음직스럽게 크게 만들어라. 음식이란 자고로 먹음직스러워야지."

그래서 다음 행사에선 큼직큼직하게 먹음직스럽게 보이도록 만들어 부치면 이번엔 또 다른 타박이 돌아온다.

"무슨 전을 그렇게 크게 만드니? 한 입에 먹을 수 있게 해야지."

그래서 이 며느리는 그 다음엔 세 종류의 크기를 미리 만들어 '어느 크기로 할까요?' 하고 물었다고 한다. 그랬더니 시어머니의 대답은 무엇이었을까?

"넌 결혼한 지 몇 년이 지났는데 아직도 그런 걸 묻는 거니? 이젠 알아서 할 때도 되지 않았니?"

그런 것만 봐도 시어머니를 인정하고 존중해주는 마음을 가지기가 쉽지 않다. 불안함과 걱정이 많은 이런 시어머니의 유형은 자신을 제치고 누군가 자신의 자리를 차지하는 것을 굉장히 불안해한다.

혹여 며느리가 자신보다 더 사랑받을까봐 두렵고 자신보다 뭐든 더 잘하는 며느리가 예쁘지 않다. 그래서 실질적인 요리 비법은 절대 가르쳐주지 않으면서 며느리가 조금 잘하기라도 하면 어떻게 해서든지 며느리의 부족한 부분을 깎아내리기 위해 노력한다.

규칙 없는 시어머니의 유형이 많은 이유는 당시 시대적 배경에서 찾아볼 수 있다. 먹고 사는 것 자체가 힘들었던 당시 우리 할머니들은 뱃속의 아이에 대해서도 늘 불안해했다. 또한 남아선호사상이 충만하던 시대라 뱃속의 아이가 꼭 아들이길 바랐다.

요즘처럼 초음파가 있어서 성별을 알 수 있었던 것도 아니고 배 모양만 가지고 성별을 판단했던 시절이다. 동네 어른이 '배 모양이 딱 딸이네.' 했어도 마음으로는 '아들이다'라는 확신을 가지고 출산에 임했다. 무조건 '내 아들, 내 아들' 하며 태교를 하다가 아이가 태어났는데 실제로는 딸이었던 것이다. 그래서 축복보다 실망감 속에서 태어난 아이들도 많았다. 그런 영향을 많이 받은 시어머니들은 딸로 태어난 삶이 불안했고 규칙 없이 우왕좌왕할 수밖에 없었을 것이다.

그런 시어머니들의 성향을 단지 개인의 탓이라 할 수는 없다. 하지만 며느리 입장에서는 지치고 힘이 든 것은 어쩔 수 없다.

불안하고 궁금한 마음에 아들 부부의 매사 모든 일을 다 알고 싶어 하는 시어머니의 모습이 며느리 입장에서는 음흉하게 느껴지기도 한다. 처음엔 착한 시어머니 코스프레를 하고 며느리를 대하다

보니 정말 좋은 분처럼 생각되지만, 시간이 지날수록 이상한 느낌을 받게 된다. 혹여 합가를 하여 같이 살게 되면 문제는 더욱 심각해진다. 처음에는 딸처럼, 친정엄마처럼 서로를 대하려던 관계라도 결국은 뼈저린 후회로 끝나는 경우가 많다.

시어머니는 일단 자신의 위치를 뺏기고 싶어 하지 않는다. 자신의 몫을 지키려는 불안함과 두려움은 자신도 모르는 사이에 마음속 깊이 자리 잡혀 있다. 뭐라도 하려는 며느리에게 잘하고 있다고 칭찬해주면 더욱더 잘하기 위해 노력할 것이다. 하지만 시어머니는 며느리가 해놓은 음식을 가족들이 맛있다고 하면 속이 상한다. 그래서 자신은 며느리가 해주는 음식에 손도 대지 않는다.

혹여 며느리가 콩나물이라도 무쳐 놓으면 시어머니는 맛이 없다며 다시 손을 댄다. 청소를 해도 마찬가지이다. 열심히 최선을 다해서 청소를 해놓으면 또 마음에 안 드신다며 다시 한다. 이런 상황이 반복되면 며느리 입장에서는 선뜻 무언가를 할 수가 없고 주저하게 되며, 결국은 차라리 안 하는 게 낫다는 결론을 내리게 된다.

그런데 시어머니는 무엇이 문제인지 모른다. 며느리로서는 어차피 시어머니가 다시 할 것이고, 해도 좋은 소리를 들을 수 없으니 살림에 손을 떼게 되고, 또 시어머니는 아무것도 하지 않는 며느리를 놀고먹는 사람 취급을 한다. 이런 불합리한 시어머니의 행동에 마음의 벽은 점점 쌓여갈 수밖에 없다. 그 와중에 시어머니는 시누이나 남편, 또 다른 가족들에게 며느리의 잘못에 대해서 흉을 보기 시작한다. 결국 가족들에게 게으르고 못된 며느리가 되는 것은 시간문제다.

며느리가 그렇다고 온 가족에게 이런 정황을 일일이 설명하고 다닐 수도 없다. 그러니 어느새 며느리는 가해자가, 시어머니는 피해자가 되어 있다. 남편조차 아내를 아무 일도 하지 않는 사람 취급을 하면서 자신의 엄마가 아니면 우리는 굶어죽었을 거라는 막말까지 던진다. 그러나 정작 시어머니는 자신의 잘못을 전혀 알지 못한다. 의식적으로 행동한 것은 아니다. 자신을 방어하기 위한 기질 탓에 며느리를 포함해 다른 사람의 흉을 보면서 자신을 높이고 싶었던 것이다.

규칙이 없는 시어머니의 또 다른 모습은 자주 아프다는 것이다. 오늘 어깨가 아프고 나으면 내일은 다리가 아프고, 다리가 낫고 나면 그 다음은 속이 안 좋고 속이 다 나은 것 같으면 다음은 다시 어깨가 아프다고 한다. 날마다 어딘가 아픈 시어머니를 보면서 며느리는 처음에는 걱정되는 마음에 병원에 가보시길 권하고 동행하기도 한다. 하지만 매번 만날 때마다 아프다는 시어머니가 좋을 수가 없다.

아프다는 말을 입에 달고 사는 시어머니는 사실 아들과 며느리에게 보호받기를 원하고, 그런 말을 자주 해야 자신을 돌봐줄 거라는 기대감을 지니고 있다. 스스로는 아프다는 말을 그렇게 많이 했는지 의식하지 못한다. 시어머니의 타고난 기질이 자신을 보호하려는 방패막이를 이렇게 만들어서 살아가고 있는 것이다.

그러나 긴 병에 효자 없다고 했던가? 시어머니는 관심받고 싶어 아프다고 표현하는 것이지만, 이렇게 자주 아픈 시어머니를 믿고 보호해주고 싶은 마음이 드는 며느리는 세상에 없다. 진정 자신이 무엇을 원하는지 이제는 솔직하게 말할 수 있는 지혜로운 마음이 시어머니에게도 필요하다.

TIP & SOLUTION

생각만으로도 머리가 아픈 이런 상황에서 며느리들은 어떻게 행동하고 대처해야 할까?

정답을 먼저 말한다면 시어머니의 편이 되어 드리는 것이다. 아주 쉽지만 또한 어려운 일이다. 이런 분들의 성향을 먼저 파악하고 시작한다면 제일 쉬운 답을 찾을 수 있다.

규칙 없는 시어머니와는 신뢰를 쌓는 것이 제일 중요하다.

남의 흉을 보는 것은 나를 높이기 위함이요, 보호받기 위함이다. 누군가 흉을 보면 나는 더 분노하여 어머니의 편을 들며 맞장구를 쳐보라. 다른 사람의 흉을 보는 것은 나쁜 것이라고 배웠는가? 이제 좀 내려놓자. 얼굴도 모르는 사람의 편에 서느니 그래도 내 남편의 엄마, 우리 아이들의 할머니 편을 좀 들어 드리는 것이 뭐가 그리 나쁜 일일까? 내 양심은 나를 위해 잠시 내려놓자. 며느리보다 당신을 더 높이고 싶어 하는 시어머니에게 방법을 찾아드리자. 이로 인해 시어머니의 행동은 바뀔 것이고, 당신에게 더는 공격의 화살이 날아갈 일은 없을 것이다. 물론 처음에는 힘이 들 것이다.

시어머니와 어느 정도 신뢰가 쌓이면 시어머니는 며느리를 내 편이라고 생각하게 된다.

그러면 미움보다는 사랑을 주고 싶어 하고 며느리를 힘들게 하지 않는다. 하지만 며느리들은 이렇게 하는 게 왠지 내가 지는 것 같고, 나도 이상한 사람이 되는 것 같아 선뜻 행동하지 못하는 경우가 많다. 하지만 신뢰란 쌓기까지가 어려운 것이지 쌓이고 나면 깨지기 더 어려울 때도 있다.

경제적 지원을 요구하는 시어머니

결혼을 앞둔 삼십대 중반의 예비부부가 상담을 요청해 왔다. 오랫동안 연애를 해온 두 사람은 결혼이라는 걸 하게 된다면 다른 누구도 아닌 이 사람과 해야 된다고 당연하게 생각했다. 두 사람 모두 학벌도 좋고 대기업에 다니며 누가 봐도 엘리트라 할 수 있는 직업을 가지고 있었다. 참 예쁘게 잘 어울렸고 잘 살아갈 수 있을 것처럼 보였다.

그런데 막상 결혼하기 위해 마음을 먹고 준비하는 과정에서 예비신부는 놀라운 사실을 알게 되었다. 각자 대기업을 다니고 있고 두 사람 모두 돈을 함부로 쓰는 성향이 아니다 보니 예비 신부는 돈을 꽤 많이 모아둔 상태였다. 당연히 예비 신랑도 돈을 그 정도는 모았을 거라 생각을 했는데 예비 신랑은 돈이 전혀 없다고 했다. 월급은 모두 엄마에게 드렸다고 하여 당연히 예비 시어머니께서 돈을 모아 두었을 거라 짐작하고 있었다.

그러던 어느 날, 예비 시어머니가 결혼을 서두르라고 말씀하셨다. 예비 신부는 자신을 마음에 들어 하시는 줄 알고 감사한 마음이 들었는데, 알고 보니 그게 아니었다. 시어머니는 빚을 많이 지고 있었고 아들의 월급으로 생활을 하고 있었다. 그런데 예비 며느리가 돈을 많이 모았다는 말을 들은 시어머니는 결혼하면 자신의 생활비를 조금 더 올려줬으면 좋겠다고 했다.

예비 신부는 자신의 귀를 의심하지 않을 수 없었다. 결혼을 빨리 하라는 이유도 두 사람이 결혼하면 자신이 생활비를 더 많이 받을 수 있기 때문이라니 황당할 뿐이었다. 남자친구가 그동안 돈을 하나도 모으지 못해 집을 구하는 것조차 깜깜한 상황인데, 시어머니는 아들 잘 키워놨으니 당연히 생활비는 아들 부부가 책임져야 한다고 당당하게 요구하고 있었다. 아무리 사랑으로 만난 두 사람이라지만 이건 아니다 싶은 생각이 들어 상담을 하러 왔다고 했다.

요즘 시어머니는 젊다. 요즘은 100세, 아니 이젠 120세 시대라고 할 정도이니 우리 어머니들은 특별한 일이 없는 한 오래 살아 계실 것이다. 삼십대 중반의 예비부부가 결혼하면서부터 시부모를 부양해야 한다면 과연 얼마 동안이나 경제적 지원을 계속해야 할까? 언뜻 생각해도 까마득하다. 두 사람 모두 능력이 있으니 아껴 쓰면서 시부모에게 돈을 보내드릴 수도 있겠지만, 이 시점에서 예비 신부가 힘든 이유는 생활비를 보내고 안 보내고의 문제가 아니다.

중요한 건 시어머니가 며느리에게 생활비를 너무나 당연하게 요구한다는 것이다. 이제 육십 대 초반인 시어머니는 충분히 경제활동을 할 수 있다. 열심히 일하고 있지만 어려움이 있다면 아들 며느리가 모르는 체하는 것도 도리는 아닐 것이다. 하지만 아들 키워놨으니 내 노후는 너희들이 책임지는 게 당연하다는 태도는 며느리 입장에서 받아들이기 어렵다. 게다가 요즘 결혼하는 삼십대가 전문직 고소득자가 아니고서야 시부모를 부양할 만큼 경제적 기반을 닦아 놓은 상태일까?

신혼부부의 60% 이상이 주택담보 대출이나 전세자금 대출을 받고 시작한다. 대출금을 갚아 나가기 바쁜 신혼부부에게 당당히 생활비를 요구하는 시어머니를 받아들일 수 있는 며느리는 많지 않다. 이런 시어머니가 많지는 않겠지만 그렇다고 아예 없지도 않다.

그렇잖아도 며느리는 명절이나 생신, 각종 집안행사 등 여러 가지 이유로 돈을 써야 하는 상황이 생길 때마다 얼마가 적당한지 고민하게 된다. 이는 사실 금액의 많고 적음의 문제는 아니다.

"시어머니께 명절에 20만 원을 드렸는데 너무 적다면서 30만 원을 요구하셨어요. 너무 기분이 나빠요. 저희 사정이 힘들다고 잘 말씀드려도 적다면서 화를 내시는데 이럴 땐 어떻게 해야 할까요?"

이런 문의가 가끔 들어온다. 10만 원을 더 드리고 시집살이를 피할 수 있다면 그것도 좋은 선택일지도 모른다. 하지만 시어머니의 반응은 금액보다 서로의 태도와 마음의 문제가 아닐까 싶다.

TIP & SOLUTION

해당 사례의 시어머니는 경제적 상황이 나쁜 것도 아닌데 10만 원을 더 못 받아서 화가 난 걸까? 며느리는 용돈을 더 드리면 깔끔하게 끝나는 문제를 왜 고민하는 것일까? 그런데 며느리는 무슨 일이 있을 때마다 이런 식으로 시어머니에게 끌려가면 계속 그렇게 될 것 같아 어머니가 원하는 대로 하고 싶지 않다고 한다. 그렇다면 시어머니도 같은 마음이 아닐까?

두 사람은 서로에게 우위를 선점하기 위해 금액을 가지고 밀당을 하는 중이다. 서로 리더가 되고 싶지만 막상 리더십은 부족한 상태에서 자신의 자리를 찾지 못하고 있는 상태다.

이런 경우는 서로 가족이라는 개념보다 오히려 남보다 못한 존재로 서로를 바라보고 있다. 돈의 문제가 아닌 마음의 문제, 즉 서로에 대한 신뢰와 예의가 사라졌다는 것이 포인트이다. 며느리가 적은 금액을 드리더라도 감사한 마음으로 드렸다면 시어머니는 이해했을지도 모른다. 그런데 돈 20만 원을 내고 자기 할 일은 다했다는 듯 행동하는 며느리에게 화가 나서 돈을 더 요구한 것일 수도 있다.

경제적인 지원을 요청하는 시어머니 중에서는 정말 상황이 어려워서 지원을 원하는 경우도 있지만, 보편적으로는 불만을 표하는 방식으로 금전적인 부분을 지적하는 경우가 대부분이다.

시어머니는 어른이지만 어른답지 않을 때가 있고, 마음이 넓은 것처럼 말하지만 내심은 그렇지 않다. 며느리는 그 점을 들여다보고 시어머니를 어른으로 대접하지 않는다. 이런 갈등이 우리에게 시집살이라는 결과를 만들어내게 된다.

아들과 며느리에게 당당하게 생활비를 요구하고, 때로는 필요한 물품을 사주기를 바라고, 여기저기 아프다는 등의 핑계를 대며 아들 내외를 괴롭히는 시부모님들이 있다. 그런데 이렇게 자꾸 뭔가를 요구하는 것은 사실 말 그대로의 의미가 아닐 때가 더 많다. 왠지 아들을 뺏긴 게 억울하고, 며느리에게 잘 키운 아들을 데려간 것에 대한 감사의 표현을 받고 싶은 것이다. 그리고 경제적 지원을 요구하면서도 당당하다. 무리한 요구를 하는 게 아니라 아들, 며느리가 당연한 도리로 해야 하는 일이라고 생각하기 때문이다. 하지만 며느리 입장에서는 사랑하는 마음으로 남편을 만났을 뿐인데 시어머니의 아들 자랑을 무조건 다 받아줄 마음이 있을 수 없다.

시어머니가 경제적 지원을 요구하는 이면에 어떤 인정 욕구가 있는지 정확히 파악한 뒤 남편과 상의하는 과정이 반드시 필요하다. 그리고 할 수 있는 정도와 불가능한 정도를 분명하게 말할 수 있어야 한다.

분노조절장애 시어머니

분노조절장애라는 것은 화가 나는 마음을 스스로 조절하지 못하고 지나칠 정도로 표현하는 일종의 성격장애 증상이다. 누구에게나 나타날 수 있는 것이지만 때로는 심각한 사회문제로 조명되기도 한다. 그런데 시어머니가 이렇게 분노조절장애를 가지고 있는 경우 며느리 입장에서는 견디기 힘든 괴로움을 겪어야 한다.

원래도 화를 잘 내는 성향을 가지고 있는데 별일 아닌 일에도 금방 욱하는 사람은 본인보다 옆에 있는 사람을 불안하고 힘들게 만든다. 그런데 분노조절장애가 있는 시어머니는 스스로 며느리나 다른 사람을 향해 분노하고 있다는 사실을 모른다. 그래서 그저 '나는 이런 성격이다, 하지만 뒤끝이 없으니 화낼 때 잠깐뿐이다.'라고 합리화하며 가족들에게 상처를 준다. 화를 내는 사람은 그때뿐일지 몰라도 당하는 사람은 매번 스트레스가 아닐 수 없다.

남편은 어릴 때부터 그런 자신의 어머니에게 양육을 받아왔기에 어느 정도 익숙해져 있다. 그래서 아내에게는 그러려니 하라고 무심하게 넘긴다. 하지만 자신은 미우나 고우나 피가 섞인 엄마이기에 대판 싸워도 다음날이면 웃을 수 있겠지만 며느리는 아니다. 시어머니는 화낼 때는 며느리도 자식이라는 공식을 적용하고, 막상 며느리가 실수하면 자식이 그랬을 때보다 더 못 견디는 모순적인 행동을 한다. 며느리는 그런 시어머니를 이해할 수 없고 그 앞에서 감정조절도 잘 되지 않는다. 시어머니와 눈만 마주쳐도 두렵고 떨린다. 시어머니의 말 한마디 한마디에 상처를 입고 그 상처가 덧입혀져서 자신도 얼마나 상처를 받았는지조차 알지 못하는 상태에서 살아간다.

이런 시어머니를 만나기 위해 시댁에 가는 발걸음이 며느리로서는 당연히 무겁고 느려질 수밖에 없다. 시댁에 가지 않으려고 여러 가지 핑계를 대게 되는데, 그런 모습을 남편이 이해해주지 않는다면 부부 관계도 나빠지기 마련이다.

분노조절장애를 보이는 유형의 시어머니를 그러려니 하고 대할 수 있는 며느리가 있을까? 시어머니는 스스로 자신의 감정조절에 대해 문제가 있다고 생각하지는 않는다. 자신은 지극히 정상이고 화나게 만들기 때문에 화를 내는 것뿐이라고 생각한다. 이런 성향을 가진 사람들은 누군가에게 지시받는 것은 극도로 싫어하지만 지시하는 것은 쉽다. 또한 자신의 지시를 실행하지 않으면 더욱 분노한다. 자신의 말이 법이고, 그 말을 따르지 않으면 화를 낸다. 모든 일을 자신의 통제하에 두고 싶어 자식들 역시 자신의 명령을 따르길 원한다.

하지만 자라온 환경부터 다른데다 그런 명령에 익숙하지 않은 며느리들은 시어머니의 말에 반감부터 들 것이다. 거기다 며느리도 시어머니와 같은 성향을 지녔다면 그 만남의 결과는 불 보듯 뻔하다. 부부의 삶은 부부가 알아서 살아가길 원하는 며느리는 시어머니의 간섭에 반대로 화를 낸다. 각자의 주장만 하는 시어머니와 며느리가 하루가 멀다 하고 싸울 수밖에 없는 것이다.

실제로 며느리에게 순종 각서를 받은 시어머니의 사례를 본 적이 있다.

시어머니는 며느리가 자신의 말을 따르지 않고 제멋대로 한다고 생각하여, 며느리를 불러 앉혀 놓고 앞으로 시어머니에게 순종한다는 각서를 쓰게 했다. 당연히 순순히 각서를 쓸 수 없었던 며느리가 이를 거부했지만, 아이들을 데려가서 협박하고 남편을 통해 강요하는 탓에 끝내 그 각서를 써야만 했다고 한다.

이 놀라운 시어머니는 각서를 법무사에 가서 공증까지 받았다고 한다. 시어머니의 성향이 보통은 넘는다고 할 수 있다. 이 일 이후로 시어머니의 지나친 요구는 며느리를 더욱더 힘들게 했고 며느리는 하루하루 사는 것이 지옥 같다고 토로했다. 아이들을 위해 참아보려 했지만 참는 것에도 한계가 있다 보니 언제 끊어질지 모를 끈을 팽

팽하게 당기는 듯 날마다 아슬아슬했다. 시집살이가 이처럼 며느리의 삶 전체를 흔들어놓을 만큼 큰 영향을 미친 것이다.

늘 목소리가 크고 쉽게 욱하는 시어머니의 모습은 어쩌면 어린아이 같아 보이기도 한다. 다 큰 어른이 자신의 말을 들어주지 않으면 떼를 쓰는 아이처럼 굴면, 그걸 지켜보는 사람들은 당연히 정상적인 느낌이 들 수 없다. 우리가 바라는 어른의 모습은 어떤 것일까? 친정엄마까지는 바라지 않더라도 이중적이거나 자기밖에 모르는 시어머니의 모습은 어른과는 확실히 거리가 멀다.

며느리에게 순종하라는 의미로 각서를 쓰게 하고 순종하지 않으면 이혼을 해야 한다며 아이를 빌미로 협박하는 시어머니는 며느리를 어떻게 바라보고 있는 걸까? 물론 이런 상황까지 가기 전에 시어머니의 성향을 파악하고 지혜롭게 행동했다면 조금은 나은 상황이 되었을 수도 있다. 그런데 며느리도 시어머니의 불같은 성향을 그저 피하거나 반발하려 하다 보니, 시간이 갈수록 시어머니는 며느리를 믿을 수 없고 며느리는 시어머니가 무서워 접근 자체가 힘들어진 것이다.

그 안에서 남편이라도 아내의 편이 되어 이런 환경에서 벗어날 수 있도록 도와줘야 하는데, 남편은 대수롭지 않게 여기며 아내에게 참아내라고만 한다. 어느 누구도 자신의 편이 없는 환경에서 아내는 지치고 힘든 시간을 보내게 된다. 그런 시간은 정신적 고통은 물론 어느덧 육체적 고통까지 동반할 때도 있다.

그렇다면 이런 불같은 시어머니를 어떻게 해야 할까? 이런 유형의 시어머니는 자신의 명령에 순종하지 않는 모든 사람에게 화를 낸다. 그리고 강한 자에게는 더욱더 강하게 행동하여 자신에게 순종하기를 바라는 반면 약한 자는 보호해주려고 하는 성향이 있다. 어찌 보면 왕처럼 굴고 있는 것이기에, 자신에게 무릎 꿇고 있는 사람은 지켜주는 것이다. 이런 시어머니는 내가 돌봐주지 않으면 너희는 먹고 살기 힘들다고 생각한다.

하지만 아무 일 없는데 시어머니에게 무릎을 꿇을 며느리는 없을 것이다. 오히려 우리 며느리들은 강한 모습을 보여준다. 실제로 시어머니가 도와주지 않아도 알아서 잘 살아갈 수 있기 때문이다. 시어머니가 아무것도 신경 안 써주시면 더 잘살 것 같은데 뭐든 해주려고 하는 시어머니 때문에 더 힘들다는 며느리도 많다.

조금 서운한 일만 생겨도 아들, 며느리를 불러다 앉혀 놓고 죄인을 만드는 시어머니 앞에서 며느리는 답답하기만 하다. 어른의 권위를 보여주고 싶으신 걸지도 모르지만, 왜 이렇게까지 하는지 불편한 마음이 커지며 갈등으로 인한 벽은 점점 더 높아져만 간다.

TIP & SOLUTION

강한 시어머니에 대한 대처법은 오히려 며느리가 약한 모습을 보여주는 것이다.

뭐든 알아서 척척 해내는 며느리가 예뻐 보이는 것이 맞지만, 시어머니는 앞에서 말한 바와 같이 자신의 도움 없이 살아가는 모습을 보고 싶어 하지 않는다. 말로는 알아서 잘 살아가길 바란다고 하면서도, 한편으로는 항상 물가에 내놓은 아이들 취급을 하며 자신의 영향력 안에 두고 싶어 한다.

며느리의 스케줄과 상관없이 일주일에 한 번은 가족끼리 모여 밥을 먹어야 하고, 어쩌다 들르시는 시부모를 위한 방을 따로 만들라고 하시는 시어머니의 강압을 남편은 당연하다고 여긴다. 어른을 존중해주는 의미라고 하는데 지금이 조선시대도 아니고, 어떻게 그런 걸 당연하게 이해할 수 있을까.

이런 시어머니의 요구는 자신의 권위를 보여주기 위한 것이다.

남편이 중재를 잘 해주면 좋겠지만 강한 어머니에게서 자란 아들은 어머니의 말에 순종적으로 살아왔기 때문에 스스로 불편함을 느끼지 못하는 경우가 많다. 결국 피해자는 가족으로 편입된 며느리다. 시어머니의 서슬 퍼런 시집살이 속에서 하루도 마음 편할 날 없이 지쳐가게 된다.

강한 시어머니에 맞서려면 약한 모습을 보여 시어머니가 보호해주고 싶도록 유도하는 것이 가장 현명한 방법이다.

4장

시월드 갈등에 대처하는 며느리 자세

시월드 인간관계

인간관계라는 건 사람과 사람 사이에서 이루어지는 모든 관계를 말한다. 이는 현대사회를 살아가는 사람들이 가장 힘들어하는 부분 중 하나이기도 하다. 학교에서든 직장에서든 사람들이 모여 있는 조직생활에서는 항상 인간관계를 신경 써야 한다. 사람의 마음에 행복이나 불행 등 감정적인 부분에 영향을 미치는 요인의 85%가 인간관계라고 한다.

나와 잘 통하는 좋은 사람을 만날 때도 있지만, 서로 이해하지 못하는 상황에서는 인간관계가 힘들어질 수밖에 없다. 사람들은 누구나 나와 같은 생각을 할 거라는 착각을 하지만, 사실 사람들은 각기 다르고 다양한 성향을 가지고 있기 때문에 때로 그 차이가 갈등이 되기도 한다. 원활한 인간관계를 유지하는 것은 그만큼 어려운 일이다.

만약 동료 중 한 명이 병원에 입원을 했다고 생각해 보자. 주변 사람들은 당연히 문병을 가야 한다고 생각하겠지만, 입원한 사람이 병문안을 오지 않았으면 좋겠다고 기어코 사양한다면 어떨까? 어떤 사람은 이 말을 듣고 정말 오는 게 싫은가 보다 생각할 것이고, 또 어떤 사람은 미안해서 말만 그렇게 하지 사실은 오라는 소리로 듣는 경우도 있을 것이다. 왜냐하면 자신에게 그런 마음이 있기 때문이다. 혹여 병원에 입원한다면 다른 사람들에게 안 와도 된다고 말은 하겠지만, 실은 와주기를 원하고 정말 안 온 사람들에게는 서운한 마음이 들 것을 스스로 아는 것이다.

수학 문제에는 정답이 있고, 정답을 찾기 위한 방법을 학교에서 배울 수 있다. 하지만 인간관계는 그렇지 않다. 스스로 자신만의 방법으로 답을 찾아야 하고, 거기에 정답이라고 할 만한 예시도 없다. 그래서 열심히 답을 찾는데 성과가 없는 경우도 생긴다.

일반적인 인간관계도 어렵지만 시월드 인간관계는 더욱더 어려울 수밖에 없다. 일반적인 인간관계는 서로 잘 맞지 않으면 끊어내는 최후의 수단도 가능하지만, 시월드 인간관계는 미우나 고우나 평생 얼굴을 마주해야 하는 사이이기 때문이다.

시월드 인간관계를 더욱 어렵게 만드는 첫 번째 요인은 바로 호칭 문제다. 조선시대부터 내려오는 시댁에 대한 호칭은 며느리가 그 집안에서 가장 낮은 존재임을 대변하는데 그 문화가 아직까지도 그대로 유지되고 있다. 결혼한 뒤 며느리는 시집 식구들을 마치 상전 모시듯 하는 호칭을 써야 한다. 남편의 형제를 부르는 '서방님', '도련님', '아가씨' 등의 호칭에는 며느리의 지위가 어떠한지 여실히 드러나 있다.

그렇다면 남편이 아내의 형제들을 호칭할 때는 어떠한가. '도련님', '아가씨'가 아닌 '처형', '처제', '처남'이 고작이다. 심지어 아내의 남동생에게는 '누구야' 하고 이름을 부른다. 드물게 요즘 젊은 사람들 중에는 이 호칭을 바로잡아야 한다는 생각으로 배우자의 형제들을 '~씨'나 이름으로 통일하여 부르기도 한다는데, 이는 양가 어른들의 이해가 따라야 하는 일이라 결코 쉽지가 않다. 이처럼 호칭이 일방적인 아닌 상대를 동일하게 존중해주는 호칭으로 바뀌려면 아직도 긴 시간이 걸릴 것으로 보인다. 이러한 호칭은 며느리와 시댁 식구들과의 관계를 어색하고 힘들게 하는 이유이기도 하다. 남편을 만나 사랑했을 뿐인데 그 사랑의 결실로 따라온 옵션은 며느리를 새 가족이라기보다 지위 낮은 하녀처럼 만든다. 며느리 입장에서는 선택한 적 없는 것이고, 선택할 권리조차 없었다.

얼마 전 '며느라기'라는 스페셜 방송 프로그램을 본 적이 있다. 며느라기란, 사춘기와 갱년기를 겪는 것처럼 며느리가 되면서 시댁 식구한테 귀염받고 칭찬받고 싶어 하는 시기를 재치있게 표현한 웹툰 제목이다. 이 웹툰 제목을 차용한 요즘 며느리들의 불편한 가족 이야기를 다룬 프로그램이었다. 명절에 남편만 고향 부모님 댁으로 가고 아내는 친정엘 가거나 자신만의 시간을 보내는 부부도 있었다. 그런 일이 가능하다니, 그 방송을 본 사람들이라면 누구나 적잖은 충격을 받았을 것이다. 그런 문화가 좋다, 나쁘다를 떠나서 뭔가 변화가 일어나고 있다는 희미한 희망을 가질 수 있었다. 부부의 합의만이 아니라 양가 어른들의 이해가 요구되는 일이라 결코 쉬운 일이 아니기 때문이다. 그러나 또한 여과 없이 보여주는 몇몇 가족의 이야기에서는 영원히 변하지 않는 시월드의 종속 관계나 가부장적 모순이 그대로 드러나기도 하여 가슴이 답답했다.

전혀 몰랐던 사람들이 만나 가족이 되고 서로를 받아들여 살아가기까지는 어느 정도 시간적 여유도 필요하다. 하지만 시집 식구들은 결혼 즉시 며느리가 가족이 되기를 바라는 한편, 진정한 가족으로는 여기지 않는다. 딸처럼 여긴다는 새빨간 거짓말을 할 뿐이다. 어쨌든 며느리는 딸과 달리 밥을 먹으면 설거지라도 해야 하는 법이니 말이다. 마주보고 한 식탁에서 밥을 먹는다고 해서 갑자기 가족이 되는 건 아니다. 그런데 우리 사회와 가정에서는 며느리에게 너무나 빠르고 급하게 많은 것을 바란다. 특히 가족이라는 이름으로 희생을 요구하는 경우가 많기에 며느리는 시댁 식구들을 선뜻 가족으로 받아들이기 어렵다.

며느리 입장에서는 어른들이 먼저 솔선수범해서 자신을 가족으로 받아들이고 어른의 모습을 보여주기 바란다. 하지만 어른이라는 이름 아래 행동하는 모든 것들이 며느리가 생각하기에는 어른의 모습이 아닌 경우가 많다. 서로가 다른 생각을 하고 있고, 원하는 형태의 사랑도 다르기 때문이다.

요즘 젊은 친구들은 굳이 참고 버티느니 인간관계를 포기하기도 한다. 불필요한 인간관계를 억지로 이어가느라 감정 소모를 하거나 스트레스를 받지 않으려는 것이다. 나와 다른 사람에 대해 억지로 맞춰주기 위해 발생하는 정신적, 심리적 소모를 굳이 감당할 필요는 없다. 이렇듯 시대적 분위기가 변하고 있는 와중에 전통적인 사상에 뿌리박힌 시월드 인간관계는 더욱 어렵게 다가올 수밖에 없다.

자기중심적 사고가 강하고 내 삶에 충실한 것을 중요하게 생각하는 시대에 살고 있는 며느리들이 타인 중심적 삶을 요구하는 시월드 인간관계에서 3년만 참아도 많이 참은 것이다. 머리로 이해되지 않는 시어머니의 말을 따라 억지로 행동하는 것에는 결국 한계가 오기 마련이다.

서점에 가면 인간관계나 처세술에 대한 책이 봇물 쏟아지듯 나와 있다. 그만큼 사람들은 인간관계의 중요성을 인식하는 한편 때로는 그 모든 것에서 자유로워지기를 원한다. 그런 사람들의 니즈에 맞추어 많은 책이 출간되고 실제로 책에서 많은 도움을 얻었다고 말하는 이들이 많다. 많은 책에서는 스트레스를 받으면서까지 인간관계를 위해 애쓸 필요는 없다고 위로한다. 그저 내가 할 수 있는 범위까지만 하면 된다고 말이다.

그런데 시월드 인간관계는 그렇게 나의 의지대로 딱 잘라 정리되지 않는다. 결혼하면서 남편을 통해 생기는 새로운 가족이기 때문에 피할 수도 없고 아무것도 하지 않는다고 문제가 해결되는 것도 아니다.

그렇다면 시월드 인간관계는 어떻게 풀어나가는 것이 좋을까? 계속 한 사람이 참는다고 해서 좋아지는 걸까? 물론 시어머니가 말도 안 되는 요구를 해도 별말 없이 순종하는 며느리가 된다면 문제는 발생하지 않는다. 시어머니 역시 그걸 원할 것이다. 하지만 그 며느리가 받는 숨겨진 스트레스는 결국 언젠가는 터지게 되어 있다. 인간관계라는 것은 말 그대로 '관계'이므로 상호간의 노력이 없다면 유지될 수가 없다. 다시 말해 노력하지 않아도 되는 관계란 없는 것이다.

결혼한 지 34년 된 며느리가 시월드 인간관계 문제로 괴로움을 호소한 적이 있다. 전문직으로 근무했던 그 며느리는 집에 있을 때보다 차라리 일하는 시간이 숨통이 트인다고 했다. 그런데 그 일은 정년을 맞이하면서 끝났다. 그리고 일하면서 참아내고 버텼던 시집살이는 그대로 현실이 되었다.

사회에서는 누구에게나 인정받는 멋진 모습이었던 그녀도 시월드의 관계에서만큼은 항상 약자였고, 참고 견디는 입장이었다. 그 사실이 너무나 화가 나고 속상했지만 여태껏 시어머니의 갖은 핍박에도 일과 가정을 지키며 최선을 다해 살아왔고, 아이들도 자신의 길을 찾으며 훌륭하게 자랐다.

하지만 그녀는 지금까지 살아온 것만으로 지칠 만큼 지쳐 더는 시집살이에 시달리고 싶지 않다고 했다. 많은 고민을 하던 차에 다른 며느리들과 의견을 나누고 싶어 34년 시집살이의 스토리를 구구절절 적어 커뮤니티에 올렸던 것이다. 그 글은 엄청난 조회 수를 기록했고 그만큼 댓글도 많이 달렸다.

사람들은 이 며느리를 위로했을까? 댓글의 의견은 다양했지만 '왜 인생을 그렇게밖에 못 사느냐?'고 질책하는 의견이 압도적으로 많았다. 그렇게 한심하게 살지 말고 가서 상을 한번 엎어버리든지 싸우라고 하는 자극적인 댓글도 있었다.

애초에 상이라도 엎고 시어머니와 싸울 수 있는 사람이었다면 여태껏 참고 살 수 있었을까? 그럴 수 없어서 더 괴로웠던 것이고, 그런 삶에 대해 고통스러워 하소연을 했던 것이다. 이제 와서 '왜 그렇게 바보같이 살았느냐?'고 묻는 말은 더욱 상처가 될 뿐이었다. 그렇게 할 용기가 없는 자신이 가장 밉고 속상할 것이다.

직장을 다니는 워킹맘들 대다수가 퇴근 후 집안일과 육아로 심신이 지쳐 가는데 자신의 현재 상황에서 가치를 느끼고 행복하기란 쉽지 않다. 전업주부도 마찬가지이다. 타의든 자의든 전업주부를 선택해서 육아와 살림을 병행하는 것도 힘들지만 전업주부를 바라보는 세상의 시선 역시 편견에 가득 차 있다. 내가 이렇게 살아가려고 대학을 졸업했나 싶고, 노력에 대한 보상도 없는 주부로서의 생활에 시어머니의 시집살이까지 겹치면 삶에서 희망이 사라진다.

과연 참아내는 미덕으로 시월드 인간관계를 유지하고 회복하는 것은 가능할까? 옛날 우리 시어머니들의 경우 고된 시집살이 속에서 그나마 위로가 되는 것은 나보다 시어머니가 먼저 돌아가실 거라는 사실 정도였다. 하지만 지금은 평균수명이 갈수록 늘어나고 함께 늙어가는 것이 현실이다. 시어머니와 함께 살아가는 동안 내내 스트레스뿐인 인간관계를 지속해야 하는 걸까?

시월드 인간관계는 시간이 지난다고 저절로 해결되는 문제가 아니다. 시어머니가 결코 엄마가 될 수 없는 것과 마찬가지다. 가능한 서로 상처를 주지 않고 상처받지 않도록 노력하는 것이 최선이라고 봐야 한다. 세상의 일반적인 이치와 기준으로 따져 보면 시월드 인간관계는 이해하기 어렵다. 이해하려고 노력하는 순간 오히려 더 큰 상처를 받는다. 세상의 이치가 아니라 시월드의 개념으로 상황을 바라봐야 한다.

아주 야무진 며느리가 한 명 있었다. 꼼꼼하고 알뜰한 성격이라 작은 돈도 쉽게 쓰지 않고 꼬박꼬박 저축했다. 그렇게 맞벌이로 열심히 살면서 또래 친구들보다 빨리 집을 사게 되어 시어머니에게 그 소식을 전했다. 언제 이사를 하고 언제쯤 정리가 될 테니 그때쯤 초대하겠다고 말이다. 당시에는 아무 말 없이 잘했다고 하신 시어머니였는데 그 후에 들리는 말이 이상했다.

시누이가 전화를 통해 엄마가 화를 내더라고 전해왔다. 더 황당한 건 시누이조차도 엄마가 왜 화를 내는지 모르겠다고 했다. 시어머니는 도대체 왜 화가 난 것일까? 시어머니에게 집을 사겠다고 상의하지 않아서 그런 걸까? 아무리 생각해도 며느리는 이해가 되지 않았다.

하지만 결과적으로 시어머니가 화가 난 것은 자기 딸들은 더 먼저 결혼했고 나이도 더 많지만 아직 집 장만을 못했는데, 며느리가 먼저 집을 산 것이 못마땅했기 때문이었다. 하지만 대놓고 그렇게 말할 수는 없지 않은가. 그러니 딸들에게 에둘러 며느리 흉을 봤지만 딸들도 제대로 된 이유를 모르는 것이다. 세상 이치로 보면 아들 부부가 부모 손 빌리지 않고 집을 샀다고 하면 기쁘고 감사할 일이지만 시월드 이치로 보면 이렇게 상상 외의 결론이 나버린다.

TIP & SOLUTION

시월드의 이치를 굳이 이해하려고 하지 말자.

시월드만의 법은 따로 있다. 그걸 먼저 인식하면 이해하지 않아도 허용할 수 있게 된다. 이해하려고 머리 쓰고 생각하며 시간을 낭비해도 답이 안 나오는 것은 어차피 마찬가지다.

아들 부부가 집 산 것을 기분 나빠하는 시어머니를 상식적으로 어떻게 이해할 수 있겠는가. 하지만 딸들의 처지를 생각해서 마음이 꼬인 것으로 보면 손쉽게 납득이 된다. 분쟁이 생겼을 때 습관적으로 시월드 전용 법전을 꺼내어 본다면 오히려 쉽게 문제를 풀어갈 수 있다.

시월드 스트레스에서 벗어나서 시집살이 없는 삶을 살아가고 싶다면 다음 네 가지를 명심하라.

1) 상처받지 않기

2) 상처 받았다면 빨리 치유하기

3) 나를 알기

4) 상대를 알기

시간은 약이 아니다. 문제를 그대로 두지 말고 지혜로운 방법을 찾아서 내가 살아갈 수 있는 환경을 스스로 만들어야 한다.

독립된 나의 가정을 지킬 권리

결혼 후 며느리들이 힘들어하는 것 중 하나는 남편이 아직 부모로부터 독립하지 않았다는 점이다. 정신적, 육체적으로 독립되지 않은 남편은 부부의 개인사까지 사사건건 어머니와 공유한다. 어머니 쪽에서도 그런 아들을 독립시킬 생각이 전혀 없다. 그러니 위치상 멀리 떨어져 살고 있다 해도 며느리는 시집살이를 겪는 셈이 된다.

시어머니와 가끔 통화하게 되면 부부가 주말에 무엇을 했는지 아이가 어쩌다 감기에 걸렸는지까지 시어머니는 다 알고 있다. 그런 대화를 나누다 보면 왠지 모를 분노가 가슴 깊이 차올라 온다. 그저 알고만 계시면 좋을 텐데, 꼭 며느리에게 한마디 더 하신다. 왜 아이를 춥게 입혀서 감기에 걸리게 했느냐는 불똥이 며느리에게 떨어지는 것이다. 아이를 키우다 보면 아프기도 하고 감기에 걸리기도 하는 등 사사로운 일들이 생기기 마련이다. 아이가 아프면 제일 힘든 사람은 다름 아닌 아이 엄마일 것이다. 그런데도 며느리 탓을 하며 혼내는 시어머니와의 관계에 그늘이 생길 수밖에 없다.

며느리가 변했다는 말을 시어머니들은 많이 한다. 처음에는 안 그랬는데 갈수록 말을 안 듣는다 하시며 분개한다. 결혼한 지 얼마 안 된 한 며느리는 시어머니와 잘 지내고 싶은 마음에 처음에는 순종적이었다. 물론 시어머니도 며느리와 잘 지내고 싶었을 것이다. 마음만 먹으면 갈 수 있는 한 시간 정도의 거리에 사는 시어머니는 며느리가 조금 더 빨리 가족이 되길 바라는 마음으로 가족 행사에 빠짐없이 불렀다. 하다못해 고조할머니 제사에도 직장 다니는 며느리를 소환했다. 며느리는 힘들어도 시어머니와 관계를 깨고 싶지 않아서 두 해까지는 정성껏 다녔지만 더는 무리라는 생각이 들기 시작했다.

어느 날부터 며느리가 회사에 일이 많다는 이유로 집안 행사에 오는 횟수가 줄기 시작했다. 시어머니는 내심 서운했지만 며느리가 바쁘다는데 화를 낼 수도 없었다. 그런데 그런 이야기를 친구들에게 했더니 친구들이 며느리 편을 들었다.

"지금 때가 어느 때인데 고조할머니 제사에까지 직장 다니는 며느리를 불러? 모르긴 몰라도 아들 며느리는 날마다 싸우고 살았을걸?"

사실 아들이 장가가기 전까지만 해도 시어머니는 아들을 제사에 부른 적이 거의 없었다. 그런데 이제껏 며느리 없어서 제사를 지내지 못한 것처럼 며느리를 불렀다. 며느리 입장에서 보면 내 조상도 아니고 얼굴 한 번 본 적이 없는 남편의 조상에게 매번 감사의 인사를 드려야 한다는 시어머니의 말이 이해가 되지 않는다. 나를 이 자리에 있게 해준 내 조상님에게도 이렇게 깍듯하게 인사를 한 적이 없다. 결혼해서 처음은 어머니와 잘 지내고 싶고 잘하고 싶은 마음으로 참석을 했지만 그 도가 지나침을 느끼고 나서 제사 때가 가까워지면 시어머니의 전화가 무서워지기 시작한 것이다. 이런 일로 남편과 싸우게 되는 일은 흔하다.

시어머니는 이렇게 말한다.

"네가 한 게 뭐가 있니? 장도 내가 다 봐왔고, 음식 준비도 내가 다했는데……."

그저 제사 지내고 맛있는 밥 먹고 가라는 것이 그리 무리한 요구일까 싶은 것이다. 물론 시어머니는 제사 음식을 장만하라고까지는 하지 않았다. 하지만 제사가 끝난 뒤 상에 올린 제기와 저녁 먹은 설거지는 결국 누구 몫일까? 늦은 시간까지 그것을 다 치우고 돌아가 다음날 출근을 해야 한다. 며느리는 자신의 노동을 당연하게 여기는 시댁 식구들이 점점 미워진다. 시어머니는 설거지 그까짓 거 조금 하는 것 가지고 오기 싫어한다고 하겠지만 육체적 노동만 있는 것은 아니다.

식사 후 디저트를 즐기는 시간에 설거지하는 며느리에게 이렇게 말하는 시어머니는 없다.

"그냥 놔두어라, 내가 할 테니 너도 와서 같이 차 마시렴."

혹여 그렇게 말해도 설거지를 하지 않고 자리게 앉기는 힘들다. 차까지 마시고 설거지를 시작하면 집에 돌아갈 시간이 점점 지체된다. 거기다 설거지를 하지 않고 나왔을 때 뒤통수가 따가운 느낌이 드는 건 비단 느낌만은 아닐 것이다. '며느라기' 시기의 마음은 점점 빛을 잃어간다.

집착은 병이다. 긴 병에 효자 없듯 집착은 사랑도 떠나게 한다. 사랑하기 때문이라는 집착은 미움이 되어 자리 잡아 간다. 가족관계에 있어서도 적당한 거리 두기가 필요하다. 시어머니와 며느리, 남편과 아내, 이 모든 관계에서 거리 조절이 실패하게 되면 돌이킬 수 없는 상처가 된다. 너무 가깝지도 않고 너무 멀지도 않은 관계를 유지하는 것이 이상적이지만, 그런 관계 조절은 한 사람만의 힘만으로는 할 수 없다.

며느리가 생각하는 가족과 시어머니가 생각하는 가족의 범위는 조금 다르다. 며느리는 남편과 나, 그리고 내 아이들까지를 가족의 범주에 넣는다. 물론 양가 부모님을 아예 제외하는 것은 아니지만, 결혼을 했다면 기본적으로 새로운 가정을 꾸린 셈이다. 부모님으로부터 독립하여 결혼이라는 제도를 통해 새 가족을 만들었다고 생각하는 것이다. 그런데 가족 여행이라도 갈 때면 꼭 시부모님을 모시고 가는 게 당연하다 생각하는 남편이 의외로 많다. 아내들이 신혼

여행 이후로 우리 가족끼리 여행을 간 적이 없다고들 말하는 이유이기도 하다.

그렇다면 시어머니가 생각하는 가족은 어디까지일까? 시어머니도 마찬가지로 남편과 나, 그리고 자식까지를 포함하여 가족이라고 생각한다. 문제는 여기서 며느리의 위치다. 아들이 선택한 반려자인 며느리를 가족으로 받아들이기까지는 시간이 조금 필요하다. 하지만 한편으로는 며느리가 되었으니 도리를 다하라고 성급한 요구를 하게 되는 것이다.

조상을 모시는 일은 유교 문화가 남아 있는 우리나라에서는 당연한 일일 것이다. 하지만 며느리가 되었다는 이유 하나만으로 갑자기 무거운 의무가 지어지는 것은 감당하기 어렵다. 다른 영역에서는 가족으로 인정하고 대우해주지 않으면서 집안일이나 제사를 모시는 일, 특별히 육체적 노동력이 포함되는 일에서만 유독 가족임을 앞세운다.

시어머니와 며느리가 생각하는 가족의 개념은 기본적으로 같다. 하지만 그 중간 어디쯤엔가 간극이 존재한다. 시어머니와 며느리의 가족 사이에 '아들'과 '남편'이 어느 쪽으로도 기울지 못하는 형태로 맞물려 있는 것이다.

지혜롭고 훌륭한 어머니라면 며느리의 가정을 존중해주어야 한다. 아들과 며느리가 부모를 떠나 서로를 의지하고 두 사람이 힘을 합하여 문제를 해결할 수 있도록 지켜봐 주는 문화가 필요하다. 하지만 시어머니는 두 사람 사이에 문제가 생기게 되면 며느리의 일방적인 잘못으로 몰고 가는 경우가 많다. 아들이 결혼 후 사업 실패로 도박과 술에 빠져 살아가는데도 그게 며느리가 내조를 제대로 못한 탓이라고 여긴다. 이러한 시어머니의 유형에 따라 삶의 질이 달라지는 며느리의 사례는 너무나 많다.

다음 소개하는 사례가 그러하다.

사례의 주인공은 다행히 시어머니가 아들의 문제를 제대로 인식하고 며느리에게 무척 미안해했다. 그리고 많지 않은 금액이지만 며느리에게 주며 차라리 아들과 헤어질 것을 권했다. 아직 아이도 없었고, 새로운 삶을 제대로 살아가는 것이 옳다고 판단한 것이다. 정신 못 차리는 아들은 내가 낳았으니 내가 책임을 지겠다며, 너는 아직 젊고 예쁘니 새 인생을 찾으라고 권유했다.

그렇게 첫 번째 결혼생활을 끝낸 며느리는 두 번째 짝을 만나게 됐다. 실패를 반복하고 싶지 않아 최대한 신중하게 결혼을 했다. 그만큼 가정에 최선을 다하고 충실하기 위해서 다른 사람들보다 훨씬 더 노력했다. 하지만 이번에는 시어머니가 문제였다. 시어머니는 사사건건 트집을 잡고, 시댁에 자주 가면 자주 온다고 화를 내고 자주 안 가면 예의가 없다고 혼을 냈다.

첫 번째의 실패를 만회하기 위해서라도 절대 이번 결혼은 실패하지 않으리라 열심히 노력했지만 결과적으로 시어머니로 인해 지옥을 경험하게 된 셈이었다. 시어머니가 방문하면 맛있는 음식을 대접하기 위해 좋은 재료로 정성껏 요리했다. 그러면 시어머니는 우리 아들이 버는 돈을 이렇게 낭비하면서 사냐고 질책했다. 그래서 그 다음엔 음식을 최소한으로 줄였더니 시어머니 대접이 이 모양이냐고 화를 냈다. 어느 장단에 맞춰 춤을 춰야 하는지 도대체가 답이 나오지 않는다고 했다. 갈등의 골은 깊어졌고, 이 며느리는 두 번째 결혼마저 유지하지 못한다면 문제는 자신에게 있는 것 같아 괴롭다고 토로했다.

TIP & SOLUTION

이렇게 매사에 혼나고 질책을 당하다 보면 자신감이나 감정조절능력이 떨어질 수밖에 없다. 시어머니는 도대체 왜 이렇게 화가 나 있는 것일까? 일단 자신의 아들은 초혼인데 며느리가 재혼이다 보니 하나부터 열까지 마음에 들지 않는 것이다. 시어머니는 점점 더 구박하는 것에 익숙해지고, 며느리는 그것을 견뎌내는 것이 일상이 될 것이다. 하지만 참는 것은 적응하는 것이 아니라 자기도 모르는 사이에 가슴이 새까맣게 타들어가는 일이다.

우선 고통 주는 것을 당연하게 생각하는 시어머니에게서 벗어나야 한다. 지옥 같은 시월드를 탈출하고 내 가족을 지키기 위해서는 해야 할 말은 해야 한다.

재혼을 한 건 죄가 아니다. 애초에 그걸 숨기고 결혼을 해서 나중에 알게 된 것도 아니다. 그러니 시어머니의 구박에 자신을 방치하지 말고 당당하게 맞서서 대꾸할 수 있는 힘을 키워야 한다. 스스로에게 잘못이 있다고 생각하며 구박을 견딜 필요는 없다.

시어머니가 생각하는 가족의 범위가 있듯 며느리에게도 자신의 가족을 지킬 권리가 있다. 다만 그 안에 시어머니의 아들과 나의 남편이 있을 뿐이다. 당당하지 않을 이유는 없다.

시집살이의 상처를 치유하라

기성세대는 어릴 때부터 참고 견디다 보면 좋은 날이 온다는 교육을 받았다. 참는 것이 미덕이고, 참지 못하는 건 어른스럽지 않은 것이라고 폄하했다.

하지만 요즘 사회 이슈 중에서도 성폭력 피해자들이 SNS를 통해 자신의 피해 경험을 잇달아 고발하며 사회에 만연한 성폭력의 심각성을 알리는 '미투me too' 운동이 전 세계에 확산되고 있다. 우리나라에서도 법조계, 유명 예술가, 스승, 연예계, 직장상사 등의 성추행·성폭력에 대한 고발이 들불처럼 번지면서 그동안 숨어 있던 사회의 어두운 민낯이 드러나는 계기가 되었다. 특히 권력형 성폭력은 생존과 관계된 일이라 쉽게 피해 사실을 말할 수 없는 맹점이 있어 피해자들을 더욱 힘들게 하고 있다. 참는 것이 당연하다는 잘못된 기존 의식 속에서 여성들의 사회생활은 고통스럽게 고립되어 있다.

공공장소 화장실 등에 몰래카메라가 설치되어 있었다는 뉴스를 접하면 화장실 이용하기가 꺼림칙하다. 언제 어떤 카메라에 찍힌 내 영상이 떠돌고 있는지 몰라 많은 여성들이 가슴을 졸인다. 그뿐만이 아니다. 직장 내에서 여성의 신체를 만지거나 수치심을 주는 말을 하는 것도 공공연하게 묵인되어 왔다. 연애 한 번 잘못했다고 동영상이 떠돌고 보복성 폭력이 가해지는 세상이다. 뉴스에 나오는 소식만 접해도 가슴이 떨리는데 직접 겪은 사람들의 트라우마는 어떨까.

그런데 그렇게 상처받은 사람들이 도리어 손가락질을 받기도 한다. 나는 잘못한 적이 없는데 사람들은 진실과 상관없이 피해자가 원인 제공을 했을 거라고 말한다. 소문과 편견을 바탕으로 섣불리 남에게 상처를 주는 사람들, 그 탓에 정작 피해자들은 지나가는 사람이 쳐다보기만 해도 괜한 피해의식과 두려움에 떨며 살아간다. 과연 우리 모두는 그러한 잘못으로부터 자유롭다고 할 수 있을까? 학창 시절에 이유도 없이 따돌림 당하는 친구를 보며 슬며시 한마디 보탰던 적은 없는가? 다른 사람에게 상처를 줄 권리는 누구에게도 없으나 그런 일은 지금 이 순간에도 빈번하게 일어나고 있다.

이미 인연이 끊어진 사람들, 혹은 애초에 얼굴도 모르는 사람들이 남기는 한 마디 말에도 사람들은 평생 가슴에 꽂히는 상처를 겪게 된다. 그런데 나와 가까운 사람들, 나와 늘 얼굴을 보며 살아야 하는 사람들이 주는 상처라면 어떨까. 그들로 인한 상처가 한 번 생기고 나면 훨씬 치유하기 힘들 것이라는 건 쉽게 짐작할 수 있다.

결혼한 지 일 년이 채 되지 않은 새내기 며느리가 있다. 이 며느리는 시어머니와 시누이가 던지는 말에 괴로움을 겪고 있었다. 가정형편이 어려워 혼수를 간소하게 하였는데 시댁의 기준에서는 턱없이 부족하다는 것이다. 며느리로서는 자신이 할 수 있는 한 최선의 노력을 했다. 그런데 시어머니와 시누이는 남편이 없을 때면 어김없이 막말을 던졌다.

"그깟 혼수에도 널 받아들였으니 얼마나 시집 잘 왔는지 알겠지? 세상에 우리 같은 시부모는 없다. 그러니 넌 앞으로 고분고분하게 잘해야 한다."

이후 이를 알게 된 남편은 자신의 어머니와 동생이 부끄러웠고, 당장 시어머니에게 전화해 아내에게 사과하라고 요구했다. 이로 인해 남편은 아내의 상처가 치유되었다고 생각했을 것이다. 하지만 아내의 마음에는 커다란 구멍이 뚫린 것처럼 내내 아픔이 남아 있었다. 시댁에 갈 때마다 그때의 일이 떠올랐고, 시어머니의 어떤 행동으로도 마음은 치유되지 않았다. 한 번의 상처는 이렇게 깊다.

하지만 남편은 그런 아내를 이해하지 못했다. 그는 나 같은 사람이 어디 있느냐고, 그냥 넘어갈 수도 있는 일을 어머니와 동생에게 사과까지 하게 하지 않았느냐고 생색내며 스스로를 기특하게 여겼다. 하지만 아내 입장에서는 아무것도 달라지지 않았다. 아들이 다그치자 시어머니가 입으로는 사과했을지 모르지만, 이미 속마음을 다 알아버린 아내 입장에서는 그런 수박 겉핥기식 사과는 아무런 의미가 없었던 것이다.

전도연 주연의 '밀양'이라는 영화를 보면 그녀는 아들이 살해된 이후 하루하루 견디기 힘들어 미친 것처럼 살아간다. 목사님은 그녀에게 하나님을 믿으라고 권하고, 뭐라도 하지 않으면 살 수 없었던 그녀는 날마다 교회 전단지를 돌리며 열심히 신앙생활을 한다. 그러던 어느 날 목사님은 진정한 용서는 범인을 용서해주는 것이라고 한다. 자기 자식을 죽인 범인을 어떻게 용서할 수 있을까? 그걸 시키는 목사님이 잔인해 보이기도 한다. 그래도 그녀는 가해자를 찾아가 용서해주기로 한다. 하지만 그 살인자는 교도소 안에서 하나님을 만났다며 자신은 하나님께 벌써 용서를 받았다고 말한다. 마음의 평화를 얻은 범인을 보고 나서 주인공은 처음보다 더 상처받고 고통스러워한다.

상처받은 사람이 용서하지 않았는데 상처를 준 사람은 도대체 어디에서 용서를 받았단 말인가. 잔인해보이기까지 하는 이 일방적인 용서가 어쩌면 우리 가정에서도 이루어지고 있지 않은지 돌아보아야 한다. 아무렇지 않게 상처를 주고도 '너희를 사랑해서'라는 말로 포장하는 일들로 인해 마음의 상처는 점점 더 깊어져만 간다. 마음이 병들면 사소한 것을 깊게 생각하게 된다. 별일 아닌 일들이 기분이 나쁘다. 상처가 치유되지 않은 상황에서 계속 상처가 쌓여 가다 보니 작은 일에도 분노가 나오는 것이다.

시어머니가 자신의 험담하는 것을 들었다면 어떻게 하겠는가? 시어머니에게 상처를 받았지만 막상 서운하고 화가 났다는 것을 표현할 자신도 없다. 가슴속에 쌓여 있는 미움의 감정들은 엉뚱한 곳으로 파생되기도 한다. 이를테면 어느 날 딸이 시어머니의 옆모습을 닮은 듯하여 이유 없이 화가 나는 것이다. 생각으로 멈춰지지 않고 말까지 전달되어 상처는 또 다른 상처를 만들어 낸다.

자신의 남은 상처를 치유하기 위해 맛있는 것을 먹어 보기도 하고 유명 강연을 들어보고 책을 읽어보지만 원인이 해결되지 않는 한 마음의 응어리는 쉽게 없어지지 않는다. 오히려 그런 노력에도 불구하고 나아지는 것이 없어서 더 큰 좌절감에 빠지는 경우도 많다. 며느리들이 '시' 자가 들어간 시금치도 보기 싫다고 말하는 것도 결국은 이런 맥락이다. 시댁을 떠올리는 비슷한 것만 봐도 이전의 상처를 후벼 파는 것처럼 힘들어지기 때문이다.

진심 어린 사과를 받아도 깊은 상처가 한순간에 씻은 듯 사라지는 것은 아니지만, 상처받은 며느리들에게 용서를 구하는 사람도 없다. 별일 아닌 일을 예민하게 받아들인다며 오히려 상처받은 사람을 비난한다. 상처받아 울고 있는 이들에게 오히려 그들의 잘못이라고 하는 이해할 수 없는 논리가 시집살이에서는 펼쳐진다. 게다가 아무리 마음을 다스리고 노력해도 좀처럼 나아지지 않는 이유는 나에게 상처 주는 사람을 꾸준히 만나야 하기 때문이다. 식사를 대접하고, 선물을 드리고, 싫어도 웃어야 하는 환경에 끊임없이 놓이게 된다. 상처가 치유되기는커녕 지속적으로 덧입혀지기만 한다.

TIP & SOLUTION

나 자신을 지키는 힘이 필요하다.

지금 머릿속이 상처받은 기억으로 가득 차서 괴롭다면 지금부터 소리를 지를 수 있는 장소를 찾아보라. 마땅한 장소가 없다면 노래방은 어떨까? 악을 쓰고 덤벼야 한다. 나에게 상처를 준 사람에게 덤빌 수 없다면 혼자서라도 악을 쓰자.

나도 할 말이 있지만 나를 사랑하기 때문에 참고 있다고 말하라.

나 자신을 위해서, 괴로운 생각에서 벗어나는 운동을 해야 한다. 마음의 상처가 회복되기 위해서는 시간이 필요하다. 암에 걸려 수술을 한 환자가 오늘 암 덩어리를 제거했다고 해서 내일 당장 일상생활로 돌아가는 것이 아니다. 수술 후에는 회복하기까지 기다림이 필요하며 재발하지 않기 위한 노력도 해야 한다.

그런데 몸의 회복을 위해서는 기꺼이 시간과 노력을 투자하면서 마음에게는 좀처럼 그런 여유를 주지 않는다. 특히 남편들은 더더욱 아내의 마음을 헤아리지 못하는 경우가 많다. 마음에 상처를 받은 아내에게 사과받았으니 괜찮지 않으냐고 재촉한다. 그때가 언제인데 아직도 그걸로 힘들어 하느냐고 말이다. 물론 앞 사례와 같이 사과하는 시어머니도 많지 않지만, 말 한마디로 관계가 바로 해결되지도 않는다. 그 점을 배려하고 기다려주지 않으면 부부 관계 역시 오히려 아픔이 될 수 있다.

스스로도 자신의 마음에 시간을 주고 지속적으로 치료를 해야 한다.

욕을 하고 싶다면 욕을 하라. 쌍욕을 해도 된다. 때리고 싶다면 권투 도장을 권한다. 마음껏 쳐라. 상처받은 마음에게 아무것도 해주지 않고 또 다른 상처를 기다리기만 하는 경우를 많이 본다. 혹은 나에게 이렇게 했으니 당신도 당해보라는 마음으로 상처를 주려 애쓰기도 한다. 불나방이 뜨거운 전등에 가까이 가면 죽는다는 것을 알면서도 날아드는 것과 마찬가지다.

타인을 향해 분노하는 마음으로 스스로의 상처를 더욱 후벼 파고 있지 않은지 살펴보라.

우리는 자신을 사랑하는 방법을 잘 모르고 있을지도 모른다. 지금 이 책을 읽고 있는 당신이 결혼을 했다면 당신이 얼마나 아름다운 사람이었는지 돌아보라. 당신은 충분히 사랑받는 사람이며, 그 사랑의 결실로 결혼에 이르렀다. 그 결혼의 후회로 자신의 삶을 스스로 상처내지 않아야 한다.

상처받지 않는 마음의 면역력을 키우자

다른 사람들의 SNS를 보면 모두들 행복하게 살고 있는 것 같다. 우리는 다른 사람의 삶을 보며 부러워하기도 하고 동경하기도 하지만 막상 내 삶을 바꾸려 애쓰지는 않는다. '나도 언젠가는 저렇게 살 수 있겠지.' 하고 그저 막연하게 꿈을 꾼다.

'백백 드림'이라는 말이 있다. 꿈을 이루기 위해 그 꿈을 하루에 백 번씩 백 일 동안 쓰면 이루어진다는 이야기다. 백 일 동안 백 번씩 꿈을 적는 일은 직접 해보면 알겠지만 생각보다 쉽지 않다. 그만큼 간절하다면 실제로 이루어질 가능성은 당연히 높아질 것이다.

꿈꾸는 자는 불행하지 않다. 하루에 백 번의 나의 꿈을 쓰는 동안 우리의 생각은 벌써 꿈을 이룬 나의 모습을 그릴 것이고 마음은 그 꿈을 허용한다. 그리고 몸은 그 꿈을 이루기 위해 노력한다. 그런데 이러한 꿈에 대한 노력을 '돈'에 한정하여 적용하는 사람들이 많다. 큰 집으로 이사를 가고 싶다거나 매달 일정 금액의 돈이 들어왔으면 좋겠다는 꿈을 적는다. 열심히 했는데도 백 일이 되는 날 그 꿈이 이루어지지 않으면 실망하고 포기한다. 그 포기는 참 쉽다.

백백 드림의 꿈이 꼭 물질적인 풍요를 이루어주어야 의미가 있는 걸까? 이제 우리의 행복한 가정에 대한 꿈을 꾸어보면 어떨까?

'내 가정은 행복하다.' 지금 마음에 상처를 입어 행복하다는 생각이 들지 않는다면 하루에 백 번씩 '내 가정은 행복하다.'라는 꿈을 적어 보라. 내가 원하면 우주가 움직인다. 우주를 움직이는 힘은 에너지에 있다. 사람의 에너지는 마음에서 나온다. 그 마음이 나의 삶을 이끌어가는 것이다. 만약 불면증이라면 '나는 잠을 잘 잔다.'라고 적어 보자. 힘들고 고통받는 상황에서 벗어나지 못하고 있다면 그 힘든 일을 긍정의 언어로 표현하여 백백 드림을 해야 한다.

생각은 마음을 잠식하고, 몸은 마음에 따라 반응한다. 나의 내면이 불안하다면 분노조절장애나 공황장애, 강박증, 불면증 등의 신체증상으로 이어지기도 한다. 마음속에 아픔, 슬픔, 두려움, 분노, 걱정 등 부정적인 감정이 가득하면 그것들이 바깥에서 더 큰 분노를 자석처럼 끌어당기게 되는 것이다. 결국 마음속의 어두운 감정들이 눈덩이처럼 커지며, 저 깊숙한 곳에 숨어 있는 행복한 마음은 가려진다. 그 누구도 내 마음속에 손을 집어넣어 어두운 감정을 내던지고 행복을 끄집어내줄 수 없다.

그렇다면 어떻게 불안에서 벗어날 수 있을까? 답은 간단하다. 생각을 바꾸면 된다. 긍정적인 생각을 하고, 행복을 꿈꾸는 마음을 지니고, 바깥에서 불행이 아닌 행복을 자석처럼 끌어당긴다면 나의 마음도 평온해질 것이다. 그런데 그게 사실 말처럼 쉽지가 않다. 내게 상처줄 수 있는 사람들이 도처에 맹수처럼 널려 있고, 나는 언제 그들이 나를 공격할지 몰라 몸을 웅크리고 있기 마련이다.

상처받은 마음을 치유하지 못하고 그 위에 또다시 상처를 입다 보면 횟수를 더해갈수록 마음을 고통을 이기는 힘을 기르지 못하고 내 자신을 잃어가게 된다. 부부 갈등과 고부 갈등에 오래 놓이게 되면 '나는 누구인가?', '나는 왜 여기 있는가?'를 하루면 백 번씩 생각하게 되어 있다. 부정적인 생각을 백 번씩 하다 보면 나만 더 힘들어진다. 행복한 생각을 머리에 새기고 감정을 조절하며, 나쁜 습관을 멀리하는 연습을 하여 상처에서 벗어나야 한다. 그리고 더 나아가 이제는 상처받지 않는 단단한 마음을 만들어야 한다. 암을 제거하는 수술을 했다면 다시 발생하지 않도록 건강한 몸을 만들기 위해 평소에 힘써야 하는 것과 마찬가지다.

TIP & SOLUTION

스스로 마음의 면역력을 높여야 한다. 더는 상처받지 않는 마음을 만들라.

지금부터 펜을 꺼내어 적어보라. 자신과의 대화를 시도해 보자.

'시어머니는 나를 (　　　) 한다.'

괄호 안에 단어를 넣어보라. 어떤 이는 (아프게), (미워), (지치게), (간섭) 등의 단어를 넣을 수 있을 것이다. 여기서 시어머니는 가해자이고 나는 피해자가 된다. 그럼 이 명제는 확실히 진실일까? 진실은 뒤집으면 거짓이 되어야 한다. 한번 문장을 바꾸어 보자.

'나는 시어머니를 (아프게) 한다.' 이건 거짓일까, 진실일까? 또한 가지, '나는 나 자신을 아프게 한다.' 이 문장은 어떠한가? 나도 나 스스로를 아프게 하고, 때로는 미워하면서 살아가고 있지는 않은가? 이렇게 생각해 보면 시어머니가 일방적으로 나를 힘들게 한다는 것은 단적인 진실이 되기는 어려울지도 모른다. 우리는 진실이 아닌 것을 진실로 여기는 탓에 더욱 괴로워하며 살아가는 것이다.

내 마음을 단단하게 만들기 위해서는 나 자신과의 대화를 통해 문제를 살펴보고 마음을 치유해가야 한다. 생각을 바꾸면 우리의 삶도 분명히 변화할 수 있다.

이명수 작가의 『마음이 지옥일 때』라는 책을 보면 치유와 시와 이야기가 담겨져 있다.

"멀쩡하게 밝은데 서 있다가 스스로 어둠 속으로 걸어 들어가 '내 인생은 왜 맨날 이렇게 깜깜한지 몰라' 한숨짓는다." 어둠은 신이 주지 않았다. 본인이 자기 안방에 스스로 지뢰를 묻은 거다. 안

묻으면 된다.

시월드 시집살이는 마음에 지옥이 생기는 것과 같다. 마음에 방 한 칸을 만들어 그곳에서 상처받았던 때의 일을 몇 번이고 반복 재생하고 있다. 그리고 좀처럼 그 방을 벗어나지 못한다. 나오려는 노력도 하지 않고, 과거로 인해 현재와 미래를 불안해하면서 살아간다. 그곳에 머물게 되면 점차 밥 먹을 힘도 사라지고, 아이를 사랑해줄 힘도, 살아갈 힘조차 잃게 된다. 자신을 괴롭게 하는 그 방은 자신이 만든 것이다. 어서 그곳에서 나와야 한다.

이제 어두운 기억에서 행복의 기억으로 전환을 해보자. 남편에게 사랑받았던 기억, 결혼식 날 나를 바라봐주던 친구와 지인들의 따뜻한 미소, 아이가 생겼을 때의 기쁨 등 아름다운 기억을 적고 그 기억을 생각 속에 담은 뒤 세 번 반복해 보자.

'나는 행복한 사람이다. 나는 사랑받았던 사람이다. 나는 내 아이들에게 상상할 수도 없을 만큼 중요하고 소중한 존재이다.'

마음이 튼튼해지면 나 자신이 행복해질 뿐만 아니라 주변 사람들의 마음에 공감할 수 있는 능력도 생긴다. 트라우마가 해결되지 않고 불안한 상태에서 행복하다고 느낄 사람은 없지만, 마음이 건강한 사람은 나를 상처주려는 사람들 사이에서도 스스로를 방어할 수 있다. 당신의 생각과 마음의 주인은 다름 아닌 당신이다. 다른 이에게 조종당하지 마라.

내가 할 수 있는 리더십을 찾아라

먼저 시집온 동서가 있었다. 형님보다 몇 년 일찍 결혼해서 벌써 아이를 둘 낳아 키우고 있었다. 그런데 이제 막 결혼한 형님이 임신하고 아이를 출산하느라 명절, 제사 등의 가족 행사 때 음식을 장만하는 과정에 제대로 참여하지 못했다. 그걸 겪다 보니 동서는 기분이 나빠졌다. 형님이 들어오면 자신의 일이 줄어들 거라 생각했는데 그렇지 않기 때문이었다.

그러던 어느 날 동서가 형님을 불러놓고 한마디 했다.

"형님 시집오시기 전에 저는 혼자서 이 모든 일을 다 했어요. 이제부터는 형님 혼자서 하세요."

물론 동서가 형님에게 이런 말을 했다는 것 자체가 용납하기 어려운 부분이다. 그런데 동서 입장에서도 형님이 성격 있고 강한 사람이었으면 이렇게 말할 수 있었을까? 아마 그러지 못했을 것이다. 하지만 이 형님은 누가 봐도 순하게 생겼고 말도 조용조용 차분하게 하는 스타일이었다.

실제로 성격 있는 형님이었다면 이 말을 듣자마자 고민하지 않고 싸웠을 것이다.

"내가 너한테 먼저 시집오랬니? 어디서 형님을 불러놓고 네 할 말만 해?"

하지만 이 형님은 그러지 못하고 그저 고개를 끄덕였다.

"동서가 그동안 고생이 많았구나. 알겠어, 이제부터는 내가 혼자서 할게."

그러고 나서 집으로 돌아오는데 눈물이 멈추지 않더라고 했다. 이 형님은 이제부터 쭉 집안 행사를 혼자 도맡아야 하는 것일까? 그녀가 괴로운 것은 혼자 일을 해야 한다는 것보다도 그 순간에 아무 말도 하지 못하고 나온 자신이 부끄러웠던 것이다. 하지만 그 자리에서 동서에게 화를 내거나 따질 수 있는 성격이 아니었던 것이다. 이런 성향을 가진 형님에게 이제라도 동서를 불러 따끔하게 혼을 내라고 하면 그럴 수 있을까? 그럴 수 있는 사람이었으면 애초에 동서가 그런 말을 꺼내지도 못했을 것이다. 그럼 앞으로 이렇게 집안사람들에게 휘둘리면서 살아가야 할까? 어떻게 해야 형님 체면도 세우고 동서에게 형님의 리더십을 보여줄 수 있을까?

상담 후 형님에게 리더가 될 수 있는 솔루션을 제시해 주었다.

일단 명절이 되면 봉투에 일정 금액을 넣어 동서에게 주면서 한마디 하라고 했다.

“동서, 여기는 내가 알아서 할 테니 애들 데리고 나가서 아이스크림 먹고 놀다가 와.”

이렇게 말하면 동서가 시켜서 일하는 것이 아니라 형님이 동서를 보내준 셈이 된다. 그리고 이때 동서 입장에서는 형님이 혼자 일할 테니 애들을 데리고 나가라는데 어찌 형님 아이를 안 데려갈 수 있겠는가. 아이 보는 것이 편할까? 일하는 것이 편할까? 그리고 시어머니 입장에서는 옆에서 일손 돕는 며느리가 예쁠까, 밖에서 아이스크림 먹고 있는 며느리가 예쁠까?

그리고 차례를 지내고 명절을 보내고 나면 서로 친정에 빨리 가고 싶어서 눈치를 보는 상황이 된다. 이때도 형님으로서 동서에게 한마디 한다.

“동서, 여기는 내가 마무리할 테니 자기는 먼저 친정으로 가.”

이렇게 말하면 시어머니가 보내준 것이 아니라 형님이 동서를 보내주는 것이 된다. 시어머니도 큰며느리가 마무리한다는데 못 가게 말릴 수는 없을 것이고, 동서를 보내고 나면 큰며느리를 붙잡고 있기도 미안해지기 마련이다.

그러면 이 상황에서 동서의 리더가 되는 사람은 누구인가? 시어머니가 아니라 형님의 말을 듣고 따르는 결과가 된다. 동서에게 아무 말도 하지 못 하고 명절만 되면 불편하고 껄끄러운 마음으로 만나면 결국 서로를 힘들게 할 뿐이다. 그렇다고 동서 말대로 혼자서 집안 대소사를 책임지고 살아야 한다면 더욱더 큰 상처로 남을 수밖에 없다. 그렇다고 남편을 대동해서 싸우자니 그건 형제간 싸움 붙이는 꼴이 된다. 동서와 일대일로 싸우는 건? 그럴 수 있는 성향이었다면 처음부터 참지 않았을 것이다.

당당한 여성 리더십에 대한 힐러리의 일화를 하나 더 소개하려고 한다.

미국 클린턴 대통령 부부가 차를 타고 가다가 기름이 떨어져서 주유소에 들르게 되었다. 그런데 우연하게도 주유소 사장이 힐러리의 옛 남자 친구였다. 돌아오는 길에 클린턴이 물었다.

"만일 당신이 저 남자와 결혼했으면 지금 주유소 사장 부인이 돼 있겠지?"

힐러리가 바로 되받았다.

"아니, 저 남자가 미국 대통령이 되어 있을 거야."

이런 일화뿐 아니라 『여자라면 힐러리처럼』의 내용을 보면 마음에 드는 남자를 사귀기 위해 예쁘게 차려 입고 매력을 어필하는 수동적인 여성이 아니라, 자신만의 독특한 매력을 보여 남자가 자신을 찾아오게 만들라는 능동적인 여성상이 드러나 있다.

힐러리가 멋진 여성 정치인이고 여성 리더십을 갖춘 사람이기 때문에 가능하다고 생각하는가? 내 삶을 이끌어갈 수 있는 힘이 우리 자신들에게도 있다. 그런 리더십을 갖추기 위해서는 큰소리로 싸우거나 억지로 참아내는 것이 아니라 내게 맞는 방법으로 상황을 이끌어가는 시간과 과정이 필요하다.

『연금술사』에 이런 말이 나온다.

"세상 만물은 모두 한 가지라네. 자네가 무언가를 간절히 원할 때 온 우주는 자네의 소망이 실현되도록 도와준다네."

나는 이 구절을 참 좋아한다. 힘들 때마다 생각이 나며 위로를 받는 구절이다. 내가 원하면 우주가 들어준다. 물론 너무 삶이 힘들면 이런 희망적인 메시지는 떠오르지 않을 것이다. 나도 한동안 이 구절을 잊어버리고 살았던 시기가 있었다. 세상에 혼자 남겨져 있는 것처럼 괴롭고 고통스러운 시간, 결혼이라는 전쟁터에서 아무것도 할 수 없었던 시간들이 오히려 더 많았다. 하지만 내가 이 고통에서 벗어나기 위해 무엇을 할 수 있는지 생각하다 보면 온 우주가 나를 응원해줄 것이다. 내 삶을 우리가 소망하고 원하는 모습으로 만들기 위해서는 내가 무엇을 원하고 어떻게 살아가고 싶은지 먼저 그 개념이 세워져 있어야 한다.

결혼 후 새로운 가족을 만나고 적응하는 과정에서 우리는 생각 이상의 어려움을 겪을 수 있다. 가족이기 때문에 마땅히 따라야 한다는 명령을 받아들이는 것은 쉽지 않다. 아직 서로에게 익숙해지지도 않았는데, 갑자기 며느리이기 때문에 이렇게 해야 한다는 요구는 이해할 수 없는 것이다.

하지만 우리 며느리들보다 30년은 먼저 살아오신 시어머니에게 아무리 설명해도 기존의 생각을 바꾸는 것은 어렵다. 이미 여자와 며느리는 이렇게 해야 한다는 생각이 지배적인데, 나의 뜻을 전달한다고 해서 무조건 며느리의 말을 들어주는 시어머니는 본 적이 없다. 매번 이런 문제로 싸우게 된다면 순간의 분은 풀릴 수 있을지 모르겠지만 어느 순간이 오면 안 보고 사는 것 말고는 답이 나오지 않는다.

진정한 리더십은 내가 만들어 갈 수 있다. 원하는 것을 얻기 위해서는 작은 노력이 필요하다. 그런데 그 노력을 어떻게 하느냐에 따라 다가오는 환경은 많이 다르다. 내 마음과 몸이 편안해질 수 있는 환경을 만드는 노력이 중요하다. 명절에 시댁에 가면 시어머니가 며느리에게 하는 말 중에 듣기 싫은 말이 있다.

"너는 살이 올랐는데 아범은 왜 저렇게 살이 빠졌니? 제대로 안 먹이니?"

이런 말을 듣는 순간 며느리들은 속에서 화가 올라온다. 벌써 꼬이는 마음으로 온몸과 얼굴에 기분 나쁨이 드러나며 표정관리가 되지 않는다. 하지만 이 순간에 화를 내고 싸우는 방법을 택하며 속상해 할 필요가 없다.

"여보, 자기는 어머님께 잘해야겠다. 이렇게 당신 걱정해주는 분은 어머니밖에 없잖아. 어머니 안 계시면 당신을 누가 그렇게 걱정해 주겠어? 어머니께 효도해."

이렇게 말한다면 시어머니 입장에서 당신에게 잘하라는 며느리가 당연히 예쁘지 않을까? 또한 이 말 이면에는 여러 가지 뜻이 포함되어 있다. 효도는 며느리가 아닌 사랑받는 아들 스스로 해야 한다는 의미가 담겨 있는 것이다.

TIP & SOLUTION

상담을 요청한 형님에게 필요한 것은 '자신의 성향에 맞는 해결책'이었다.

"그걸 참고 있었어요? 아주 혼을 내주지 그랬어요!"

이렇게 조언한다면 본인의 잘못이라고 인지시키며 오히려 상처를 주는 셈이 된다. 그러니 우리는 나에게 맞는 며느리 리더십을 찾아내야 한다.

누구든 내가 자발적으로 하는 일은 기분 나쁘지 않지만, 누군가 시켜서 하는 일에는 거부감이 들기 마련이다. 스스로 내가 어떤 사람인지 깨닫고, 내가 스스로 어떤 리더십을 발휘할 수 있는지 알아야 한다.

남편은 결혼 전에 부모님을 얼마나 챙겼을까? 물론 백 프로 일반화할 수는 없다. 하지만 그리 효자도 아니고 독립 후 명절에 집에도 잘 가지 않았던 아들이 결혼 후에는 당연히 빠지지 않고 본가에 와야 한다는 불문율이 생기는 집안이 적지 않다. 시어머니가 저녁 먹으러 오라는 말에 도리어 남편이 귀찮아하는 집도 많다. 착한 아내는 그런 남편을 대신해서 핑계를 만들기도 한다. 시어머니가 마음 아프실까봐서다. 그런데도 시어머니는 며느리가 오기 싫어서 그런다고 생각하고, 혹여 아들이 안 간다고 하면 며느리 혼자라도 오라고 한다.

아들이 하지 못한 효도를 며느리에게 하라고 하는 것은 세상 이치로 보면 안 맞는 듯 보이지만 시월드 이치에서는 당연하다.

며느리는 이런 상황을 순순히 따르는 것이 내가 맞추어주는 것 같다고 싫어하는 경우가 많지만, 이때 요령껏 내 의사를 전달해 보자.

아들보고 어머니에게 잘하라는 며느리가 미울 리 없고, 며느리가 자기편이라는 생각이 들면 오히려 며느리도 예뻐하게 된다.

서로가 원하는 사랑이 다르다

공자는 '세 사람이 길을 가면 거기에는 반드시 스승으로 삼을 만한 사람이 있다.'고 했다. 모든 사람에게는 배울 만한 장점이 있다. 다른 사람의 장점으로 내가 부족한 단점을 채워갈 수 있는 법이다. 그런데 사람들은 보편적으로 다른 이의 장점은 보지 않고 단점만을 발견한다. 그리고 그 단점만 크게 확대해서 마치 상대방을 절대적으로 부족한 사람으로 취급하는 경우가 많다.

사람은 타고난 기질과 성향이 많이 다르다. 이는 당연한 것인데, 부부끼리는 도리어 싸움의 씨앗이 되기도 한다. 결혼 전에는 장점으로 보였던 것이 어느 순간부터 단점으로 보이면서 서로 나와 다르다는 이유로 상처를 입히며 살아가는 것이다.

눈물이 많은 아내가 있다. 영화를 보면서도 조금 안타까운 사연과 슬픈 사연만 나와도 눈물을 흘리는 아내가 아름답고 예뻐 보였고 순수하게 보였다. 그 모습에 매력을 느끼고 사랑하게 되었고 결혼을 했다. 눈물이 많다는 말은 그만큼 감성적이고 사랑이 많은 사람이라는 것이다. 슬프면 솔직하게 울고, 기쁠 때는 많이 웃는다. 이 아내의 사랑은 표현하는 사랑이다.

하지만 남편은 결혼 후에 아내의 눈물에 지쳤다. 눈물을 흘리지 않게 해주겠다던 남편은 이제 눈물이 지긋지긋해졌다. 남편의 남자다운 모습에 사랑을 느꼈던 아내는 사랑 표현이 없는 남편이 섭섭해지고 지쳐간다. 결혼한 지 얼마 되지 않아 아내는 남편의 사랑을 느낄 수 없게 됐다. 아침이면 볼에 뽀뽀해주고 가야 사랑이다. 사랑한다고 말해 주어야 사랑이다. 하지만 남편은 일에 바쁘고 정신없다. 같이 살아가고 있는 것이 사랑인데 왜 꼭 말을 해야 하는 것인지 알지 못하겠다고 한다. 서로의 멋진 모습에 매력을 느껴 결혼했는데 점차 서로의 사랑을 느끼지 못하고 힘들어하는 것이다.

결혼한 지 오십 년 된 부부가 이혼하기로 한 이유에 대한 우스갯소리가 있다. 두 사람은 마지막으로 서로의 제일 싫은 부분이 무엇이었는지 물어 본다. 아내는 나는 닭 날개를 좋아하는데 당신은 항상 닭다리를 나에게 주었다고 한다. 남편은 나는 닭다리를 좋아하는데 당신이 항상 닭 날개를 줘서 싫었다고 했다. 웃자고 하는 말이지만 많은 부분을 생각하게 만드는 부분이다. 서로에게 항상 자신이 최고로 좋아하는 부분을 사랑하는 마음으로 배려했지만 서로 어떤 사랑을 해야 하는지를 몰랐다.

사람들은 때로 배려하는 마음으로 오히려 서로를 힘들게 하는 일을 하기도 한다. 이를테면 이런 것이다. 친한 후배가 사무실에 방문을 했다. 나는 커피를 좋아하므로 후배가 온다고 하여 특별한 원두를 미리 준비해서 기쁜 마음으로 후배에게 커피를 권했다. 하지만 후배는 커피를 마시면 잠이 안 온다고 한다. 그렇지만 나는 커피를 마신다고 해서 잠이 안 오는 현상을 경험해본 적이 없다. 그래서 그게 얼마나 힘든지 모르기 때문에 기필코 후배를 위해 특별히 준비한 커피를 마시라고 강요한다. 그날 밤 후배는 잠을 못 이루고, 굳이 커피를 권한 선배를 원망하게 된다.

만약 선배가 이런 행동을 세 번 정도 계속했다고 하자. 후배는 다시는 그 선배를 만나고 싶어 하지 않을 것이다. 혹시나 또 커피를 권할까봐서 말이다. 하지만 선배는 한편으로 이런 생각을 가지고 있다. 내가 벌써 세 번이나 커피를 대접했는데 그 후배는 단 한 번도 나에게 커피를 대접하지 않아서 섭섭하다는 마음이다.

상대방이 원하는 배려가 아닌 자신의 일방적인 판단으로 행동한 뒤 결국 상대방을 원망하는 경우가 인간관계에서는 자주 일어난다. 사회에서 만난 동료나 지인들은 마음이 안 맞으면 앞으로 얼굴을 안 보면 그만이다. 하지만 가족은 다르다. 얼굴을 안 보고 살아갈 수 없기 때문에 서로가 원하는 사랑을 회복하고 찾아야 한다.

사랑의 방법을 찾지 못해서 발생하는 문제는 너무나 많다. 시댁과 며느리의 관계에서도 마찬가지다. 시어머니 입장에서 아들이 아내와 불행하게 살아가길 원하는 경우는 없다. 아들 부부가 행복하게 살아가길 바란다는 시어머니의 마음은 진심이고, 그것이 부모의 마음일 것이다. 하지만 시어머니의 행동으로 이혼을 결심하는 부부가 상당히 많다. 특히나 명절 전후에 더 많이 늘어난다고 하니 며느리들에게 시댁이란 문제이자 풀어내야 하는 숙제인 것만은 틀림이 없다.

시어머니는 사랑이라는 이름으로 며느리와의 잦은 전화 통화나 방문을 원한다. 요즘 새로운 문제로 떠오른 것이 영상통화 시집살이다. 이전 세대의 우리 시어머니들은 그래도 영상통화 시집살이는 안 하셨는데 말이다. 아이가 태어난 뒤 손주를 사랑하는 마음은 알겠지만 막상 날마다 영상통화를 하는 시어머니를 감당해야 하는 며느리는 힘이 드는데 화를 낼 수도 없다. 손주만 보고 예뻐하시는 걸로 끝나는 게 아니라, 아이의 얼굴에 뾰루지라도 하나 나면 바로 '하는 일도 없이 애 보면서 그런 걸 나게 했느냐?'고 잔소리하는 시어머니도 많다. 뿐만 아니라 친구들 모임이라도 한 번 나가려 하면 시어머니가 바로 옆에 살고 계신 것처럼 귀가 시간을 체크하여 스트레스에 시달리기도 한다.

하지만 이 모든 것이 시어머니의 입장에서는 사랑이다. 받는 사람은 원하지 않지만 주는 사람의 사랑은 놀랍도록 깊고 강하다. 그러니 사랑을 받은 사람은 받은 기억이 없고 사랑을 주는 사람은 인정받지 못하는 마음에 서운함만 가득하다.

날마다 하루가 멀다 하고 싸우는 부부가 있다. 그냥 말싸움이 아니라 폭력까지 포함된 싸움이었다. 부부는 시부모님과 함께 살고 있었는데 아이가 아직 없는 탓에 아내는 온종일 남편이 집에 돌아오기만을 기다려야 했다. 열심히 일을 하던 아내는 결혼한 후 시댁에 들어와 살면서 아이를 가지기 위한 준비 등 여러 가지 이유로 일을 그만둔 상태였다. 아내는 남편이 되도록 일 끝나면 일찍 집에 와서 같이 있어 주고 이야기도 나누며 사랑의 표현을 해주길 원했다.

그런데 그때쯤 남편은 새로운 일을 하게 되면서 너무나 바빠졌다. 아내는 종일 시부모님과 집에 있어야 하고, 퇴근 시간이 가까워지면 남편에게 줄기차게 전화를 한다. 두 사람 다 성격이 강한 편이고 할 말은 똑 부러지게 하는 성격인데다 자신의 의사를 분명히 전달하는 사람들이라 갈등이 생기면 쉽게 해결되지 않았다. 그리고 서로 상대방이 나에게 맞추어주기를 바랐다.

강한 성격을 가진 남편은 다른 사람과 같이 있는 자리에서 아내의 전화를 자주 받는 게 화가 나서 귀가 시간이 더 늦어졌다. 술을 마시고 들어가는 날이면 어김없이 아내와의 싸움이 반복되었다. 두 사람 모두 서로에게 맞춰주기를 바라고 명령받는 걸 싫어하고 서로가 서로에게 요구만 하다 보니 싸움의 강도는 점차 강해져서 몸싸움까지 벌어진 상태였다.

각자 따로 보면 너무나 멋진 사람들이다. 어느 누구 하나 부족할 것 없어 보이는 두 사람은 사랑하지만 서로가 원하는 사랑을 찾지 못해서 안타까운 시간들을 보내고 있었다. 서로의 사랑을 이해하기 위해서는 상대방의 성향을 정확히 파악할 필요가 있다.

오히려 솔직하게 "날 좀 사랑해줘"라고 말해주면 이해하기 쉬울 것이다. 하지만 사람들은 솔직히 말하는 것에 익숙하지 않을뿐더러 혹여 내가 더 사랑하고 있다는 것을 들키고 싶지 않아 한다.

이런 와중에 사랑이라는 이름으로 구속이 생긴다. 아내는 남편을 사랑하는 마음으로 일찍 들어오라는 전화를 걸지만, 남편은 그 전화 때문에 일찍 들어올 마음이 생기지 않는다. 만약 전화로 인해 일찍 들어온다면 그것은 그저 싸우고 싶지 않아서다. 이렇게 마음이 엇갈리는 것은 서로의 사랑을 확인하지 못한 결과다. 사랑을 확인할수록 서로가 편안해지기 때문에 말하지 않아도 함께 있고 싶어진다.

이 남편으로서는 일이 엄청 바쁘지만 밤 열 시에 들어갈 수 있는 일을 여덟 시에 끝내고 아내를 위해 들어가는 것이 사랑의 표현이었다. 일이 잘 안 풀릴 때는 드라마를 보거나 개그 프로그램을 봐도 생각은 딴 곳에 가 있는 적이 더 많다. 아내는 낯선 환경에 자신을 데려다 놓았으니 남편이 최선을 다해서 자신의 옆에 있어주어야 한다고 생각했고 그러지 않는 남편의 행동에 사랑이 식은 것 같은 느낌을 받았다.

TIP & SOLUTION

두 사람에게 먼저 솔직한 심정을 토로하게 했다. 서로의 성향을 알고 나니 새로운 변화가 찾아왔다. 아내는 일찍 들어오기 위해 노력하는 남편이 자신을 얼마나 사랑하는지를 이해했다. 남편의 마음을 알기 때문에 전화를 자주 하지 않고 기다렸고, 남편과의 관계는 급속도로 회복될 수 있었다.

상대방의 사랑법을 모르고 엉뚱하게 구속을 하거나 불편함을 만들면 오히려 역효과가 발생한다.

사람의 성향은 정말 다양하다. 어떤 이는 누군가 자신을 필요로 할 때 기쁨을 느끼고 에너지가 생긴다. 또 어떤 이는 자신을 필요로 하는 것에 대해 극도로 불편함을 느낀다. 어떤 이는 세상에서 제일 중요한 것이 일이라서 일로 날밤을 새는 것은 아주 쉬운 일이다. 또 어떤 이는 걱정이 많아서 온종일 걱정을 달고 산다. 또 어떤 이는 즐겁고 행복한 삶이 중요하다. 어떤 이는 세상에서 명령받는 걸 가장 싫어하고, 어떤 이는 누군가 나를 리드해주길 원한다. 이런 다양한 마음을 가진 이들이 만나서 서로의 장점은 배우고 서로의 단점은 보안해주며 살아간다면 그보다 행복한 일은 세상에 없을 것이다. 하지만 반대로 서로의 장점은 감추고 서로의 단점만을 들춰내며 부족한 부분이 더 도드라질 때 우리의 하루하루는 불행의 연속이 된다.

지금 내 옆에 있는 사람은 어떤 사람인가? 그는 당신에게 어떤 사랑을 원하며, 당신은 그에게 어떤 사랑을 바라고 있는지 적어보라. 그리고 내가 원하는 사랑을 상대가 해줄 수 있도록 먼저 내가 사랑을 실천해 보자.

5장

지혜로운 며느리, 미련한 며느리

남의 편이라서 남편

연애 시절 내 남편은 세상에 그렇게 멋지고 자상할 수가 없었다. 순식간에 사랑에 빠졌고 결혼은 당연한 수순이었다. 그런데 결혼 후 남편과의 신혼생활은 내가 꿈꾸던 것과는 조금 거리가 멀었다. 여태까지 혼자 쓰던 침대를 같이 쓰려니 너무 불편했고, 이불 하나를 다리에 돌돌 감아 편안하게 써야 하는데 남편을 덮어주느라 정작 나는 쉽게 잠들지 못했다. 물론 나만 불편한 것은 아니었다. 남편도 불편한지 잠을 설쳤다. 드라마나 영화를 보면 남편이 팔베개를 해주고 그 팔을 베고 누워 깊은 잠이 들던데, 실제로 해보니 그건 다 설정이었다. 남편은 삼십 분을 넘기지 못하고 팔이 저리고 나는 그냥 편하게 대자로 누워서 자고 싶었다.

이런 낯선 불편함이 익숙해지기까지는 서로 시간이 필요하다. 적응하고 익숙해져갈 무렵이 되면 이번에는 연애 때는 알지 못했던 남편의 성향이 나오기 시작한다. 그래도 신혼 초에는 연애시절 열렬히 사랑했던 그 마음으로 버텨갈 수 있다. 서로의 단점도 사랑스럽게 돌려 말하며 정곡을 찌르는 말은 하지 않았다.

어느 날 친구가 내게 하소연을 했다. 씻는 걸 싫어하는 남편을 보면 분노가 치밀어 오른다는 것이다. 그런 사람인 줄 연애 때는 정말 몰랐단다. 한 번은 술 마시고 들어온 남편이 냄새가 나는데도 안 씻으려고 하는 통에 대야에 물을 받아 거실에 누워 있는 남편에게 들이부었다고 한다. 남편을 사랑하지 않아서 그렇게 행동한 것이 아니었다. 남편은 어떻게 그럴 수 있느냐고 했지만 아내는 그와 헤어지지 않고 살기 위해서는 나쁜 버릇을 고쳐야 할 것 같아 그랬다고 답한다. 친구는 말로 안 되니 어쩔 수가 없다며, 남편의 버릇을 고치기 위해 용을 쓰고 있었다.

반대로 나의 사랑스러운 남편은 너무나 씻는 걸 좋아한다. 어느 날은 술을 너무 많이 마셔서 몸도 제대로 가누지 못하는 남편이 씻겠다고 욕실에 들어가서 나오지를 않았다. 한참이 지나도 나오지 않는 남편 때문에 잠도 못 자고 욕실에 가봤더니 씻지도 못하고 욕실 바닥에 앉아 있었다. 나는 그냥 제발 씻지 않고 잤으면 좋겠다고 생각하며 취한 남편을 겨우 잠자리로 옮겼다.

어쩌면 우리는 서로의 단점을 찾아내고 부족한 부분을 더욱더 부각시키는 뛰어난 능력을 가지고 태어났는지도 모른다. 사랑한다는 이유로 우리는 서로를 자신의 스타일로 만들고 바꾸려고 한다. 서로의 단점을 지적하며 서로를 구속하려 한다. 사랑이 남아 있고 지키려는 마음이 강할 때는 이런 모든 것들이 가능하고 두 사람의 문제와 갈등을 풀어가는 과정이 그래도 수월하다.

하지만 제삼자가 개입되면 문제는 달라진다. 특히 두 사람 사이에 시어머니가 끼어들면 작은 문제가 눈덩이처럼 커지기도 한다. 시어머니와의 정신적인 갈등은 며느리 입장에서 받아들이기 힘들다. 그 문제를 해결하기 위해서는 남편의 도움이 절실하다. 특히 며느리들이 힘들어하는 모습인 시어머니의 이중적인 태도다. 아들 앞에서는 며느리를 딸 대하듯 다정하다가 둘이 남으면 언제 그랬냐는 듯 돌변하는 것이다.

예를 들어 아들이 있을 때는 며느리에게 아무 일도 시키지 않다가, 아들이 방에 들어가 있으면 행주를 던지는 극단적인 행동을 보이면서 분위기를 무섭게 만든다. 어떤 시어머니는 "놔두란다고 아무것도 안 하고 내 밥상을 받아먹어?" 하며 들으란 듯이 타박하기도 한다. 그래서 "제가 할게요."라고 나서도 시어머니의 매서운 눈초리를 벗어날 수가 없다.

이런 경험을 한두 번씩 겪다 보면 며느리 입장에서 시어머니가 무섭고 싫다. 시어머니의 이런 행동을 남편에게 말해도 있는 그대로 믿어주는 경우가 별로 없다. 남편은 우리 엄마가 그럴 리 없다고 말한다. 어머니를 욕한 며느리만 이상한 사람이 되기 십상이다. 혹여 남편이 엄마의 태도를 알았다고 하더라도 '어른이니 네가 이해해야지 어쩌겠어?' 하고 넘어가버린다. 심지어 이렇게 친절하게 말하는 남편도 별로 없다. 처음에는 미안한 듯이 말한다 해도 얼마 지나지 않아 친절한 태도는 사라진다. 끊임없이 자신의 부모를 흉보는 아내를 무조건 편 들어줄 착한 남편은 그리 많지 않기 때문이다.

아내의 입장에서 보면 이 남자를 만나지 않았다면 절대로 자신과 연결되지 않았을 남남이다. 남편으로 인하여 가족으로 받아들이게 되었기에 가족이 되기 위해 나름대로 노력을 하고 있는 것이다. 하지만 남편은 자신의 엄마에게 나쁜 소리를 하는 아내를 오히려 탓하는 경우가 많다. "이제 그만 좀 하라."며 도리어 화를 내기도 한다.

시작은 고부 갈등이었으나 그 끝은 부부 갈등이 되는 이유가 여기에 있다. 이혼하는 부부들의 대부분이 부부 갈등의 시작이 바로 시집살이였다고 말한다. 무조건 참아낼 수도, 그렇다고 문제가 생길 때마다 싸울 수도 없는 것이 시월드 시집살이다.

그런데 시어머니는 정녕 아들 며느리의 이혼을 바라고 있는 악한 존재인가? 시어머니들의 며느리를 향한 한결같은 바람은 '너는 며느리니까 이렇게 해야 한다.'를 근거로 두고 있다. 아무리 대화를 하려고 해도 말이 통하지 않는다. 시어머니는 며느리가 일주일에 적게는 한 번이라도 전화하기를 원한다. 친정엄마는 사위에게 이런 바람을 표출하는 일이 없는데 말이다. 며느리로서는 아들도 안 하는 안부 전화를 자신이 왜 해야 하는지 모르겠다는 생각이 든다.

시댁과는 거리도 멀고 출산한 지 얼마 되지 않은 어떤 며느리는 김장을 하러 지방까지 갈 생각은 하지 않았다. 게다가 김치를 가져다 먹지도 않기에 며느리는 김장이 중요한 행사처럼 느껴지지 않았다. 그런데 김장하는 날 3개월 된 아이를 데리고 내려오지 않는다고 시어머니는 화가 나셨다. 그리고 며느리에게 그동안 맺혀 있던 말들을 쏟아냈다. 내용을 들어보니 전화를 자주 하지 않는다는 것이 주된 불만이었다. 남편이 전화를 자주 하고 안부를 전해서 잘 계신 걸로 알고 있었다고 하자 시어머니는 아들이 전화하는 것과 며느리가 전화하는 것이 같으냐고 했다. 며느리는 당연히 그래야 하는 것이라고 말이다.

옛날의 가부장적 사고가 바탕에 깔린 시어머니의 말은 앞뒤가 잘 맞지 않는다. 결혼을 할 땐 요새는 옛날 같지 않아서 꼭 남자가 집을 해야 하는 게 아니니 여자도 집값을 보태야 한다고 했다. 그래서 이 며느리는 두말도 하지 않고 반반 부담하여 결혼을 했다. 그런 말씀을 하셨으니 당연히 요즘 세대에 맞는 행동을 하실 줄 알았다. 하지만 시어머니의 '요즘'은 당신에게 유리한 것만 요즘이고 다른 것은 '며느리니까 그래야 한다.'는 논리가 적용된다.

며느리는 시어머니의 앞뒤 다른 말이 답답했지만, 남편은 그냥 아내에게 참으라고 부탁하거나 오히려 화를 냈다. 남편을 선택했을 때 따라오는 옵션은 자신이 선택한 것이 아니다. 남편 하나만 놓고 보면 성격 좋고 남 배려할 줄 알고 나를 사랑해주며 능력 있는 멋진 남자였다. 하지만 남편을 따라온 여러 옵션은 흠이 많고 탈이 많았고 불필요하게 느껴진다. 이 문제를 해결하고 위로해줄 수 있는 유일한 사람도 남편인데, 도리어 화를 내고 짜증을 내면 사랑이 지속될 리 없다. 결국 아내는 남편에게 계속 화를 내고, 남편은 그럴수록 남의 편이 되어 간다.

그러다 보면 시댁에 가도 자신만 혼자인 것 같고, 호랑이 우리 속에 들어 있는 고양이가 된 기분이 든다. 겉으로 보기엔 한 가족으로 비슷해 보이지만 자신만 전혀 다른 존재인 것이다. 그러면 어떻게 해야 하는가. 그저 참는 것이 여자의 숙명이며 미덕이라는 마음으로 묵묵히 견디어야 하는 걸까?

우리 세대는 불합리한 것을 굳이 참아야 할 이유도 못 느끼게 되었고, 복잡한 현실 속에서 가정문제를 묵묵히 견디는 것도 더는 미덕이 될 수 없는 시대가 되었다. 이미 남편이 내 편이 아니라는 생각이 드는 순간, 아내들의 절망은 심각한 수준에 이른다. 결혼해서 아이가 태어났고, 이 아이와 건강한 가정을 만들고 싶고, 행복한 가정을 꿈꾸었는데 그 모든 게 산산조각 나는 느낌일 것이다. 여태까지는 믿을 수 있는 든든한 내 편이 존재하는 것만으로도 행복하고 감사한 일이었는데 그것이 깨지고 나면 결혼생활의 희망도 꺼지게 된다.

갈등이 가장 많이 발생하는 시기가 결혼 후 3년쯤이다. 3년 정도 시집살이가 있어도 참을 수 있었던 이유는 그때까지만 해도 남편이 내 편을 들어주고, 어머니를 대신해 아내에게 사과하기도 하며 위로해준 덕분이다. 하지만 3년쯤 되면 남편들은 아내에게 "이제 그만 좀 하라."고 한다. "우리 엄마 그러는 거 한두 번도 아니고, 이제 이해할 때도 되지 않았느냐?"고 말이다.

그때부터 남편과 마음의 거리가 멀어지면 답은 하나라는 생각이 들기 시작한다. 남편을 떠나야만 이 고통에서 벗어날 수 있을 것만 같다. 아이를 생각해서 주저하며 고민하지만 이내 답에 도달한다. 요즘 결혼한 세 쌍 중에 한 쌍이 삼 년 안에 이혼을 한다고 하니 웃어넘길 만한 일이 아니다.

TIP & SOLUTION

어떻게 하면 남편을 영원히 내 편으로 만들 수 있을까?

사람의 성향에 따라 아내의 행동 패턴도 달라져야 한다. 남편의 성향에 맞는 맞춤 리더십이 필요하며, 일단 남편을 정신적으로나 경제적으로나 부모님으로부터 독립을 시키는 것이 문제의 핵심이다.

남편은 가끔 어린아이 같기도 하고 철이 덜 든 것 같은 느낌이 들 때도 있다. 말로는 남편이 가장이라고 하지만 사실상 가장 대접을 하지 않는 경우가 많다. 남편의 유형에 따라 가장이 되고 싶은 남편과 그렇지 않은 남편이 있다. 아내의 지혜는 여기에서 발휘되어야 한다.

우선 남편의 태도에 화가 나더라도 무턱대고 분노하면 일은 해결되지 않는다.

시댁의 문제를 언급할 때에는 시어머니의 부족한 부분을 들춰내며 상처를 주지 말자. 우회하는 방법을 사용하는 것이 현명하다. 직접적으로 언급하며 시어머니에 대해 지적하면 금방 싸움으로 번지게 된다. 특히 남편이 시어머니로부터 정신적인 독립이 되지 않은 상태라면 그 상태에 대해 먼저 명확히 파악할 필요가 있다. 이유가 무엇인지, 어떤 상황에서 시어머니를 의지하는지 관찰해 보자. 혼자 결정하는 것이 두려운 남편들은 결혼 후에도 아내가 아닌 어머니에게 조언을 구하기도 한다. 아내로서는 당연히 화가 나겠지만 이때 남편의 의견은 물론, 어머니의 의견까지도 우선 존중해주는 듯한 태도를 보이자. 그다음 최종적으로는 나의 의견을 피력하여 문제를 해결해 가야 한다.

그리고 작은 것 하나라도 남편의 선택을 믿어주어야 한다.

무시하는 말이 아닌 인정하는 말을 들으면 남편은 존중받는 느낌이 들 것이고, 그로 인하여 아내와 상의하는 것이 굉장히 편안하고 현명한 일임을 깨닫게 된다. 쇼핑을 할 때 남편이 고르는 모든 것을 지적하며 그를 부족한 사람으로 만드는 아내들을 종종 보게 된다. 아주 사소한 물건을 고르는 것까지도 인정하고 칭찬해주면 그

다음에는 아내에게 의견을 물어보게 된다. 아내가 나의 선택을 지지하고 믿어줄 것을 알기 때문이다. 이런 습관을 들이다 보면 남편은 자연스럽게 자신의 부모로부터 독립할 수 있게 된다. 그리고 삶의 중심이 점차 부모님과의 관계가 아니라 아내와 가정으로 옮겨오고, 무조건 어머니를 이해하라며 남의 편을 드는 모습도 사라지는 것을 보게 될 것이다.

시댁에 내 편은 없다

옛말에 '때리는 시어머니보다 말리는 시누이가 더 밉다.'는 말이 있다. 많은 며느리들이 시어머니 시집살이보다 시누이 시집살이가 더 힘들다고 하소연을 한다. 어쩌면 시어머니는 나름대로의 사랑 표현을 잔소리로 하는 것이지만, 시누이는 사사건건 마음에 들지 않아 하는 태도가 겉으로 드러나다 보니 당하는 사람 입장에서는 더 큰 고통일 것이다. 심지어 명절에 제일 꼴 보기 싫은 사람 1위가 시누이라고 하니, 시누이 시집살이는 며느리의 고단한 삶의 무게를 늘려주는 존재임이 분명하다.

며느리가 되면 시어머니의 부당한 대우에도 참아야 하는 때가 있다. 아무래도 어른이기도 하고, 사랑하는 사람의 어머니이기에 이해하고 넘어가려는 노력을 하게 된다. 또 집안에 분란이나 시끄러운 일을 만들지 않기 위해 참기도 한다. 그런데 시누이의 경우는 조금 다르다. 나이 차이가 많이 나는 손위 시누이라면 몰라도, 손아래 시누이가 삐딱하게 나오고 예의 없이 굴면 확 때려줄 수도 없고 속만 까맣게 타들어 간다.

사실 시집살이 문화가 사라지기 위해서는 근본적으로 시댁 식구들을 부르는 호칭부터 바꾸어야 한다. 시누이나 시동생을 '도련님, 아가씨' 하면서 높여 부르기 때문에 저절로 며느리는 남편의 동생들보다 지위가 낮은 사람이 된다. 반대로 남편이 처가에 가면 '처제, 처남' 하며 굳이 높이지 않고 부르는 것이 당연하게 여겨진다. 물론 기존의 전통적인 호칭을 관례적으로 부를 뿐이라고 생각하면 그만이지만, 말에는 그만한 힘이 있기 마련이다. 시집간 후 시댁 식구들은 높여 부르고, 시누이나 시동생은 나이가 더 어린데도 불구하고 며느리를 낮게 대하는 것은 오랫동안 이어져 온 불편한 문화다. 어쩌면 일종의 자격지심일지도 모르지만, 우리나라의 유교 문화 속에서 이런 기분을 느끼는 게 비단 나만의 생각은 아닐 것이다.

결혼하고 집에 온 새언니가 혹 설거지를 하지 않고 자리에 앉아 있거나 과일이라도 깎으며 동동거리고 돌아다니지 않으면 시어머니가 뭐라고 하지 않아도 시누이가 눈을 흘긴다. 오빠가 하거나 제일 나이가 어린 본인이 해야 한다는 생각은 하지 않고 결혼한 며느리가 당연히 일을 가장 많이 해야 한다고 생각하는 것이다. 그런 분위기 속에 있다 보니 며느리도 시어머니뿐 아니라 시누이 눈치가 보인다.

심지어 시댁 식구들과 같이 사는 경우에는 새언니의 예쁜 옷을 함부로 꺼내 입거나, 속옷조차 스스로 빨지 않고 산더미처럼 빨래를 내놓기도 한다. 며느리들은 가끔 아가씨의 식모가 된 것 같은 느낌이 든다며 마음이 답답해지고 분노가 쌓인다고 토로한다. 시누이도 나중에 결혼하면 며느리가 될 텐데 이때는 그런 것은 별로 중요하지 않다. 같은 처지라고 힘든 것을 알아주기보다는 오히려 시어머니보다 더한 시누이도 많다.

시누이가 불편하지 않고 편하게 대해준다고 해서 방심하면 금물이다. 시누이가 같은 여자끼리 편을 들어준다고 해도 결국 팔은 안으로 굽기 마련이기 때문이다. 어찌됐든 시누이는 자기 식구가 더 마음이 쓰이기 마련이다. 시누이가 며느리 편을 더 들어준다고 생각하는 게 오히려 더 이상한 일이지 않겠는가.

시댁 식구들 중에는 완벽한 내 편이 없다고 생각해야 한다. 며느리 사랑은 시아버지라고 했던가? 하지만 그것도 시아버지가 집안에서 시어머니보다 더 실세여야만 완강한 힘을 발휘할 수 있기에 의미가 있다. 시어머니의 잘못에 대해 시아버지가 바로잡고 나서준다면 내 편이라고 여길 수 있을지 모르겠지만, 젊은 시절을 함께 보낸 두 분의 관계에서 시어머니가 더 힘이 센 경우가 훨씬 많다. 그러니 시아버지가 아무리 며느리의 편을 들어준다고 한들 실질적으로는 힘이 되어주지 못한다. 또한 결정적인 문제가 생겨서 편을 나누게 된다면 시댁 식구들은 며느리를 빼고 똘똘 뭉치기 마련이다.

하지만 시댁에 내 편인 존재를 한 명 정도 만들어 놓는다면 큰 도움이 되는 것은 사실이다. 불편한 상황 속에서 그래도 능숙하게 상황을 대처할 수 있게 된다.

명절이 되면 시어머니는 자신의 딸이 빨리 오기를 기다리면서도 며느리는 친정에 좀처럼 보내주지 않으려고 한다. 우리 집안만 해도 그렇다. 가족들이 산소로 출발하기 전에 시누이는 이미 집에 도착을 한다. 시누이의 시어머니가 산소에 가라고 일찍 보내주시기 때문이다. 하지만 우리 시어머니는 나를 아버지 산소에 가라고 보내주시지 않는다. 그뿐 아니라 성묘가 끝나고 나면 당연히 친정에 간다고 생각해주시면 좋으련만 시아버지가 꼭 이렇게 물어보신다.

"너희는 이제 뭐할 거니?"

며느리 입장에서는 황당한 질문이 아닌가. 시댁에 들렀으니 이번에는 친정에 가야 한다는 걸 뻔히 알면서도 흔쾌히 보내주고 싶지 않은 어른들의 심보가 들여다보인다. 물론 시부모님의 마음이야 충분히 이해는 된다. 자신의 딸도 왔고 사위도 왔고, 간만에 온 가족이 다 모여서 함께하고 싶은 마음일 것이다.

하지만 며느리의 입장을 조금만 생각해 보면, 적어도 성묘가 끝난 뒤에는 집에 보내주는 것이 당연하다. 며느리에게도 함께하고 싶은 원가족이 있으니 말이다. 이럴 때 누구라도 나서서 시부모님에게 '며느리도 친정엘 가야지.' 하고 말해준다면 얼마나 고맙겠는가? 그런 사람이 하나라도 있다면 그래도 시댁에 가는 것이 덜 부담되지만, 내 편을 들어주는 사람이 아무도 없으면 시댁과의 관계가 좋아지기는 어렵다.

내 친구 중 한 명은 시댁에서 항상 자신이 찬밥 신세라고 한탄을 한다.

"너랑 나는 찬밥을 먹어 치우자."

새로 밥을 하고서도 시어머니는 항상 며 찬밥을 내온다는 것이다.

"어머니, 저는 찬밥은 싫어요. 어머니만 찬밥 드시고 저는 따뜻한 밥 먹겠습니다."

시어머니도 찬밥을 먹는다는데 며느리가 나서서 이렇게 말할 수는 없는 일 아닌가.

"찬밥 먹으면 소화 안 되니 어머니도 따뜻한 밥 드세요. 따뜻한 밥 남으면 또 찬밥 되잖아요. 우선 다같이 따뜻한 밥 먹고 찬밥은 나중에 같이 볶음밥 해먹어요."

이럴 때 남편이라도 나서서 자연스럽게 따뜻한 밥을 권해주면 얼마나 좋겠는가? 하지만 그렇게 훌륭한 남편은 많지 않다.

같이 식사하는 식구들 중 누구도 며느리에게 따뜻한 밥으로 같이 먹자고 해주는 이가 없다. 왠지 서운하고 억울하고 슬프지만 돌파구는 보이지 않는다. 그저 시댁에 갈 때마다 나는 찬밥 신세라고 생각하며 시집살이를 온몸으로 받아들여야 하는 것이다.

그 친구는 하다못해 자신이 시댁에서 키우는 강아지만도 못한 취급을 받는다고 말하기도 했다. 그런데 심지어 강아지도 자기의 편이 아니라고 했다. 잘 짖지도 않던 개가 자신만 오면 그렇게 짖어대니 강아지도 꼴 보기 싫다고 한다. 강아지에게도 뒷전인 자기가 왜 시댁에 가서 봉사를 하면서 살아야 하는지 모르겠다고 한다.

TIP & SOLUTION

단 한 명의 내 편도 없는 시월드에서 내 편을 만들어야 한다.

식구들 중 한 명이라도 내 편이 있다면 어색한 상황이나 난처한 상황에서 도움을 받을 수 있다. 시누이가 얄밉더라도 만약 관계가 개선되고 친해진다면 또 그만한 아군이 없다. 보통 시누이의 가장 큰 불만은 며느리가 우리 엄마에게 잘하지 못한다는 것이다. 따라서 이 문제를 해결하는 방법은 간단하다.

시부모님에 대한 문제를 시누이에게 상의하는 것이다.

시누이는 시부모님이 어떤 음식을 좋아하시는지, 어떤 색상을 좋아하는지 가장 잘 알고 있는 좋은 조언자로 탈바꿈하게 될 것이다. 또한 이렇게 부모님에게 신경 써주는 며느리를 고마워하지 않을 시누이는 없다. 고마운 마음 때문에 그쪽에서도 마음을 열고 더 배려하고 잘해주려고 노력하게 될 것이다. 사람의 마음을 사는 방법을 알게 되면 어렵고 고통스러웠던 관계도 조금 수월해질 수 있다.

예의가 사라져가는 며느리

나는 스스로 참 예의가 있는 사람이라고 생각했다. 다른 사람도 마찬가지로 나와의 관계에서 예의를 지켜주길 바랐고, 예의 없다고 생각되는 사람은 가까이 하지도 않으려고 했다. 그만큼 인간관계에서 예의가 중요하다고 생각했던 것이다. 하지만 결혼 후 시집살이와 갈등으로 인해 힘겨운 시간을 보내면서 나는 스스로의 예의 바르지 않은 면모를 보게 됐다. 그리고 그런 나의 모습에 적잖이 당황했다.

우리는 어릴 때부터 '동방예의지국'이라는 말을 들으면서 자랐다. 어른에게 예의 바르게 행동하는 것은 유치원에서부터 배우는 당연한 덕목이었다. 그런데 어느 날 시어머니와의 논쟁 끝에 어른 앞에서 큰소리를 내며 대드는 내 모습을 발견하게 되었다. 결혼 전까지는 상상할 수 없었던 일이지만, 예의가 사라질 정도로 분노하게 되는 며느리의 마음은 겪어 보지 않은 사람은 모를 것이다.

예의는 어떤 상황에서도 지켜져야 하는 걸까? 시어머니가 어른으로서 예의를 지키고 존중해주었다면 며느리도 당연히 몸에 배어 있는 예의를 갖출 것이다. 하지만 예의 없는 상대에게 끝까지 예의를 갖추는 것은 성인군자에게도 어려운 일이다.

결혼 후 20년 동안 꾸준히 예의를 갖춰온 며느리가 있었다. 친정 부모님도 '네가 참아야 한다, 어떤 일이 있어도 예의 바르게 행동해야 한다.'고 가르쳤기에 20년 동안 무조건 참고 희생하면서 살아왔다. 그런데 잘하면 잘할수록 시댁 식구들은 더 많은 것을 원했고, 그 상황이 어느 순간부터인가 진절머리가 났다. 하나를 내어 놓으면 가지고 있는 나머지 것도 다 내어 놓으라고 하니 말이다.

이 며느리가 화가 나는 이유는 내가 가진 것을 내어주기 싫어서, 희생하기 싫어서가 아니다. 그 희생을 너무나 당당하게 요구하는 태도에 분노가 치미는 것이다.

게다가 동서의 경우는 또 달랐다. 동서는 명절에 꼬박꼬박 참여하지 않고, 집안 행사마다 잘 챙겨 준비하지 않는데도 시어머니에게 예쁨을 받았다. 곰 같은 며느리와 여우 같은 며느리의 차이인 것이다. 사람들은 묵묵히 일하는 곰을 굳이 찾아가 고맙다고 인사하지 않는다. 오히려 여우처럼 잘 빠져나가고 요령 넘치는 며느리에게 더 많은 사랑을 준다.

결국 이 며느리는 더는 참을 수 없다고 생각했다. 그리고 20년 만에 참아온 분노를 쏟아냈다. 시댁 식구들 앞에서 이제까지 희생한 것과 무시당한 것에 대해 소리를 지르며 화를 냈다. 사람들은 곰이 소리도 지를 수 있구나 하고 의아해했다. 그리고 상황이 바뀌었을까? 그렇지 않았다. 사람들은 이미 곰은 소리를 지르면 안 되는 존재라고 생각했기에, 20년의 공은 다 잊고 오히려 더 차갑게 대하기 시작했다. 이제는 아예 대놓고 며느리를 구박했다.

더 큰 문제는 남편이었다. 이런 상황에서는 남편이 당연히 아내의 편이 되어 그동안 고생했던 공을 알아주어야 마땅하지만, 남편의 태도가 시댁 식구들보다 더 나빴다. 남편은 아내가 그동안 묵묵히 희생하며 온 가족의 비위를 맞추고 집안 행사마다 일해 온 사실은 전혀 알아주지 않고 아내를 비난했다. 아내는 지금까지 무엇을 위해 버텼던 것일까? 그녀는 아마 여태껏 '나만 참으면 괜찮다. 가족의 행복을 위해 내가 참아야지.' 하는 마음으로 견뎌왔을 것이다. 그러나 참아내는 것만으로는 아무 문제도 해결되지 않았다.

결국 이 며느리는 더는 남편과 시댁에게 예의를 차릴 수 없다고 판단했다. 예의를 지키는 것은 혼자서만 잘한다고 되는 게 아니다. 특히 며느리에게 지나치게 많은 것을 요구하는 우리나라의 결혼 문화에서는 며느리가 끝까지 예의를 지키는 것이 거의 불가능한 미션이다.

시집살이는 '벙어리 3년, 귀머거리 3년, 장님 3년'이라는 옛말이 있다. 그러나 오늘날에는 적용되지 않는 말이다. 예의 바른 며느리를 원한다면 먼저 존중해주는 어른이 있어야 한다. 세상 모든 관계는 일방적으로는 원활하게 이루어지지 않는다. 처음에는 시댁에 잘하려고 노력하던 며느리도 어느 순간 상처를 받고 나면 마음을 닫게 된다. 그러면 시댁에서는 며느리 도리를 운운하며 예의가 없다고 또 손가락질을 한다.

TIP & SOLUTION

지혜로운 관계 유지가 중요하다. 무조건 참아내고 희생하지 말자. 세상에서 가장 소중한 것은 나 자신이다. 나 자신을 소중히 여기고, 함부로 대하지 말아야 한다. 며느리 입장에서 지킬 것만 지키고, 할 수 있는 것만 하자. 인정받으려고 무리한 노력을 하지 말고, 스스로 희생양이 되어 자신을 자학하지 말자.

진짜 예의 있는 며느리는 힘든 일을 도맡아 하면서 뒤에서 흉을 보는 것이 아니라, 내 앞에 있는 예의 없는 이에게 당당하게 대할 수 있는 마음의 근육을 키우는 것이다.

자녀 교육 망치는 시집살이

부부 사이에서 아이를 낳게 되면 시부모님과의 관계에서도 육아라는 새로운 영역이 포함된다. 이미 자식들이 성인이 되어 자신의 손을 떠난 시기이기에 할머니 할아버지 입장에서 보면 태어난 아이들이 더욱 예쁘고 사랑스러울 수밖에 없다.

이렇게 예쁜 아이를 낳아준 며느리에게도 고생했다고 토닥여주고, 함께 사랑해준다면 얼마나 훈훈한 가정의 모습이겠는가? 새로운 생명의 탄생은 집안에 활기를 가져다준다. 울려 퍼지는 아이들의 웃음소리는 상상만으로도 가슴 벅차고 아름답다.

하지만 분명히 부부 사이에서 태어난 아이인데도 어느새 아이가 오로지 시댁의 자손인 것처럼 시부모의 영향력 안에 들어가는 경우가 있다. 아이의 기저귀부터 모유 수유까지 모든 걸 간섭하고, 부부의 육아 방식보다 시어머니의 오래된 육아 방식을 고집한다. 엄마보다 할머니의 의견이 우선시되는 웃지 못할 상황이 펼쳐지는 것이다.

아이가 태어나면 자연스럽게 아빠의 성을 따르는 것도 알게 모르게 아이를 시댁의 소속으로 여기게 되는 분위기에 한몫하는 것 같다. 물론 부부가 혼인신고를 할 당시 모母의 성과 본을 따른다는 협의를 하고 그에 관한 협의서를 제출한 경우에 자녀는 모의 성과 본을 따르게 되지만 이는 극히 드물어 아주 특수한 상황이 아니고서는 대부분 아빠의 성을 따르는 것이 현실이다. 엄마 입장에서는 성을 선택할 기회조차도 주지 않는 것이 아쉽지만, 아직 거기까지는 바라지도 않는다. 다만 시댁에서도 남편의 성을 따른 아이를 낳아준 며느리의 소중함을 알아주고, 아이를 잘 키울 수 있도록 배려해주는 마음을 절실히 원할 뿐이다.

특히 며느리가 육아 과정에서 시집살이를 겪고 있다고 느끼는 순간부터 자녀 교육은 쉽지 않다. 우리 아이들이 매일 시집살이와 부부 갈등으로 지친 엄마를 마주해야 하기 때문이다. 늘 시어머니의 간섭에 노출되어 신경이 예민해진 며느리는 항상 화가 나 있다. 성향에 따라 그 화를 표현하는 방법은 다르겠지만 아이들은 엄마의 분노를 간접적으로 느끼게 된다.

엄마로서는 아무리 힘들고 지쳐도 아이에게 직접적으로 표현하거나 영향을 미치지는 않았다고 생각할 것이다. 최소한 아이들 앞에서 큰소리로 싸우거나 신경질을 내지는 않았으니 아이들이 모를 것이라고 여긴다. 하지만 그것은 오산이다.

아이들은 부모가 생각하는 것보다 훨씬 환경 변화를 빠르게 감지한다. 항상 분노에 차 있거나 슬프고 지쳐 있는 엄마를 마주하는 아이들은 내심 눈치를 보게 된다. 엄마의 마음이 편치 않은데 아이의 마음이 행복으로 가득할 수는 없는 것이다.

어느 워킹맘 며느리의 경우에도 그랬다. 결혼 첫 해부터 시댁에서 음식 장만은 물론 온갖 일을 떠미는 바람에 금방 시집살이에 지쳐버렸다. 그렇게 시작하다 보니 세월이 흐르면서 시댁의 모든 집안 행사가 며느리의 몫이 되어버렸다. 며느리가 시집오기 전까지는 도대체 어떻게 살았는지 알 수 없을 정도였다. 결혼한 지 4년밖에 되지 않았는데 마치 40년은 된 것처럼 삶이 달라져버렸다.

게다가 직장생활도 해야 했으니 5일 동안 출근을 하고 주말에는 쉬지도 못하고 시댁에 가서 밥을 한 것이다. 힘드니 한 주 정도는 쉬자고 말해도 남편은 어른들이 원하시니 안 된다고 거절했다. 분쟁을 만들고 싶지 않아 남편의 말을 따랐지만 시간이 지날수록 시댁도 싫고 남편조차 이혼하고 싶을 정도로 미워졌다.

그러는 동안 귀한 아이가 탄생했다. 아이는 너무나 예쁜데 아이를 마주보는 엄마의 눈에서는 눈물이 마를 날이 없었다. 아이를 벅차게 사랑하는 마음만으로 바라보기에는 이미 마음이 너무 병들어 있었던 것이다. 어느 날은 이제 막 아장아장 걷기 시작한 아이가 손을 뻗어 엄마의 눈물을 닦아주는데 가슴이 미어졌다고 한다.

이렇게 괴로움으로 가득 찬 마음으로 아이를 키우다 보면 지치고 힘든 마음이 아이에게 고스란히 전달되어 행복한 아이로 자라게 할 수가 없다. 사실 자녀 교육이라는 건 부모에게 있어서 가장 중요하게 여겨지는 부분 중 하나다. 지식을 쌓도록 뒷받침하는 것뿐 아니라 정서적인 안정감을 키워주는 것 역시 자녀 교육의 핵심적인 요소다. 그런데 아이를 의기소침하고 눈치 보는 환경에 노출시키고 있으니 그러한 현실을 빨리 깨닫고 바꾸어야 한다.

가정 안에서 엄마는 굉장히 중요하고 필요한 존재다. 그런데도 엄마 스스로는 자신의 중요성을 깨닫지 못한다. 시집살이로 마음이 힘든 상태에서는 에너지가 솟지 않는다. 마음이 괴로우면 스스로를 소중히 여기거나 주변 환경에 감사하는 마음이 생길 수가 없다. 그리고 병든 마음으로 건강한 아이를 키워내는 것도 물론 어렵다.

대개 시집살이는 결국 부부 갈등으로 번지게 된다. 그런데 자녀에게 부부 싸움에 대한 충격은 전쟁이 났을 때와 비등할 정도로 크다고 한다. 부부 싸움이 잦아지면 자녀의 정서에 부정적인 영향을 미칠 수밖에 없다. 자녀에게 부드러운 목소리로 책을 읽어주고, 편안한 목소리로 사랑한다고 말해주기 위해서는 엄마의 마음이 먼저 안정되어야 한다.

하지만 시집살이나 부부 갈등을 겪고 있으면 웃음이 잘 나지 않는다는 며느리들이 많다. 나 역시 지난날을 되돌아보면 시집살이에 지쳐 있는 심신으로 커가는 아이들에게 마음껏 웃어준 기억이 없다.

아이 교육을 위해서 부정적인 감정이나 화가 나는 것을 무조건 참아야 한다는 말이 아니다. 잘 생각해 보면 내가 어느새 분노하지 않아야 할 것에 자꾸 분노하고 있는 경우가 있을 것이다. 아이가 물을 엎지르면 그냥 닦으면 된다. 실제로도 기분이 좋을 때는 '괜찮아.'라고 얘기해준다. 그런데 기분이 나쁠 땐 '엄마가 그러게 조심하랬지!'라고 화를 낸다. 아이가 작은 잘못만 해도 큰 분노를 하게 되고, 남편이 조금만 늦게 들어와도 못 견디게 화가 난다면 무언가 변화가 필요하다는 뜻이다.

TIP & SOLUTION

내가 시집살이 당하고 있다는 생각이 든다면 빨리 환경을 바꾸어 극복해야 한다.

그 과정에서 시어머니와 언성이 높아지고 싸움이 나더라도 문제가 터졌다면 빨리 수습하면 된다. 만약 시어머니와의 관계에서 일이 터졌다면 오히려 시어머니도 느끼는 게 있기 때문에 꼭 극단적으로 상황이 치닫게 되지는 않을 것이다. 중요한 건 내 마음이 무겁지 않고, 시집살이로 고통받지 않는 환경을 만드는 것이다.

내 안에 건강한 마음을 만들어야 하고, 상처를 치유하는 데 오랜 시간이 걸리더라도 그만큼 단단한 마음을 만들어야 한다.

보이지 않고 깊이도 알 수 없는 상처를 자꾸 감추고 닫아놓으면 아물지 않는다. 상처를 인정하고 행복의 기운, 감사의 기운, 기쁨과 즐거움의 기운을 쌓아가다 보면 상처가 아물고 굳은살이 박일 때가 온다. 화가 나고 기분이 나빠지는 것은 당연하다. 하지만 화가 나지 않아도 되는 일에 화를 내고 있지 않은지 돌이켜보자. 하고 싶은 말을 억누르는 것이 아니라 해야 하는 말을 지혜롭게 할 수 있는 방법을 찾자.

시어머니는 과연 이런 며느리의 마음을 알고 있을까? 어머니들은 보통 결혼할 때 '나는 아무것도 필요 없으니 너희만 잘 살면 된다.'고 말한다. 하지만 실제로 살아가는 과정은 그렇지 않다. 며느리가 조금만 서운하게 해도 금방 눈치를 준다. 이러한 행동이 그렇게 사랑스러운 아이들에게 부정적인 영향을 미친다는 사실은 전혀 떠올리지 못할 것이다.

가장 큰 문제가 바로 이 점이다. 시어머니도 자신이 무슨 잘못을 하고 있는지 모른다는 것이다. 하지만 문제가 쌓이면 반드시 터지게 된다. 아이들의 어린 시절을 편안하게, 행복하게 만들어주기 위해서는 시어머니 입장에서도 며느리를 향한 잘못된 마음부터 달라져야 할 것이다.

자녀 교육까지 망치는 시집살이 문화는 이제 사라져야 한다. 건강한 가정이 이루어져야 건강한 사회와 국가로 거듭날 수 있다.

시어머니 생신 서프라이즈하는 며느리

젊은 세대에서는 서프라이즈 파티를 즐겨 하는 모습을 본다. 오늘이 내 생일인데 아무도 모르는 것 같아 속상해 하고, 인생 잘못 살았다는 생각에 울적해하는 순간 어둠 속에서 밝혀지는 촛불과 친구들의 환호에 감동하는 장면이 드라마에서도 많이 나온다. 그런데 이런 서프라이즈 생일 파티는 항상 좋기만 할까? 적어도 시월드에서는 다시 한 번 생각해 봐야 한다.

물론 시어머니 생신을 서프라이즈로 축하할 마음이 있는 며느리라면 아직 관계가 괜찮은 것이겠지만, 여기서 말하는 서프라이즈는 행사 날짜를 잘못 알고 있다가 갑자기 맞닥뜨리거나 당일에 알고 찾아가는 경우를 말한다.

사실 며느리들이 시집가서 힘들어하는 일 중 하나가 시댁 가족 행사에 참여하는 것이다. 그나마 집이라도 조금 멀면 전화로 끝낼 수도 있지만, 가까이 살면 크고 작은 시댁 행사에 모두 끌려 다니는 경우도 많다.

시어머니는 각종 이유를 대며 며느리를 부르는데 며느리로서는 모든 행사에 빠짐없이 참여하는 게 힘들다. 아예 가고 싶지 않다는 것은 아니지만, 너무 무리하지 않고 적당히 가고 싶은 것이다. 결혼 초에는 시어머니의 부름을 거역하지 못해서 꼬박꼬박 찾아가다가 나중에 힘에 겨워서 빠지려고 하면 변했다고 화를 내는 곳이 시월드이다. 10년을 잘해도 한 번 실수로 모든 고생이 수포로 돌아가기도 한다. 그 탓에 며느리는 무슨 날이 다가올 때마다 마음이 무겁다.

시어머니 생신이나 명절 또는 제사 등의 큼직한 행사가 다가올 때마다 며느리는 우선 남편과 상의를 한다. 어떤 남편은 우리 엄마는 생일을 그렇게 중요하게 생각하지 않으니 신경 쓰지 말라고 하고, 또 어떤 남편은 외식하면 된다며 쉽고 간단하게 말한다. 그런 걸 보면 남편은 자신의 어머니에 대해서 잘 모르고 있는 것 같다. 막상 시어머니는 자신의 생일을 제대로 챙겨주지 않으면 며느리에게 서운한 티를 내고 못된 며느리 취급을 하는데 어떻게 신경 쓰지 않을 수 있겠는가?

남편 말을 들어보면 결혼 이전에는 시어머니 생신에도 가족끼리 외식하는 것 말고는 별다른 것을 하지 않았다고 하는데, 며느리가 들어오고 나면 시어머니는 온 가족 생일상을 며느리가 다 직접 차려주기를 원한다. 특히 결혼 후 첫 생신에 대해서는 모든 며느리들이 부담감을 가지고 있을 것이다. 결혼 전에 엄마, 아빠에게 미역국 한 번 끓여 드려본 적 없는 딸도 결혼하면 시부모를 위한 생신상을 차려야 한다는 게 어찌 보면 잘 이해가 되지 않는다.

왜 남편은 장모님, 장인어른 생신상을 차리지 않는데 며느리는 그 모든 시댁 가족 행사를 다 챙겨야 할까? 시어머니는 남의 집 귀한 딸에게 그 모든 일을 시키면서 왜 그리 당당할까? 이는 우리가 앞으로 바꿔나가야 할 문화다. 하지만 이러한 기존 관념을 바꾸기 위해 시어머니에게 직접적으로 말한다고 해서 이해해주실까? 도리어 못된 며느리로 미운털이 박힐 가능성이 더 높다. 이러한 관습을 우리 대에서 끊어내고 우리 아이들에게는 물려주지 않을 수밖에 없다.

그렇다면 시어머니 생신이나 집안 행사를 치러야 한다면 어떻게 치르면 좋을까?

우리 어머니들 세대에서는 가족 행사가 있으면 그걸 미리미리 준비하는 편이었다. 명절이 다가오기 한 달 전부터 생선을 사서 냉동실에 보관하고, 미리미리 그날 쓸 재료를 구상하고 준비했다. 그런 문화가 익숙하다 보니 시어머니 입장에서는 며느리가 당일에 얼마나 열심히 요리를 하는지보다 며느리가 집안일에 얼마나 관심이 있는지를 체크하는 경우가 많다.

사실 시어머니 생신에 간단히 외식을 하는 것이 며느리 입장에서는 간편하고 또 바쁜 와중에 당연하게 여겨지기도 한다. 하지만 시어머니는 며느리가 요리를 얼마나 잘하는지도 보고 싶고, 며느리니까 당연히 생신상을 차려야 한다고 생각한다. 이런 테스트에 흠 잡히고 싶지도 않고 화도 나지만 인터넷 검색을 동원하여 어쨌든 꿋꿋하게 행사를 치러낸다. 그런데도 시어머니는 칭찬하기는커녕 그 안에서 트집을 잡는 경우도 많다.

외식을 하자고 말해도 어른 생신에 그러면 안 된다고 하고, 며느리 보기 전에도 이렇게 했냐고 하면 며느리가 생겼으니 이제는 생신상을 받아야겠다고 한다. 이렇게 다람쥐 쳇바퀴 돌듯 답이 없는 시월드 이치를 일단은 인식해야 한다.

집안 행사를 챙기는 문제로 항상 힘들었던 한 며느리도 3년 만에 돌파구를 찾았다. 그동안 시어머니의 생신을 맞아 미리 연락하고 식당을 예약하려고 했더니 시어머니는 생일날 외식하는 건 예의가 아니라며 무조건 직접 생신상을 차리라고 했다.

그래서 한 달 전에 생신을 기억하고 있다는 걸 알려드리고, 생신상을 차린 다음 집에 가실 때 큰 케이크를 하나 더 안겨 드렸다. 동네 어른들과 나눠 드시라고 따로 준비해 드린 것이다. 시어머니는 다른 사람들에게 자신이 이렇게 대접받는 시어머니라는 것을 자랑하고 싶은 심리가 있었다. 이렇게 생신을 보내고 나자 놀라운 일이 일어났다. 시어머니가 먼저 '다음부터는 힘드니 밖에서 간단하게 사먹자.'고 얘기한 것이다.

어르신들의 생신이나 시댁 행사를 미리 기억하고 있다는 걸 알리면, 어른으로서 존중받고 있다는 생각이 들기 때문에 며느리에게 힘든 일을 덜 시키게 된다. 행사를 챙기라는 것은 결국 며느리가 시댁을 중요하게 생각한다는 것을 확인하고 싶은 심리이기 때문이다. 더불어 생신상은 며느리가 다 차려놓고 케이크만 시누이에게 부탁하는 미련한 행동은 하지 말자. 아무리 상다리가 부러지게 요리를 해도 생신은 시누이가 챙긴 것처럼 되어버린다. 같은 일을 하는데도 어떤 디테일이 있느냐에 따라 더 부풀려지기도 하고, 또 저평가되기도 하는 것이다.

TIP & SOLUTION

해결책은 시댁 행사를 발 빠르게 체크하는 것이다.

시어머니 생신이나 집안 행사를 한 달 전에 미리 휴대폰에 적어두자. 그리고 당일이나 며칠 전이 아니라 거의 한 달 전쯤에 미리 시어머니에게 계획을 말해드린다.

"이번 달에 어머니 생신이 있네요. 이날 시간을 비워 놓으셔요. 한 달 전에 미리 예약해야 먹을 수 있는 식당에 예약해 두려고 해요. 어머님 생신을 위해서 특별히 준비했어요."

이렇게 미리부터 계획을 세워 시어머니 생신을 준비하는 며느리에게 외식은 절대 안 된다고 반대하는 시어머니는 거의 없다.

마찬가지로 집안 제사를 한 달 전부터 기억하고 있는 며느리를 미워할 이유가 없다. 만약 당일에 가지 못하는 상황이 된다고 해도 미리부터 기억하고 챙기고 있다는 걸 알면 며느리가 일부러 핑계를 댄다고는 생각하지 않는다. 하지만 당일에 연락하고 못 온다고 통보하는 며느리는 일부러 안 오는 것이라고, 시댁 행사에 신경 쓰지 않는다고 미워하게 되는 것이다.

영원히 이렇게 미리미리 행사를 챙기고 신경 써야 하는 것은 아니다. 결혼을 하고 나면 서로가 가족이 되어 가고 신뢰를 쌓을 시간이 필요하기 마련이다. 현재의 시월드는 신뢰는 주지 않으면서 일방적으로 요구만 하기 때문에 며느리들이 힘들 수밖에 없지만, 지혜로운 방법으로 해결해 나가다 보면 이렇게 확인하는 과정이 꼭 들어가지 않아도 나름대로의 신뢰 관계가 생긴다. 그 과정에서 내 삶을 스스로 이끌어갈 수 있어야 한다. 며느리의 삶에서 진정한 나의 삶으로 무게중심을 옮겨가는 능력이 필요한 것이다.

다만 한편으로는 나만 희생한다는 억울한 느낌을 지울 수 있는 환경을 만드는 것도 중요하다. 며느리만 일방적으로 시댁 행사를 챙기다 보면 얼마 못 가서 지쳐버린다. 남편 역시 처가댁 어른의 생신이나 집안 행사를 똑같이 챙길 수 있도록 요구하자. 동등한 부부 관계인데도 며느리 혼자 희생하는 문화에서 점차 벗어나야 한다.

인정받고 싶고 인정하기 싫은 마음

멀리 가면 외롭고 가까이 가면 버겁다. 사람과 사람 사이의 인간관계는 이렇게 오묘하다. 너무 멀리 떨어져 있어도, 그렇다고 너무 가까이 다가가도 안 되는 적당한 거리 두기가 필요하다. 적절한 거리를 찾는 데 실패하고 특정 인간관계에서 어려움을 느낄 때 가장 쉬운 방법은 더는 그 사람을 만나지 않는 것이다. 직장 동료가 내 스타일이 아니라면 일 외에는 서로 참견하지 않으면 되고, 극단적으로는 아예 일을 그만둘 수도 있다. 친구나 지인이 나와 뜻이 맞지 않거나, 혹 다툼으로 인해 관계가 흐트러졌다고 해도 그 순간에는 마음이 안 좋겠지만 너무 오래 고민할 필요는 없다.

하지만 인간은 어쨌든 서로의 관계 속에서 살아가고 존재하기에 인간관계의 유지와 회복도 개개인에게 중요한 부분일 것이다. 사람에게는 누구나 인정 욕구가 있다. 어느 집단의 구성원이 되었을 때 나의 존재감을 느끼고, 이곳에 내가 꼭 필요한 사람이라는 것을 느끼는 방법이 바로 인정이다. 인간관계를 원활하게 유지하기 위해서는 상대방의 인정받고 싶은 마음을 인정해주고, 나 역시 상대에게 인정받는 것이 중요하다. 그 부분을 서로 무시하거나 외면하는 경우에는 서로에게 애정이나 친근함을 느끼기 어려워진다. 그러나 경쟁 사회에서 살고 있는 우리들은 다른 이를 인정함으로써 내가 낮아지는 것은 아닌지 두려움을 느끼기도 한다. 또한 나를 힘들게 하거나 상처 주는 사람을 인정하는 것 자체도 어려운 일이다.

시어머니와 며느리 관계도 마찬가지다. 결혼 전에는 인간관계로 별 고민이 없었던 사람도, 이상하게 결혼 후에는 시월드 안에서 사람 때문에 힘들어지는 경우가 많다. 서로 성향이 맞지 않아도 헤어질 수 없는 가족이라는 이름으로 묶여버렸기 때문이다. 시어머니와 며느리는 서로를 인정하고 좋은 인간관계를 맺을 수 있을까? 서로를 먼저 인정하는 것이 쉽지는 않다.

시어머니는 그동안 내가 아들을 귀하게 키워 며느리에게 보냈다고 생각하기 때문에 인정 욕구가 강하다. 작고 사소한 것 하나까지도 시어머니로서의 권위를 내세우고 싶어 하는 경향이 있다. 예를 들어 명절날 시댁에서 차례를 지냈으면 며느리는 당연히 이제 친정을 가야 한다고 생각할 것이다. 그런데 시어머니는 뜸을 들이다가 겨우 "이제 너희들 친정 가거라." 하고 허락하듯 말한다. 며느리는 시어머니가 허락해줘서가 아니라 당연히 친정에 가야 하는 순서인데 왜 생색을 내시나 싶다.

시어머니는 인정받고 싶은 욕구가 강한 반면, 며느리들은 시어머니를 왜 인정해줘야 하는지 모르기 때문에 그걸 충족시켜주기 어렵다. 또한 나도 우리 집에서 귀한 대접받고 자랐기에 어머니의 생색과 고생에 탄복하는 것도 우습게 느껴진다. 자기 자식은 귀한 줄 알면서 며느리도 남의 집 귀한 자식이라는 건 생각하지 않는 듯한 시월드의 논리를 따르고 싶지 않은 것이다.

한 유명한 여의사 며느리가 있었다. 서울에 있는 명문 의대를 나왔고, 남편은 지방에 있는 의대를 나왔다. 남편은 공공 보건 시절을 보내 월급이 아내보다 적었다. 소개로 만났다가 서로 끌리는 마음에 결혼을 했고, 당연히 잘 살아갈 수 있을 거라고 생각했다.

그런데 지방에 계시는 시어머니가 며느리에게 하루에 한 번씩 안부 전화를 하라고 한다. 며느리는 그런 시어머니가 이해가 되지 않았다. 아침에 전화를 하지 않으면 시어머니가 꼭 전화를 했다. 전화를 자주해서 할 말도 없고 해야 하는 이유도 모르겠는데, 시어머니는 전화하지 않는 며느리에게 집에서 그렇게밖에 안 배웠냐는 막말을 했다.

"그럼 제 남편은 우리 엄마에게 매일 안부 전화를 하지 않는데, 예의가 없는 거네요."

시어머니의 말이 너무 기가 막혀 이렇게 반문했더니 시어머니는 사위가 왜 장모에게 전화를 해야 하느냐고 되물었다. 그리고 며느리는 시어머니에게 대드는 나쁜 며느리가 되어버렸다. 더 놀라운 건 남편의 반응이었다. 어머니가 옳다며, 우리 엄마가 나를 의사로 키우느라 고생했으니 날마다 전화를 드리라고 말했다는 것이다. 시어머니가 아들을 의사로 만드느라 고생했다면, 친정엄마도 딸을 의사로 만드느라 고생한 것 아닌가. 그리고 어머니가 아들 키우느라 고생한 것이 며느리를 위한 것이었던가?

아내는 그렇게 마음이 아프면 당신이 하라고 다그쳤고, 이 문제로 부부는 건너지 않아도 되었을 강을 건너게 되었다.

둘 다 똑같은 의사이고 누구 하나 부족한 것이 없는데, 의사 아들을 키워낸 시어머니는 며느리에게 날마다 안부 전화를 받고 싶어 했다. 이는 결국 어머니의 노고와 아들의 훌륭함을 며느리에게 인정받고 싶다는 뜻이다. 반대로 딸 키운 엄마는 사위로부터 그런 대접을 받을 수 없다는 논리가 황당하지만 이미 그렇게 굳게 믿고 계신 시어머니에게 무슨 말을 할 수가 있을까?

이는 꼭 잘난 의사 아들을 키운 집안에서만 있는 일이 아니다. 아내는 대학 나와 좋은 직장에 다니고, 남편은 고등학교만 졸업해서 공장에 다니는 부부가 있었다. 시어머니는 며느리를 대할 때 말끝마다 우리 아들한테 잘하라고, 이렇게 훌륭한 우리 아들을 낳아준 나에게도 잘해야 한다고 당부했다.

좋은 소리도 한두 번이지, 매번 이런 말을 들으며 감사하는 마음이 생기는 며느리가 있을 리 없다. 어른이라면 혹여 며느리가 자기 마음에 차지 않더라도 '부족한 내 아들과 결혼해주어 고맙다.'고 인사치레라도 할 수 있지 않을까? 이렇게 말하는 시어머니라면 며느리도 비뚤어지고 못된 마음이 들 리가 없다.

며느리에게 인정받고 싶은 시어머니의 마음은 어디에서 오는 걸까? 지금 우리 세대는 대부분 대학 나오고 직장을 다니다가 결혼을 하는 식이라, 다들 동등한 입장에서 살아간다. 그런데 우리 어머니들 세대는 물론 직장에 다니기도 했지만 보편적으로 집안일을 중요하게 여겼고, 집안을 잘 꾸려가는 데에서 보람을 느끼기도 했다. 그래서 며느리가 시집을 오면 다른 건 몰라도 내가 30년 동안 갈고 닦은 살림 기술을 며느리에게 가르쳐야겠다는 생각을 하게 된다.

그리고 은연중에 며느리를 테스트한다. 생신상을 차려보라든가, 집들이 때 음식을 직접 하라든가 하는 식이다. 며느리는 굳이 시어머니에게 음식을 배우지 않아도 검색이나 동영상을 통해 뭐든지 훌륭하게 해낼 수 있다. 그래서 멋지게 생신상을 차려내도 어쩐지 시어머니는 달가워하는 기색이 아니다.

사실 시어머니에게는 가르치고 싶고, 며느리의 부족한 점을 발견하고 싶은 마음이 자기도 모르게 숨겨져 있다. 자신의 음식 솜씨나 살림에 대해 인정받고 싶으며, 며느리로부터 자신의 자리를 위협받고 싶지 않다.

"어머니, 저 아직 요리 잘 할 줄 몰라서 어머니가 혹시 좀 도와주시면 안 될까요? 어머니가 안 알려주시면 저는 못할 것 같아요."

며느리가 이렇게 먼저 도움을 요청했다면 어쩌면 시어머니는 더 좋아했을지도 모른다. 물론 시어머니가 며느리의 노력을 먼저 인정해주면 좋겠지만 시어머니 스스로도 자신의 마음을 모를 가능성이 높다.

TIP & SOLUTION

내 아들이 최고이고, 그런 아들을 낳은 공을 며느리에게 받으려는 문화는 하루빨리 사라지는 게 옳다. 하지만 지금 당장 현실은 바뀌지 않을 것이고, 우리는 당장 눈앞에 닥친 상황을 이겨내야 한다. 며느리는 시어머니가 원하는 대답이 뭔지 이미 알고 있다. 아들을 참 잘 키우셨고, 그 아들이 참 훌륭하게 자랐다는 것을 며느리가 알아주길 원하는 것이다. 그 마음을 알기는 하지만, 도가 지나치다고 느끼다 보니 그 순간부터 며느리는 마음의 문을 닫게 된다.

하지만 이런 말을 더는 듣지 않으려면 시어머니의 인정 욕구를 받아들여야 한다. 가르치고 싶어 하고 잔소리가 많은 시어머니에게는 먼저 물어보는 방법으로, 내 아들을 감싸고도는 시어머니에게는 감사의 표현을 하는 것으로 반복되는 요구를 충족시켜줄 수 있다.

말 한마디 하는 것은 별일 아니지만, 이렇게 인정해주는 말을 통해서 도리어 인정받는 며느리가 될 수 있다. 물론 상처받은 마음이 없을 때 가능한 이야기이다. 상처가 가득한 상태에서는 그 마음을 치유하는 것이 먼저다.

시어머니의 인정 욕구를 백 프로 이해할 수는 없겠지만, 시어머니를 인정해주는 것으로 내가 겪고 있는 환경은 분명히 달라질 수 있다.

이때 각자의 인정 욕구를 먼저 제대로 들여다보아야 한다. 성향에 따라 인정받고 싶은 내용과 욕구가 다르기 때문에 듣는 사람이 원하는 것을 파악하고 그에 맞춰 인정해주면 나 역시 인정받을 수 있다.

어른다운 완벽한 모습을 기대하지 말고 오히려 내가 어른이 되어야 한다. 뭐든지 잘하는 며느리보다 음식과 살림만큼은 '시어머니에게 배워서 잘하는' 모습을 보고 싶은 것이다.

며느리들은 내가 할 수 있는 것과 할 수 없는 것을 구분하여 할 수 있는 것만 하자. 내가 뭘 잘못했는지 생각하지 말자. 있는 그대로의 나를 바라보고 허용하는 마음 그리고 어른의 모습으로 어머니를 인정해주고 대한다면 좀 더 편안해질 것이다.

6장

시월드에서 갑이 되는 실전 노하우

착한 남자를 만나지 마라

어려운 가정형편에도 불구하고 열심히 공부하며 흔들리지 않고 자신의 길을 가려 노력한 어린아이가 있었다. 성장 과정에서 아빠에 대한 상처가 많았다. 다른 집 아버지와는 다르게 항상 권위적이며 가부장적이었고, 다혈질적인 성격 탓에 집안 분위기는 항상 살얼음판을 걷는 것 같았다. 그런 남편과 살아가는 엄마의 삶은 항상 위태롭고 불안하게 보였다. 이 아이는 자신은 절대 그런 남자를 만나지 않겠노라고 어린 마음에도 다짐했다.

집에서 벗어나기 위해서는 일단 공부를 해야 했다. 하지만 그것보다는 성적이 좋지 않으면 아빠에게 심하게 혼났기 때문에 매를 피하기 위해서라도 기를 쓰고 공부를 했다. 마침내 성인이 되어서는 남들이 부러워하는 어엿한 전문직을 가지게 되었고, 직장은 그야말로 그녀에게 해방된 천국 같은 느낌이었다.

비로소 숨통이 좀 트였으니 아버지 같은 남자를 만나지 않는 것이 중요했다. 선을 보기 시작한 그녀는 최선을 다해서 남편이 될 사람을 가늠해 보았다. 가장 중요한 건 직업이나 연봉보다 다정한 성격과 가정적인 삶을 살아갈 수 있는 사람인가 하는 여부였다. 수없이 선을 보고 많은 사람을 만나보다가 정말 괜찮다고 생각한 사람과 마침내 결혼을 하게 되었다.

남편은 아버지와는 너무 달랐고 가정적인 사람이었다. 아침이면 일찍 일어나 아내와 아이들을 위해 아침까지 준비해주고 출근했고, 아내의 의사를 존중해주고 서로가 할 수 있는 일에 대해 배려해주었다. 그렇게 행복하게 살아갈 수 있으리라 생각했다.

하지만 이 착한 남편은 나에게만 착한 것이 아니다. 세상 모든 이에게 착한 사람인 것이다. 착한 남편은 결과적으로 아내를 점점 힘들게 하고 있었다. 막내아들인 남편은 형님도 나서서 하지 않는 일을 뭐든 솔선수범해 나서서 집안일을 챙겼다. 특별한 일이 있든 없든 일주일에 한 번은 꼭 본가에 가야 한다. 하루쯤 둘이서 같이 보내고 싶어도 아내의 입장에서는 남편에게 사정하는 듯한 기분이 들어 말하고 싶지 않다고 했다. 그런 상황이 계속되다 보니 아내는 이제 남편이 아내의 눈치를 보는 듯한 태도도 마음에 들지 않게 되었다.

착한 남편은 눈치를 보는 듯하면서도 결국 자신이 하고 싶은 대로 유도한다. 주변의 모든 사람들이 남편을 칭찬하며 그렇게 좋은 남편과 살아보고 싶다고 할 정도지만, 아내는 남편이 두 집 살림을 하는 것처럼 느껴질 것이다. 그런 생각을 하고 있는 자신의 마음조차 답답하고 비참하다.

거기다 시부모님은 착한 남편의 배려를 아주 당연하게 받아들이고 있다. 시골에 사는 시부모님이 서울에 올 일이 있을 때마다 남편이 시골까지 모시러 가고, 또 모셔다 드리고 오는 일이 반복된다. 이런 상황을 바라보고 있노라면 착한 아들을 저렇게까지 부려 먹을 수 있을까 하는 생각이 들지만 본인들에게는 그게 사랑이고 효도인 것이다. 아내 입장에서는 한 번쯤 기차나 버스를 탔으면 싶지만 남편도 시부모님도 이미 그게 당연하다고 생각하고 있다. 그걸 힘들게 생각하는 며느리만 속이 타고 지치는 것이다.

남편의 휴일 아침인사는 항상 "별일 없지?"이다. 가족끼리 살면서 매번 무슨 특별한 별일이 있겠는가. 별일이 없더라도 휴일이면 같이 등을 맞대고 텔레비전을 볼 수도 있고, 옹기종기 모여서 간식 먹으며 이야기를 나눌 수도 있는 일이다. 그런데 별일 없으면 무조건 시댁에 가겠다는 말이니 아내는 짜증이 난다. 세상 어디에도 없는 착한 남자는 분명하지만 그런 남편에게 이제는 지쳐가고 있었다.

착한 남자와 결혼한 또 다른 사례도 있다. 이 경우는 무려 7년이라는 긴 시간 동안 연애를 했다. 남들은 연애 기간 동안 헤어지기도 하고 싸우기도 한다는데 이 커플은 싸울 일이 없었다. 항상 배려하고 맞춰주는 착한 남자 덕분이었다. 그 매력에 반해 결혼을 했고, 착한 남편의 모습이 변치 않으리라는 확신도 있었다.

하지만 마찬가지로 이 착한 남자가 자신에게만 착한 것이 아니라는 게 문제가 되리라는 것은 미처 생각해보지 못했다. 착한 남자는 자신의 부모님에게는 더욱더 착한 아들이었던 것이다.

어느 날 시아버지가 병원을 입원을 했다. 팔을 다치신 것인데 거동이 불편하거나 간병인이 필요한 상황까지는 아니었다. 낮에는 어머님이 들러 아버님을 챙겨 드렸지만 상주할 정도는 아니어서 밤에는 집에 돌아가시곤 했다. 그런데 남편은 직장에서 퇴근하고 나면 곧바로 병원으로 향했다. 이 효자 남편은 매일 병원의 불편한 간이 침대에서 잠을 자며 아버지를 챙겼고, 아내로서는 그런 남편이 안타까운 마음이 들었다. 꼭 간병인이 있어야 할 정도는 아니니 하루 정도는 아버님이 집에 가서 편히 자라고 떠밀어 보내줄 법도 한데, 아들의 행동을 당연히 받아들이는 것이 아내가 보기에는 야속했다.

그래서 어느 날은 남편에게 전화를 해서 감기에 걸렸다고 말했다. 그리고 남편에게 감기약을 부탁해서 할 수 없이 집에 올 수밖에 없도록 만들었다. 그리고 남편에게 당신이 너무 힘들어 보여서 집에서 좀 쉬게 해주고 싶었노라고 솔직하게 말했다. 그때 시아버지에게 전화가 걸려왔다. 언제 올 거냐고 남편을 부르는 전화였다. 착한 아들을 예뻐하고 귀하게 여기면서도 정작 아들을 배려하는 마음은 전혀 없어 보이는 시아버지의 모습에 며느리는 속이 상했다.

남편의 착한 모습이 좋아서 결혼했는데도 막상 결혼 후 그 착한 면모 때문에 상처받고 힘들어하는 아내들이 많다. 부모님에 대한 효심을 잘못된 것으로 비난할 수는 없는 노릇이지만, 가정에서 우선순위가 밀려난 아내로서는 답답한 마음이 들 수밖에 없다.

이 경우 시부모님이라도 아들을 독립시켜주시면 좋겠지만, 사랑이라는 이름으로 아들의 희생을 당연하게 받아들이는 경우도 많다. 물론 이 세상 모든 어머니들은 "너희만 잘 살면 된다."고 말하지만, 그 말을 곧이곧대로 믿지 마라. 부모님은 막상 아들이 잘 사는 방법이 무엇인지 그리고 부모님이 어떻게 해주어야 하는지를 모르고 있다.

부모님은 물론 자식을 위해 희생을 하는 존재이지만, 시부모님과 며느리가 나란히 있을 때 며느리를 위해 정신적으로 양보하거나 희생하는 경우는 별로 없다. 오히려 아들에 대한 사랑이 부부 관계에 부정적인 작용을 하게 되는 엉뚱한 결과를 낳기도 한다.

며느리가 무언가 잘못했다고 생각할 때 며느리를 불러 무릎을 꿇려 앉히고 사과를 하라고 하는 시부모님들이 있다. 며느리로서는 별로 잘못했다는 생각이 들지 않아 사과를 할 수 없다고 거부한다. 시부모님은 자기 잘못을 인정하지 않으면 얼굴도 보고 싶지 않으니 연락하지 말라며 며느리를 쫓아낸다. 이런 갈등 상황 속에서 누가 또 결과적으로 힘이 들까? 당연히 아들이다.

아이러니하게도 이런 상황을 만드는 것은 보편적으로 부모님에게 싫은 소리 한 번 내뱉지 못하는 '착한' 아들이다. 어릴 때부터 부모님 뜻을 거슬러 본 적 없는 아들은 어머니가 오라고 하면 오고, 가라고 하면 가는 순종적 삶을 살아왔다. 부모님이 원하는 뜻에 맞추는 방식으로 여태껏 해왔던 것이다.

그런데 막상 결혼을 한 후에도 아내의 말을 안 들어줄 수 없고 부모의 뜻도 거스를 수가 없어서 이러지도 저러지도 못하게 된다. 그 사이에 서로의 상처가 곪고 결국에는 터져버리는 것이다.

이때 중요한 것은 부모로부터의 독립이다. 집을 분리하는 것뿐 아니라 정신적인 독립을 하지 않으면 안 된다. '황금빛 내 인생'이라는 인기 드라마를 보면 아버지와 어머니의 잘못을 마치 자신의 잘못인 것처럼 힘들어하는 큰아들의 모습이 나온다. 아버지에게 화가 난 아들은 아버지의 모든 것이 마음에 들지 않는다. 그런 남편을 바라보는 아내는 왜 정신적 독립을 하지 않느냐고 말하지만 막상 아들은 그 말이 무슨 의미인지 깊게 생각하지 못하는 모습이 그려졌다.

사실 자식이 부모로부터 독립하는 것만큼 부모가 자식을 독립시키는 것도 힘든 일이다. 부모님은 많은 희생을 바탕으로 아이들을 키워내지만 한편으로는 엄마가 원하는 삶을 아이에게 주입시키기도 한다. 아이는 그런 삶을 원하지 않을지도 모른다. 하지만 엄마는 좀처럼 귀를 기울이지 않고 자신이 원하는 아들로 키워내기에 바쁘다. 그리고 그것이 사랑이라 믿어마지 않는다.

자식을 독립시키지 않은 부모님과 그 품 안에서 착한 아들로 남아 있는 남편, 그 사이에 끼어 있는 아내는 괴로울 수밖에 없다. 조금만 자신의 주장을 강하게 내비쳐도 착한 남편을 괴롭히는 못된 며느리가 되는 환경에 놓이기 쉽다.

TIP & SOLUTION

착한 남편이 아직 부모님으로부터 독립하지 않았다면 정신적 독립을 요구하는 동시에 남편의 착한 마음이 우리 가정을 향하도록 내 편을 만드는 지혜가 필요하다.

착한 남편은 어차피 당신 편이다. 다 가지고도 진 자처럼 살아가지 말고 이긴 자가 되어 살아가야 한다. 당당한 어깨를 펴고 남편이 많은 범위를 차지하고 있는 영역을 아내가 나누어 갖는 것이 좋다. 착한 남자들은 다들 어깨가 무겁다.

많은 사람에게 착한 모습을 하고 있어야 하기에 많은 사람들이 자신에게 요구하고 부탁하는 것을 거절하기 어려운 사람들이다. 그러니 자신의 짐을 조금이나마 덜어주는 사람의 모습에 쉽게 감동하기도 한다. 한편으론 조금은 이기적인 마음을 가질 수 있도록 가르치는 것 또한 아내가 리드해야 하는 부분이다.

착한 남자를 만나지 마라. 하지만 이 점도 참고해야 한다. 나쁜 남자 길들이기보다 착한 남자 길들이기가 훨씬 쉽다는 것을.

며느리들이여, 거만해져라

사자는 밀림의 왕으로 칭송받는다. 그 웅장한 외모와 압도적인 사냥 능력은 동물들의 세계에서 왕이 되기에 부족함이 없다. 그런데 만약 실제로는 엄청나게 힘이 센 동물이라도 겁이 많아 풀숲이 바스락거리는 소리만 나도 꼬리를 말고 도망친다면, 밀림의 왕이 될 수 있을까? 중요한 것은 사자가 자신이 지닌 힘에 걸맞은 배짱이 있다는 점이다. 코뿔소 무리 옆에서도 낮잠을 잘 수 있는 자신감, 그것이 사자를 더욱 위엄 있게 만든다.

며느리들이 시집살이에 시달리는 근본적인 이유에는 며느리의 태도에도 문제가 있다. 처음부터 며느리는 시댁에 점수를 따야 한다는 생각을 갖고, 너무나 착한 며느리의 모습으로 시월드를 맞이하는 것이다. 나만 잘하면 다 내 마음처럼 잘 될 거라는 착한 생각으로 기꺼이 희생과 봉사를 받아들이게 되는데, 이는 언제부턴가 마음속 깊은 내면에서부터 갈등을 불러일으킨다. 일정 시간이 지나고 나면 더는 허용하기 힘든 마음이 생기고, 조금씩 거리두기를 시작하면 시월드에서는 금방 눈치채고 며느리가 변했다고 말한다. 자신들의 실수는 사과도 하지 않고 넘어가지만 며느리의 실수는 용납할 수 없는 시월드에서 며느리들이 말라간다.

그러다 어느 날 주변의 요구에만 맞추어 지친 삶을 살아가는 스스로를 발견하고 의문을 던지게 된다.

"왜 며느리는 모두에게 맞춰가며 살아야 하지?"

세상 모두가 며느리라는 존재에게는 늘 참으라고, 그게 답이라고 한다. 시집살이에 지쳐 부부 갈등까지 생기고, 이제 믿고 말할 곳이 친정밖에 없어서 엄마에게 달려가 하소연하면 다 들은 후 '여자는 그래야 한다고, 며느리니까 네가 참아야 한다.'는 대답이 돌아온다. 그 어디에도 솔직하게 마음을 털어놓고 대책을 강구할 만한 공간 자체가 없는 것이다. 그나마도 엄마에게라도 말할 수 있으면 다행이다. 엄마가 마음 아플까봐 혼자 끙끙 앓고 있다가 맹장이 터지고 복막염이 되어 감당하기 어려운 지경에 이르는 경우도 많다. 하지만 며느리에게 희생을 강요하는 것을 당연하게 여기는 사회에서 우리는 탈출해야 한다.

결혼생활이 만족스러울 때는 내 인생에 미치는 영향이 50% 정도밖에 되지 않지만 결혼을 잘못했을 때는 그 비중이 99.9%가 되어 내 삶을 쥐고 흔들게 된다. 그만큼 결혼이라는 건 서로의 인생에서 아주 중요한 영역을 차지하기 때문에 그 결혼을 통해 내 삶의 멋진 환경을 만들어주는 일이 매우 중요하다. 주변에서 떠미는 의무와 요구에 휘둘리지 않으려면 무엇보다 자기 자신을 충분히 사랑해야 한다. 자기 자신을 사랑하지 못하는 사람은 남도 사랑할 수 없다.

하지만 많은 여성들이 안타깝게도 결혼 이후 자신의 행복이 아닌 가족의 행복을 위해 참고 노력하다가 정작 자신을 잃어가는 일이 많다. 자기애가 강한 사람조차도 결혼 후 자신을 진정 사랑하는 방법을 모른다. 잘못된 결혼은 없다. 잘못된 환경과 그 환경을 극복하지 못하고 남의 탓을 하는 사람만 있을 뿐이다.

다른 사람의 행복을 만들어주려 애쓰는 것보다 자신의 행복에 집중할 때 진정한 행복이 찾아온다. 며느리는 죄인이 아니다. 누군가 나를 비난한다 해도 진짜 죄인이 된 것처럼 행동할 필요는 없다. 어깨를 펴고 당당히 내 의견을 말하고, 후회하는 일 없이 자신 있는 모습으로 내가 행복할 수 있는 환경을 만들어야 한다. 사랑했기 때문에, 사랑받았기 때문에 결혼한 것이다. 사랑하는 남편과 살아가고 있다면 그 사실에 집중하고 우리의 삶을 가꾸기 위해 애써야 한다.

지혜로운 행동과 참는 것의 차이에서 헤매지 마라. 지혜로운 행동은 변화를 가져오지만 참는 것은 변화되지 않고 속만 상한다. 참는 것에 익숙해져 있는 며느리들이 많다. 상처 주는 말을 해도 참고 부당한 대우에도 참는다. 혹여 자신의 감정을 드러냈을 때 싸움이 될까 두렵기 때문이다. 그러나 부당함에 맞서지 않는 것은 지혜로운 것이 아니다. 그렇다고 무작정 싸우는 것이 답이 되지도 않는다.

명절만 되면 속이 상하는 한 며느리가 있다. 결혼 전부터 남편은 살이 잘 찌지 않는 체질이었다. 반면 그녀는 남편에 비해 살이 잘 찌는 편이고 결혼 후에는 부쩍 체중이 늘었다. 출산 후에는 아무리 다이어트를 해도 살이 잘 빠지지 않아 스스로도 스트레스를 받고 있었다. 그런데 시댁에 갈 일만 생기면 더욱 머리가 아프다. 시어머니가 남편을 보고 습관적으로 며느리에게 눈치를 주기 때문이다. 아들을 향해 하는 말이지만 그 화살은 며느리를 향해 있다.

"너는 마누라가 밥을 안 해주냐, 왜 이렇게 살이 쏙 빠졌니?"

자신이 보기에는 남편은 결혼 전이나 결혼 후나 변함없이 같은 몸무게를 유지하고 있다. 그런데 며느리를 볼 때마다 그냥 넘어가지 않고 한마디씩 타박을 하는 것이다. 며느리는 별말은 하지 않지만 표정관리가 되지 않는다. 그때부터 시댁에 있는 시간 자체가 지옥이 된다. 싫은 소리 하는 시어머니도 싫고 그런 말을 하는 시어머니에게 한마디도 하지 않는 남편도 밉다.

이렇게 며느리는 쭉 참아왔다. 그러니 가슴에 상처가 조금씩 쌓이게 되고 '시' 자만 들어도 고슴도치처럼 날카롭게 바늘이 세워지는 기분이다. 혹여 여기서 감정이 섞여서 어머니에게 한소리 했다가는 기분 좋게 보내야 하는 명절에 싸움이 될 것 같고, 나만 참으면 아무 일 없다고 생각하니 또 화를 누르게 된다. 그러나 무작정 참는 것은 가슴에 화병만 생긴다. 지혜롭게 행동하는 것은 내가 어떻게 표현하느냐에 따라 다르다.

시어머니의 싫은 소리에 아무런 반응을 해주지 않게 되면 시어머니는 만날 때마다 이런 말을 서슴없이 할 것이다. 그때마다 상처를 받는다면 마음은 상처로 너덜너덜해진다. 차라리 그런 말을 들으면 남편에게 한마디 하면 된다.

"당신은 참 좋겠다. 나는 매일 봐도 그대로인 것 같은데 어머니는 역시 당신을 사랑하시는 마음이 크다 보니 작은 변화도 잘 보이시나 봐. 많이 좀 먹어서 어머니 걱정 좀 덜어드려. 그리고 어머니에게 잘해. 장가간 아들 걱정을 이렇게 하시는 어머니가 어디 있겠어."

이렇게 시어머니 앞에서 남편을 걱정하는 마음을 알아주고, 또 효도의 주체를 남편이라고 인지시켜주는 표현을 하는 것이다. 사실 실제로는 결혼 전 어머니에게 정말 잘하는 효자 남편은 많지 않다. 그런 남편을 대신해서 며느리에게 효도를 바라는 부모님이 많이 계신 것은 가슴 아픈 일이지만 우리는 그 안에서 진정한 효도는 자기 자식이 해야 함을 알려드릴 필요도 있다.

서운한 말 한마디는 가시로 가슴에 콕 박혀서 빠지지 않는다. 그런데 문제는 그런 상처가 한 번에 그치지 않고 지속적으로 이어진다는 것이다. 하나의 가시가 박혔을 때는 아프지만 참을 수 있다. 하지만 그 상황이 이어진다면 무엇이 나에게 가시를 꽂는지 돌아봐야 한다. 그 근원으로부터 멀어져야 한다.

상처받은 기억은 오래 간다. 스스로 그 기억을 지우려고 노력해도, 이미 몸과 마음이 온통 나를 상처 입히는 환경에 깊이 들어가 있다면 치유가 쉽지 않다. 그런 기억을 없애려고 노력할수록 아픈 기억은 거머리처럼 내 몸에 붙어 떨어지지 않는다. 떼어내려고 할수록 더 깊이 자리 잡게 된다.

천식이나 알레르기 비염 등 원인이 뚜렷하지도 않고 쉽게 치유되지도 않는 질병들이 있다. 그 질병을 알게 되는 순간부터 사람들은 내 몸에서 이를 뿌리 뽑기 위해 갖은 노력을 하게 된다. 나도 알레르기 비염으로 꽤 오랫동안 고생을 했다. 완치를 위해 수술도 두 번이나 했지만 오히려 이제 일반적인 약은 듣지 않고 강한 약을 써야만 하는 지경에 이르렀다. 포기하지 않고 온갖 종류의 약을 쓰고 찾아다니고 인터넷을 뒤졌다. 하지만 아무리 찾아봐도 완벽한 약은 없었다.

그렇게 오랜 시간을 들이고 나니 지쳐서 어쩔 수 없이 어느 정도 포기하게 되었고, 완치보다는 더 심해지지 않도록 노력하는 선으로 유지하기로 했다. 그런데 어느 날 나의 알레르기는 눈에 띄게 좋아졌다. 지금은 그 어떤 약도 먹지 않아도 일반적인 생활에 지장이 없다. 하지만 환절기나 먼지가 많은 곳을 가게 되면 어김없이 알레르기 비염 증상이 발병한다. 내 몸에서 알레르기가 완벽하게 사라지지 않았다는 증거이다. 하지만 내 몸에 알레르기가 있다는 것을 인정하고 오히려 그 생각에서 멀어지고 나서야 약을 끊고서도 괜찮은 상태가 된 것이다.

마음의 상처도 마찬가지다. 상처받은 생각을 지우려고 노력하면 할수록 상처가 더 깊이 박힌다. 안 좋은 기억을 지우려고만 하지 말고 새로운 좋은 기억을 가득 담을 수 있는 마음의 그릇을 넓혀서 기억에서 조금씩 멀리하는 것이 더 중요하다. 상처받은 기억 조각을 가슴에 온통 채워놓고 살아가게 되면 숨조차 쉴 수 없는 상황이 되기 때문이다.

TIP & SOLUTION

당신의 하루가 나에게 상처 준 사람의 생각과 행동에 의해 좌지우지된다면 상처를 지우려는 노력보다는 나의 일부의 마음으로 안아내고 내 환경이 더는 상처받는 환경이 되지 않도록 지혜로운 대처를 해야 한다.

나를 사랑하는 방법을 오해하지 마라. 나를 사랑한다면 내 자신을 상처받는 환경에서 구해주고 그 환경까지 내가 만들어 내자. 그리고 '며느리니까 어쩔 수 없다.'는 생각을 버리고, 내가 충분히 존중받을 만한 사람이라는 것을 나 자신부터 잊지 말아야 한다.

우리는 효부를 꿈꾸지 않는다

얼마 전 케이블 방송에서 '세상에서 가장 아름다운 이별'이라는 드라마를 방영했다. 주인공 엄마가 암으로 세상을 떠나는 이야기를 담은 드라마로, 짧았지만 절절하게 많은 이들을 울렸다. 특히 극중에서 암에 걸린 엄마가 자신이 죽어가고 있다는 것을 인정하고 받아들이는 장면이 마음 아팠다.

떠나는 것도 힘든 과정이지만 엄마의 마음은 자신이 없을 때 남겨진 가족이 더 걱정이다. 자식들은 장성했지만 된장국 하나 제대로 못 끓이고, 그보다 심각한 것은 치매에 걸린 시어머니가 있다는 것이다.

낮에 한바탕 치매 시어머니로 인해 온 식구가 곤욕을 치르고 나자, 이 엄마는 자신이 죽고 나서 시어머니와 가족 모두가 겪을 고통이 눈에 선하다. 결국 한밤중에 이불로 시어머니의 얼굴을 감싸 안으며 같이 죽자고 하기에 이른다. 이 장면을 보며 울컥하지 않은 사람은 없었을 것이다. 치매 걸린 시어머니가 어떤 대접을 받을지도 걱정이고, 가족 중 누구도 시어머니를 모실 자신이 없다면, 차라리 그 모든 괴로움을 떠맡고 싶은 것이 엄마이자 며느리의 심정이 아니었을까.

이후 이 엄마가 남긴 편지에는 이런 내용이 담겨 있다.

'같이 살면서 미워하지 말고 요양원 보내고 미안해하는 것이 더 낫다.'

이 말이 참 마음에 와 닿았다. 이 시대에 과연 옛 어른들이 말하는 효부가 있을 수 있을까.

이제부터 못된 동서와 효부 형님의 이야기를 해볼까 한다. 이 이야기 속 형님은 시부모님에게 지고지순한 며느리였다. 4시간 거리의 시댁에서 전화가 걸려와 시어머니가 아프다고 하면 곧장 달려가 병원에 모시고 가는 것은 물론, 명절에도 미리 가서 최소한 2박 3일은 꼭 함께했다. 시부모님 생신은 당연히 직접 음식을 마련해 대접했고, 가까운 거리가 아니다 보니 이때마다 하루씩 시댁에 가서 지내며 상을 차렸다. 외식을 한다는 건 꿈도 꾸지 않았다.

이후 동서는 결혼 초에는 어떻게 해야 하는지 몰라 형님이 시키는 대로 따랐다. 똑같이 명절에도 2박 3일 동안 음식 준비를 하고 상을 차렸고 생신 때에도 1박 2일이 당연했다. 하지만 그렇게 10년쯤

하니 더는 하고 싶지 않았다. 생신 때는 직장 핑계로 남편만 시댁에 보냈고 어느 순간부터는 가는 횟수를 점차 줄였다. 명절에도 시댁에 가서 했던 음식을 집에서 만들어가는 방식으로 시댁에 있는 시간을 줄이기 시작했다.

동서는 원래도 할 말 다 하는 며느리였고 형님이 있기에 시어머니는 달리 뭐라고 하지 않으셨다. 동서 입장에서는 형님의 눈치가 보이기는 했어도 이미 형님 따라 10년의 세월을 보냈고 더는 그렇게 할 수 없다고 판단한 것이다.

그럼 이 두 명의 며느리 중에서 시어머니에게 더 귀염받는 며느리는 누구일까? 동서보다 먼저 결혼하여 더 오랜 세월 동안 효부 노릇을 한 큰며느리를 당연히 더 예뻐하고 귀하게 여길 것이라 예상할 것이다. 그런데 놀라운 일은 시부모님은 오히려 둘째 며느리를 어려워하고 잘 대해주며 큰며느리는 편하게 막 대한다는 것이다. 이해하기 어렵지만 실제로 있었던 사례다.

형님 입장에서는 항상 더 열심히 하고 노력하는 자신보다 동서를 예뻐하는 시어머니에게 어떤 마음이 들까? 이미 시작을 그리했고 책임감 있는 큰며느리이기에 하던 걸 그만둘 수는 없으면서도 그 마음은 편치 않을 것이다.

진정한 효부를 원한다면 시어머니가 우선 어른스럽게 행동해야 한다. 사리 분별을 하고 현실을 볼 수 있는 눈을 가지는 것이 먼저다. 시어머니는 동서 간에 사이좋게 지내라는 말도 많이 한다. 사이좋게 지낼 수 있도록 시어머니가 어른으로서 며느리를 존중해주고 고마운 마음을 가진다면 며느리 역시 마음을 닫을 이유가 없다.

한국사회는 자신의 감정을 들여다보는 것보다는 타인의 생각과 감정에 더욱 주의를 기울이도록 교육해 왔다. 더군다나 나보다 나이가 많은 어른에 대해서는 그 사람의 행동이나 수준과 상관없이 존중하고 따라야 하는 문화가 형성되어 있다. 정작 어른이 아랫사람을 존중하는 것은 중요시되지 않으면서 말이다.

시어머니에게 끊임없는 요구를 받으면서 살아가는 며느리는 하루하루가 힘들고 지친다. 잘하면 잘할수록 어머니는 더 많은 것을 바라며, 아무리 해도 끝이 없다. 만약 시어머니가 며느리가 하는 노력을 인정해주고 고마워한다면 오히려 어른을 잘 모시려는 마음이 우러나올 수도 있을 것이다. 하지만 많은 시어머니가 평소 며느리를 인정해주지 않고 때로는 부모나 남편에게 빌붙어 살아가는 존재처럼 함부로 대한다. 거기에 한소리 더 거들 때도 있다.

"너는 좋겠다, 동네에서 너보고 효부라고 하더라. 시어머니하고 같이 산다고."

이 말에는 다른 의미가 포함되어 있다. 너는 효부가 아닌데 내 덕에 효부 소리를 듣는다고 비꼬는 것이다.

사실 시어머니가 고생해서 낳고 기른 사람은 며느리가 아니라 아들이다. 며느리에게 그에 대한 보상을 요구할 것이 아니라 서운한 것이 있다면 아들에게 말하는 것이 옳지 않을까? 그런데 남편도 아내에게 당연히 효부가 될 것을 요구하기도 한다. 장인어른과 장모님에게 그만큼 잘하는 것도 아니고, 자신은 아내를 귀하게 키워주신 처가 부모님에게 소홀하다. 그러면서도 아내에게는 자신의 부모님에게 잘하길 원하는 경우가 너무 많은 것이다.

자기 부모님에게 각자 잘하는 것을 넘어서서 남편이 장인어른, 장모님에게 더 잘하는 모습을 보인다면 아내 입장에서도 시부모님에게 못할 이유가 없다. 아내가 계산을 못해서 일방적인 헌신을 하고 있겠는가? 일방적인 노력과 희생은 결국 사람을 지치게 하고 서로에게 상처만 남길 뿐이다.

위 사례의 큰형님은 지금쯤 자신의 행동에 대해 후회하고 있을지도 모른다. 그렇다고 이제와서 동서에게 눈치를 줄 수도 없을 것이다. 스스로 선택한 일을 동서가 똑같이 따르지 않는다고 해서 뭐라 할 수는 없는 노릇이다. 애초에 자신이 할 수 있는 일과 할 수 없는 일을 스스로 선택하는 지혜가 필요하다.

TIP & SOLUTION

요즘 며느리들은 효부를 꿈꾸지 않는다. 누구에게 효부 소리를 듣고 싶은 마음도 없다.

예전에는 '착하다.'는 말이 마냥 칭찬이었지만 지금은 때로 '자신의 실속을 챙기지 못하는 바보 같은' 사람이라는 의미로 쓰이기도 한다. 마찬가지로 효부라는 말이 최고의 칭찬이었던 시대가 있었겠지만 지금은 아니다. 우리는 모두 각자의 삶을 주체적으로 살아가고 싶은 존재이기 때문이다.

지조를 지키려고 목숨까지 내던진 춘향이 시대에서야 부모님께 평생 희생하고 모시며 떠받드는 것이 효부의 요건이었을지 모르지만 오늘날의 진정한 효부는 다름 아닌 아들, 며느리가 별 분란 없이 잘 살아가는 것이다. 부모님이 늘 하는 말 그대로 '너희만 잘 살면' 충분하다고 마음속으로부터 인정해주어야 한다.

착한 며느리 말고 그냥 며느리

결혼한 지 10년이 된 며느리가 있다. 10년이면 강산도 변한다는 시간인데, 물론 요즘은 10년이 아니라 한 해만 지나도 많은 것이 빠르게 바뀐다. 이렇게 시대는 변화무쌍하게 흘러가는데 우리나라의 시집살이 문화는 시대에 맞지 않게 때로는 오히려 역행하기도 한다. 기존 세대의 가치관에서 벗어나지 못하고 시대를 역행하는 시어머니를 만났다면 며느리의 시집살이는 이미 예고된 것이라고 할 수 있겠다.

그런데 이 며느리는 그 시집살이를 다 겪어내고 시댁에 충성했는데 '왜 아직도 가족 같은 느낌이 아닐까요?' 하고 의문을 품고 있었다. 타고난 착한 마음을 가지고 있는 며느리다.

결혼하면서 시어머니가 집을 해주셨다. 명확히 말하면 집을 해주시긴 했는데 받았다고 말하기는 애매하다. 아들 앞으로 해주신 것도, 부부 공동 명의로 해주신 것도 아니고 시어머니와 남편이 공동 명의로 되어 있다. 왠지 남의 집에 얹혀 사는 듯한 찜찜함이 있는데, 한술 더 떠서 시어머니는 매번 생색을 내신다.

"시어머니 잘 만나서 집 걱정 없이 사는 게 어디니? 그러니 넌 나에게 잘해야 한다. 집에 와서 청소 좀 하고 가라."

덕분에 집 걱정 없이 살아갈 수 있게 된 것은 맞는데 왠지 기분은 안 좋다. 그리고 집을 해주었다는 핑계로 시어머니는 자신의 집이라 생각하고 아무 때나 찾아오신다. 불쑥불쑥 찾아와 청소부터 끼니까지 온갖 잔소리를 하고 가셨다. 그러고 난 뒤면 며칠 동안 몸이 아팠다. 하지만 이 며느리는 희생정신이 지극하고 착한 성격이라 그동안 싫은 내색을 한 번도 한 적이 없었다고 한다.

시어머니는 며느리가 힘들다는 것을 눈치조차 못 채고 있는 상황이다. 명절이나 집안 행사는 물론 김장까지 며느리를 불러 시킨다. 이 며느리는 하필 일도 잘하니 시어머니 입장에서 보면 싫은 소리 않고 시어머니 요구를 다 따르는 최고의 며느리인 셈이다. 그런데 그 착한 며느리를 그만큼 존중해주지 않는다는 데서 문제가 생기는 것이다.

동서가 들어오면서 더 심각한 상황이 시작되었다. 동서는 큰며느리와 다르게 싫은 건 싫다, 못 갈 때는 못 간다, 자신의 의견을 뚜렷하게 말한다. 그런데 시어머니는 오히려 그런 동서를 더 좋아하고 챙긴다. 심지어 동서의 생일상까지 큰며느리에게 시키는 일이 생겨 그녀는 큰 상처를 받았다. 그런데도 몇 년 동안 군소리 없이 동서 생일상까지 차리고 나니 모르긴 몰라도 마음은 이미 너덜너덜해져 있었을 것이다.

시어머니는 이 며느리에게 고마워하기는커녕 오히려 아들에게 전화해 '시어머니에게 집에 오라는 소리도 안 한다.'며 싫은 소리를 했다. 남편은 또 그 이야기를 그대로 아내에게 전달한다. 누구를 탓할 수도 없이 스스로 희생양이 된 이 며느리는 화도 내지 못하고 그저 전전긍긍하며 하루하루를 버텨내고 있었다.

차라리 처음부터 못한다고, 어렵다고, 혹은 일부러 실수라도 했으면 좋았을 뻔했다. 할 수 없는 일도 해내려고 노력하면서 살았건만 왜 칭찬은커녕 좋은 며느리 소리도 듣지 못하고 살아야 한단 말인가.

이 며느리도 한 번 정도는 시어머니에게 웃으면서 자신의 뜻을 밝히면 좋지 않았을까? 그럴 수 없었던 것은 이미 마음 깊이 상처가 가득하고 감정이 쌓여 있었기 때문이다. 그래서 언젠가 말을 꺼낸다면 아예 끝장을 낼 때일 것이라고 생각한 것이다. 하지만 과연 언제 그 시기가 올까?

TIP & SOLUTION

스스로 착한 며느리로 살아온 그녀에게는 당장 변화가 필요했다. 일단 평소에 하던 대로 웃으면서 시어머니에게 할 말은 해야 한다고 조언을 했다. 동서 입장에서도 형님에게 생일상 받는 것이 편하기만 했을까? 불편한 것은 동서도 마찬가지였을 것이다.

스스로 착한 며느리가 되어 피해의식에 사로잡혀 살아가서는 안 된다.

기대치가 높아지는 만큼 실망도 커지기 마련이다. 내가 아무리 노력해도 시댁에서 착한 며느리에게 원하는 기준은 점점 높아진다. 그것을 평생 충족시킬 수 없다면 결국 변했다는 소리를 듣게 된다. 시어머니가 고조할머니 제사까지 참석하기를 원한다고 해서 회사 휴가까지 내면서 무리하게 시댁에 갔던 며느리는 결국 지치게 된다.

처음부터 내가 할 수 없는 것에 대해 말할 수 있어야 한다.

물론 우리나라 결혼 구조나 분위기상 내 생각을 곧바로 말하기는 어렵다. 남편을 통해서 말하려고 해도 남편은 '별것도 아닌데 왜 이렇게 예민하게 굴어?'라고 말하기 일쑤다. 그러다 보니 많은 며느리들이 자신의 뜻을 밝히는 것에 대해 막연한 불안함을 느낀다. 여태껏 그렇게 살아오지 못했기 때문이다. 어른에게 자신의 생각을 말하는 게 버릇없는 일처럼 느껴지고, 그렇게 버릇없고 못된 며느리가 되는 것이 막연하게 두려운 것이다.

하지만 내 뜻을 전하면 안 된다는 의식에서 벗어나 내가 행복해야 행복한 가정을 만들 수 있다는 것을 깨달아야 한다. 다른 이를 행복하게 해주기 위해 노력하지 말고 본인의 행복이 무엇인지 생각하자.

딸 같은 며느리를 원하는 엄마 같지 않은 시어머니들이 많다. 딸들이 모두 엄마에게 친절하지는 않다. 딸은 엄마에게 하고 싶은 말은 무엇이든 하고, 요구하고 싶은 것도 편하게 요구하지 않는가. 그런 딸들이 결혼하고 나면 시어머니에게는 순종적인 며느리로 살아갈 수 있을까?

물론 사람들은 모두 다른 사람과 갈등하는 것을 원치 않으며, 누군가에게 미움받고 싶지 않은 마음이 있다. 착한 사람이 되고 싶은 것은 자연스러운 마음이다. 그러나 그게 나를 깎아가면서까지 버거운 짐을 짊어져야 한다는 뜻은 아니다.

착한 며느리가 되지 말고 그냥 며느리가 되자. 자신의 뜻을 표현할 수 있는 것은 아주 중요하고 반드시 필요한 능력이다. 힘들면 힘들다고 징징거리기도 하고, 버거운 것은 못 한다고 분명하게 말할 수 있어야 한다.

시어머니에게 나를 박대할 자격을 주지 마라

구박에 익숙해져 있는 여자들을 보게 될 때가 있다. 아무리 심한 말을 들어도 끄떡없다는 그녀들을 볼 때면 강하다는 생각보다 안쓰러운 마음이 더 크다. 비위 맞추기에 지친 삶을 살아가는 며느리들 그리고 그걸 강요하는 사회적 분위기 속에서 며느리들은 원치 않게 상처에 굳은살이 박인다.

왜 며느리는 맞추어 가며 살아야 할까? 세상 모두가 며느리에게 참아야 한다고, 그게 답이라고 한다. 희생을 강요하는 세상에서 우리가 스스로의 삶을 이끌어 가지 못한다면 우리는 언제까지고 참기만 하고 나를 박대하는 사람들의 비위를 맞추며 살아가야 한다.

친정엄마는 내게 늘 참고 견디면 좋은 날이 온다고 말했다. 누가 날 못살게 굴어도 참아야 한다는 생각으로 가만히 견디는 것이 미덕인 것처럼 배워왔다. 참는 것이 이기는 것이라는 문화 때문에 우리나라 여성들에게는 화병이 많다. 한국인에게 유독 화병이 많다고 하는데, 그 근원지를 따라가 보면 다른 곳보다 유독 가정 안에서 참아내는 삶을 살아가고 있는 것을 발견할 수 있다.

안 그래도 참아야 할 것이 많은 세상인데 가정에서라도 서로의 목소리를 내고 귀 기울여주는 관계가 필요한 것 아닐까? 우리는 각자의 삶을 존중하며 살아갈 권리가 있다. 서로에게 가해자가 되는 세상에서는 아무도 행복해질 수 없다. 더 큰 문제는 스스로가 가해자라는 것을 모르고, 상처 주는 것을 아무렇지 않게 여기는 삶이 고착되어버린 것이다. 시월드에서 시어머니가 며느리를 모욕하고 박대하면 결국 내 아들이 불행해지는 상황으로 이어질 뿐이다. 누군가가 희생하고 참는 문화에서는 모두가 행복해질 가능성은 희박하다.

다음은 내게 상담을 해온 며느리의 사례이다.

시어머니가 갑자기 방문하신다는 소리를 들은 며느리는 마음이 급해졌다. 평소에는 간단하게 차려 먹지만 시어머니가 오신다고 하니 메뉴를 고민하다가 냉장고에 있는 갖은 채소를 달달 볶아 잡채를 만들고 된장국을 끓였다. 임신으로 배가 불러 거동이 힘들었지만 그래도 먹던 반찬으로만 대충 대접할 수는 없었다.

기쁜 마음으로 정성껏 상을 차려 드렸고 남편도 평소 먹던 것보다 신경 써준 아내를 고마워했다. 그런데 정작 시어머니의 표정은 식사하시는 동안 내내 좋지 않았다. 며느리는 뭐가 문제인지 몰라 눈치만 봤고 시어머니는 간단히 식사를 마치고 돌아가셨다.

집으로 돌아간 시어머니는 아들에게 전화를 하여 호통을 치셨다.

"시어머니가 갔는데 아무것도 준비를 안 하고 본인들 먹던 밥상을 그대로 차리는 예의 없는 며느리는 내 처음 봤다."

이유인즉슨 잡채에 고기 한 점 들어가지 않았고, 상에 생선 한 마리 구워져 올라오지 않았다는 것이다. 아들도 당황스러웠지만 내용을 전해들은 며느리는 당황보다 분노감이 컸다. 임신 때문에 비린 생선 냄새가 싫기도 했지만 갑자기 찾아오신 시어머니 밥상에 생선 한 조각 굽는 게 그리 중요한 일인지 생각하지 못했다. 게다가 잡채에 고기를 넣지 않은 것도 평소 고기를 좋아하는 편이 아니라서 별로 의식하지 않았던 것이다.

그 일 이후로 며느리는 시어머니가 급격히 불편해지기 시작했다고 한다. 마음의 상처는 쉽게 사라지지 않았고 시어머니를 볼 때마다 괜히 혼이 날 것 같은 무서운 생각도 들었다. 그날 남편의 전화를 건네받아서 뭐라고 한마디 화를 냈어야 하는 건데 하는 후회로 마음의 앙금도 쌓였다.

시어머니는 그때부터 오히려 대놓고 며느리에게 시집살이를 시켰다. 입만 열면 '내 아들, 내 아들' 하며 감쌌고, 혹시 아들이 일을 도우려는 기색이라도 보이면 대놓고 화를 내셨다.

"어디 바깥일 하는 사람에게 집안일을 시키느냐?"

그러면서 임신한 며느리는 그저 집에서 편하게 노는 사람 취급을 했다. 그뿐만이 아니다. 원래 그런 분이었나 싶을 정도로 며느리에게 온갖 요구를 하며 뭐라도 트집을 잡으려고 혈안이 된 사람처럼 행동했다.

"우리 시대에는 시누이 속옷까지 빨아가며 살았다. 그런데 너는 호강하며 사는 것 아니냐, 너처럼 복 많은 여자가 어디 있다고. 쯧쯧!"

아들도 엄마가 시집살이를 심하게 겪은 것은 알지만 자신의 아내가 그런 삶을 살아가기를 원하지는 않을 것이다. 아들로서는 엄마를 이해하려고 해도 도무지 이해가 되지 않았다. 아내에게 미안했지만 그렇다고 한쪽 편을 들 수도, 안 보고 살 수도 없는 상황이니 중간에서 지쳐가는 상태에 이르렀다.

시어머니 입장에서 아들, 며느리가 가정을 이루고 알아서 잘 살아가도록 바라봐주는 것이 그렇게 어려운 일일까? 꼭 며느리를 내리깔고 무시하면서 자신의 권위를 확인해야만 시어머니로서 인정받는 것일까? 자, 이럴 땐 며느리로서 어떻게 해야 할까?

TIP & SOLUTION

시어머니와 며느리가 잘 지내는 가족의 사례를 보면 서로가 기본적인 예의를 지켜주며 상대방의 삶에 깊이 관여하지 않는다. 서로의 삶은 존중해주며 혹시 힘든 일이 생기면 그때 도와주는 든든한 시어머니를 며느리는 존경하지 않을 수 없다.

힘들게 마음을 열었는데 시어머니가 오히려 자신에게 상처를 주고 자존감을 깎아내린다면 그것을 버티지 말자. 처음부터 시어머니의 옳지 않은 말에 대하여 싸우지 않되 자신의 뜻을 말할 수는 있어야 한다.

시어머니가 내 흉을 보는 걸 남편을 통해 듣지 말고 직접 들어야 한다. 남편이 필터링도 없이 시어머니의 말을 전달했을 때 어머니에게 전화를 다시 걸었다면 어떨까?

"어머니, 저 때문에 서운하셨다면서요? 잡채에 고기를 넣지 않은 건 제가 별로 고기를 안 좋아해서 제 생각만 했네요. 어머니가 고기 넣은 잡채를 좋아하신다는 걸 알았으니 다음부터는 그렇게 할게요. 생선은 임신한 후부터 비린내 맡기가 힘들어서 생각도 못 했어요. 아이 낳고 어머니 상 차려드릴 때는 꼭 생선을 굽도록 하겠습니다."

물론 내용으로 보면 시어머니에게 일일이 설명하는 것 자체도 화가 나고 치사하겠지만, 이런 문제를 무대응으로 참기 시작하면 반응 없는 며느리에게 더욱 함부로 대할 가능성이 높다. 그 강도는 점점 더 강해질 수밖에 없을 것이다.

참는 것이 미덕인 시대는 이제 끝났다. 싸워 이기는 시월드는 아니더라도 최소한 자신의 생각을 말할 수 있는 사람으로 살아가야 한다. 한 번 참다가 두 번이 되고, 시간이 지나도록 참고 또 참아도 힘든 것은 똑같다. 아들이 귀한 것처럼 나도 함부로 대해서는 안 되는 사람이라는 것을 정확히 전달하자. 시작점부터 문제를 인식하고 지적하며 해결해야 한다. 쌓여 있는 시간이 길어지면 해결하는 시간도 길어지기 때문이다.

어른이기에 내 뜻을 전달하기 어려울 수는 있지만, 내가 말하지 않아도 내 마음을 알아주리라 기대해서는 안 된다. 내가 무엇을 원하고 무엇을 싫어하는지, 서로 감정이 쌓여 말하기조차 힘든 지경까지 가기 전에 시작해야 한다. 혹시 이미 때가 지났다고 생각하는가? 아니다. 지금부터라도 내가 하고 싶은 말을 하면서 살아가자.

중요한 것은 스스로 내면의 분노로부터 자유로워지는 것이다.

내가 선택하고 가꿔온 내 인생을 누군가에게 간단히 점수 매겨지고 싶은 사람은 없다. 시어머니와 며느리가 갈등하게 되는 주요 원인은 시어머니가 며느리를 함부로 평가하고 재단하기 때문이다. 나를 평가할 자격, 나를 박대할 자격을 아무에게도 주지 말자. 나에 대해서 가장 잘 아는 것은 나 자신이며, 내가 나를 지켜야 한다.

시어머니의 가족, 며느리의 가족은 다르다

사회가 변화하면서 가족의 의미도 많이 달라졌다. 예전에는 가족, 친지가 아예 하나의 집성촌을 이루고 살았다. 한 집에 삼대가 모여 사는 경우도 흔했고, 옆집 숟가락 개수까지도 모두 알 정도였다는 것이 괜한 말이 아니다.

이전 세대에서는 결혼과 동시에 집안이나 자식에 대한 공동체 의식이 더 높았다. 뭉치면 살고 흩어지면 죽는다는 가훈을 두고 가족끼리 무조건 똘똘 뭉쳐야 한다고 배우고 자랐다. 특히 딸은 자라서 출가외인이 된다고 생각하는 반면 아들은 우리 집의 대를 잇는다고 여기며 아들이 데려오는 며느리 역시 우리 집안을 위해 일하고 아이를 낳는 것이 당연했다. 결혼을 했으면 친정은 잊고 죽어도 시댁의 귀신이 되어야 한다고 했다.

하지만 요즘의 가족은 점점 그 테두리가 작아지고 구성원이 줄어들고 있다. 결혼 후 시부모님과 합가하여 사는 경우도 줄어들고, 부부를 중심으로 자그마한 새 가족을 형성한다. 최근 결혼하는 젊은 친구들은 결혼을 해도 경제 공동체가 되지 않는 경우도 많다. 결혼 전과 마찬가지로 각자 벌어서 생활하고, 결혼생활에 들어가는 비용은 각자 일정 비용씩을 내어 생활비로 쓰기도 한다.

가족이 무조건 모든 것을 함께하고 공유해야 한다는 생각으로부터 벗어나 많은 면에서 한층 자유로워졌다. 젊은 부부들은 때로는 함께, 또 때로는 따로 살아간다. 서로를 존중하면서도 너무 멀어지지 않고 적당한 거리를 유지하며 지혜로운 가정을 만들어 간다.

물론 아이를 출산하면서부터는 상황이 많이 바뀌게 된다. 혼자서 아이를 낳고 키울 수는 없기에 부부가 서로 협력하여 보다 밀접한 가족 관계를 형성해가는 것이다. 여성은 아이가 태어나면 내면의 성숙을 맞이한다. 아이를 조금 더 예쁘게, 좀 더 잘 키우고 싶은 마음은 엄마라면 모두 똑같을 것이다. 그리고 그때부터는 남편과 아이가 진정한 나의 가족이구나 하고 느끼게 된다. 가족에 대한 집중도가 그만큼 커지게 되는 것이다.

갓 태어난 아이에게 무엇을 바라는 엄마는 없다. 그저 제때 잘 먹고 싸고 울고 눈을 떠주는 것만으로도 기쁘고 감사하다. 두 다리로 걷고, 기특하게도 울지 않고 유치원에 가는 날이 오면 마음이 벅차오르기도 한다. 그러다 학교에 들어갈 때쯤 되면 엄마들은 아이에 대해 조금씩 욕심이 생긴다. 다른 아이보다 조금은 더 잘했으면 좋겠고, 그래서 열심히 벌어 좋은 학원도 보내고 엄마 말을 잘 듣도록 가르치기도 한다.

어느덧 아이의 자아가 성숙하고 생각이 깊어지면 엄마와 갈등이 생기기도 하는데, 자신의 품을 벗어나는 아이에 대한 속상한 마음도 들지만 이 또한 시간이 지나면서 아이의 성장을 지켜보게 된다. 마침내 성인이 되어 직장에 다닐 때쯤이면 아이는 엄마의 간섭에서 벗어나 몇 시에 돌아올 것인지 귀가 시간도 알리지 않게 된다. 독립한 아이의 경우 특별한 날이 아니면 얼굴을 보기도 어렵다. 전화 통화도 자주 하지 않는다.

이렇게 독립한 뒤에는 결혼이라는 새로운 선택을 하며 가족을 맞이하게 된다. 이 시점에서 시어머니는 며느리를 보게 되고 며느리는 시어머니를 만나게 되는 것이다. 이때 아들과 결혼한 새댁인 며느리는 남편과 아이를 자신이 만든 가족의 테두리 안에 넣는다. 그러나 시어머니의 가족은 여전히 자신과 성인이 된 아들을 포함하고 있다.

어찌 보면 시어머니가 생각하는 가족과 며느리가 생각하는 가족의 틀 자체는 일치하지만, 시어머니의 아들이자 나의 남편이 실제로는 교집합처럼 가운데에 끼어 있는 모양인 것이다. 며느리는 시어머니를 가족의 테두리 안에 넣지 않았고 시어머니도 며느리를 가족으로 생각하지 않는다. 가족이 되었지만 서로가 서로를 선택한 적은 없기 때문이다. 아들이자 남편으로 인해 맺어진 것뿐으로 서로가 원하는 가족의 범위가 조금은 다른 것이 어쩌면 당연할지도 모른다.

TIP & SOLUTION

시어머니와 며느리의 사이는 호저의 딜레마와 같다.

호저라는 동물은 추운 겨울을 버티기 위해서는 서로의 체온이 필요하다. 저녁 무렵이면 얼어 죽지 않기 위해서 서로의 몸에 밀착하고 온기를 느껴야 한다. 하지만 몸에 가시가 많아서 너무 가까이 가게 되면 가시에 찔려 죽을 수도 있다. 호저는 서로를 상처 입히지도, 또 너무 춥지도 않게 만들 적당한 거리를 알고 있다.

그런데 오히려 사람들은 누군가와 적당한 거리를 유지하는 법을 잘 모른다. 특히 시어머니와 며느리의 관계가 그렇다. 고부 관계의 모범 답안이라는 것은 없다. 각자 가족의 범위와 원하는 기준이 다르다 보니 시어머니가 너무 관심이 없고 냉정하다고 서운해 하는 며느리들도 있다.

시어머니의 가족과 며느리의 가족 범위가 상충했을 때, 우선 서로가 생각하는 가족이 다르다는 것을 인정해야 한다. 그러면 서로에게 무리한 희생을 요구하지도, 나의 기대와 다르다고 하여 서운함을 느끼지도 않을 수 있다.

시어머니는 이제 아들, 며느리가 부모로부터 독립하여 자신들만의 가정을 만들어 잘 살아갈 수 있도록 거리를 두고 지켜보아야 하고, 며느리는 적당한 거리에서 부모님에 대한 예의를 지키며 살아가야 한다. 그것이 서로의 가족을 존중하는 가장 좋은 방법일 것이다.

7장

총체적 난국을 어떻게 해결해 갈 것인가?

답 없는 시월드에서 답을 찾다

'시월드'라는 단어를 떠올리면 우선 좋은 것보다는 불편하고 부정적인 느낌이 먼저 다가온다. 가족이라는 이름으로 묶이기는 했지만 진짜 가족처럼 따뜻하고 다정하지는 않다. 여러 가지로 신경을 예민하게 곤두세워야 하며 때로는 육체적, 정서적 고통을 받기 때문에 며느리들은 시댁 전체를 나를 둘러싼 하나의 세계로 표현하고 있다.

남편과 부부로서 행복하게 살아가기 위해 백년가약을 맺은 것인데, 시월드에서 시달린다는 기분이 들기 시작하면 그때부터는 남편과의 관계에 온전히 집중하기 어렵다. 남편으로 인해 맺어진 새로운 인간관계가 나를 지치고 힘들게 만드니 그곳에서 탈출하고 싶은 마음만 간절해지는 것은 당연한 수순인 셈이다.

어떻게 하면 상황이 조금 나아질 수 있을까? 많은 며느리들이 이 문제를 마음에 품기만 하고 수면 위로 꺼내지 못하는 이유 중 하나는 결정적인 커다란 사건은 많이 일어나지 않기 때문이기도 하다. 시댁에서 정말 '막장'이라고 할 수 있을 만한 일이 매일같이 발생하지는 않는다. 하지만 물방울이 떨어져 바위를 뚫듯이 작은 상처와 갈등이 모여 시월드에 대한 스트레스와 갈등을 만드는 것이다.

남편에게 하소연을 해도 '별일 아닌 일' 취급을 받는 경우가 많아 아내 입장에서는 답답함만 쌓여간다. 아무것도 아닌 듯 보이지만 당하는 사람은 기분이 나쁜 묘한 기 싸움이 반복되고 있는 것이다.

모든 며느리들이 시집살이에 시달리는 것은 아니지만, 시집살이에 놓여 있는 며느리들은 분명 고통스럽다. 그 심적 어려움은 본인이 아니면 함부로 짐작할 수 없을 정도다. 사실 시집살이 문제는 아주 오래전부터 제기되어 왔다. 1900년대 신문에서도 여자들만 음식장만을 하느라 바쁜 며느리들의 명절 증후군에 대한 기사가 실렸었다고 하니, 사실 어제오늘 일이 아닌 셈이다.

문제는 이렇게 명확한데 왜 해결되지 않고 갈등은 깊어만 가는 걸까?

가장 큰 원인은 시집살이를 사회가 방관해왔기 때문이다. 시간이 가면 해결될 거라고 생각하고, 남편은 어른이니 조금만 참자고 이야기하고, 며느리들도 다들 그렇게 살아가니 어쩔 수 없다고 참아온 것이 점차 쌓이며 더 곪은 상처를 만들어내고 있는 것이다.

이렇게 좀처럼 답이 나오지 않는 시월드에서 새삼 정답을 찾는 건 정말 어려운 문제다. 답 없는 고부 갈등으로 힘들고 지친 며느리들은 시댁과 안 보고 사는 것이 제일 빠르고 확실한 해답이라고 생각하기도 한다. 하지만 안 보고 사는 것도 말처럼 쉬운 일은 아니라는 것이 문제다. 시간이 지나면 결국 남편도 슬그머니 다시 부모님을 뵈러 가자고 제안할 것이고, 남편의 마음이 편치 않다는 걸 느끼는 내 마음도 완벽히 평안할 수는 없는 노릇이다.

그런 부모의 모습을 보고 자란 자녀들은 어떠할까. 친가 가족들을 불편해하는 엄마와 그런 엄마를 이해하려는 노력은커녕 못마땅해 하는 아빠를 보고 자란 아이들의 정신은 과연 건강할까? 사랑하는 사람을 만나 결혼을 하고 자녀들을 낳아 행복한 가정을 이루겠다는 미래의 결혼관은 이미 뿌옇게 흐려져 있을 것이다. '저렇게 사느니 차라리 혼자 살지.' 하는 마음이 시나브로 자라나게 된다. 부모가 행복하지 않으면 자녀의 미래도 행복하지 않다. 물론 결혼을 하지 않는다고 불행한 것은 절대 아니다. 다만 부모의 행복해 보이지 않는 모습 때문에 부정적인 결혼관을 갖게 되는 것이 불행한 것이다. '지금의 내 모습이 20년 후 내 아이의 모습이다.'는 문구를 어떤 책에서 읽은 적이 있는데 이 얼마나 끔찍한 말인가.

그렇다면 도대체 어떻게 해야 이 답답한 굴레에서 벗어날 수 있을까? 시부모님과 인연을 끊거나 이혼하는 것은 고부 갈등의 정답이 될 수 없다. 이혼밖에 답이 없다면 우리나라의 부부들이 결혼생활을 이어가는 확률은 1% 미만일 것이다.

TIP & SOLUTION

우선 나의 자존감을 포기하지 말자. 시월드에서 내가 겪는 문제를 분명히 인식하고 해결 방안을 모색하려는 노력을 멈추지 말아야 한다. 특히 시집살이로 인한 마음의 상처를 하루빨리 치유해야 나의 가정을 건강하고 행복하게 지속해나갈 수 있다.

실제로 상담을 받으러 오는 며느리들은 나에게 상처 주는 시댁 식구들에 대해 내심 분노하면서도 그곳에서 벗어날 방법을 모르고 있는 경우가 많다. 그러나 계속 상처를 참고 고통을 누르는 것은 나의 자존감을 무너뜨리고 삶의 질을 낮추며 더욱 괴롭게 만든다.

내가 사랑해서 선택한 결혼이고, 나 역시 우리 집에서는 귀한 딸이 아닌가. 서로에게 고통을 주며 살아가는 것이 아니라 행복한 삶을 영위하기 위하여 선택한 삶이다.

지금 너무나 지쳐 있다면 우선은 내 마음부터 치유해야 한다. 억울하고 힘든 일을 겪고 있다면 남편이나 친정에 하소연하지 말고 시댁에서 당당한 리더가 될 수 있는 길을 찾자. 발칙한 며느리가 되어도 괜찮다. 당당하게 어깨를 펴고 과거와의 단절을 선언하자.

근본적으로 문제를 파악하고 각자의 성향과 욕구에 따른 대처법을 찾아내면 놀라울 만큼 서로를 대하는 태도가 바뀌게 된다. 답 없는 시월드에서도 우리는 틀림없이 답을 찾을 수 있다.

이해하지 말고 허용하라

사람과 사람이 만나 어떤 관계를 맺지 않는다면 모두들 홀로 얼마나 심심한 삶을 살아가게 될까? 혼밥, 혼술도 자연스러워진 세상이라지만 관계를 맺고 더불어 살아가는 것이 우리 삶에 꼭 필요한 부분이라는 것은 변함없다.

그런데 인간관계를 맺는 것은 마치 운전을 하는 것과 비슷하다. 내가 아무리 운전에 자신이 있는 베스트 드라이버라 해도 나만 잘한다고 해서 안전을 보장받지는 못한다. 내가 아무리 조심하고 능숙하게 운전해도 다른 차가 실수하면 얼마든지 사고로 이어질 수 있다.

마찬가지로 나 혼자만 애를 쓰고 잘하려 한다고 해서 늘 인간관계가 수월한 것은 아니다. 아무리 조심해도 상대방이 무심코 던진 말에 큰 상처를 입을 수도 있다. 물론 사고가 걱정되어 평생 운전을 안 하고 살 수는 없는 노릇이다. 문제가 생긴다면 어떻게 대처하고 수습할지를 생각해야 한다. 부딪치지 않을 방법을 찾지 말고, 부딪쳐도 덜 다치는 방법을 찾는 것이 더 현명하다.

최근 '로봇이 아니야'라는 드라마가 방영되었다. 주인공은 인간에게 여러 차례 실망하여 인간 알레르기를 가지고 있다. 인간과 접촉을 하면 알레르기 반응이 생기며 숨조차 쉴 수 없는 상태가 된다. 재미있는 설정이지만 문제는 현실에서도 이런 사람이 전혀 없지는 않으리라는 점이다. 인간관계를 거부하고 혼자서 고립되어 살아가는 사람들이 어쩌면 우리 주변에도 있을 것이다.

이 주인공은 인간 알레르기로 인해 로봇을 친구로 만난다. 그런데 진짜 로봇에 문제가 생기며 인간이 로봇을 대체하게 된다. 주인공은 그를 로봇으로 생각하고 대하기 때문에 스킨십을 해도, 심지어 키스를 해도 알레르기가 일어나지 않았다. 하지만 그 로봇이 사람이었다는 사실을 알게 된 순간 온몸에 알레르기 반응이 일며 숨조차 쉴 수 없는 상태가 되어버린다.

인간 알레르기는 인간으로부터 받은 상처로 인해 생긴 것이다. 진짜로 그런 병이 있으리라고는 생각하지 않지만, 요즘 세대를 살아가는 많은 사람들에게는 적어도 이와 유사한 어려움이 있을 것이다. 관계를 맺는 것이 어렵고 불편한 사람들이 점점 늘어나고 있으니 말이다.

인간관계를 맺는 것이 이렇게 어려워질수록 결혼까지 결심할 수 있는 배우자를 만났다는 사실은 더 놀랍고 귀한 것이다. 그런데 사랑하는 사람을 만나 행복한 가정을 꾸릴 계획으로 부풀어 있었던 이들에게 들이닥치는 시월드 시집살이는 견디기 힘든 장애물이자 절망이 되기도 한다. 머리로는 이해할 수 있어도 감정적으로 받아들이기는 힘든 것이 바로 시집살이다.

21세기를 살아가는 우리 며느리들에게 있어서 시집살이는 단순히 개개인의 가정문제라고 생각할 수 없다. 이는 오랫동안 이어온 사회문제이며 이번 대에서 끝내야 할 부조리한 문화이기도 하다.

하지만 세대가 다른 우리 어머니들은 시집살이로 고통을 겪었음에도 불구하고 이 갈등을 해결하려고 나서지 않는다. 오히려 그 문화를 답습하고 있다. 며느리들은 시어머니도 한때는 며느리였으며, 시어머니 역시 시집살이를 겪은 피해자라는 것을 알기 때문에 시어머니를 이해하려고 노력한다.

하지만 시어머니를 이해하려는 노력은 오히려 벽에 가로막힐 때가 많다. 세대차이로 인한 기본 가치관 자체가 다르기 때문에 어쩔 수 없다. 하지만 소통하려 노력해도 잘 되지 않는다고 해서 계속 아파하고만 있을 수는 없는 노릇이다. 그렇다면 시어머니를 이해하지 말고 허용해야 한다. 허용하는 것이 어려운 줄은 너무나 잘 안다. 하지만 시어머니의 불합리한 행동을 이해하려고 하면 마음만 다치는 일들이 발생한다. 우리는 변하지 않는 기존 문화와 싸우고 있는 것이기 때문이다.

시어머니 생각에는 남자는 집안일을 하면 안 된다. 그렇게 이미 정해져 있다. 그런 시어머니의 생각을 이해하려 애쓰고 그 마음을 고치려 노력하면 도리어 상처받고 좌절하게 된다. 이미 30년 이상을 나름대로의 가치관을 토대로 살아오신 분을 어떻게 내 생각대로 바꿀 수 있겠는가.

처음부터 시어머니가 며느리의 생각과 맞춰갈 수 있다는 기대를 버려야 한다. 가까워지려는 욕심 때문에 인간관계는 어려운 것이다. 기대하기 때문에 사람은 실망한다. 안 되는 일에 억지로 애쓰지 말고 되는 일을 찾자.

도리어 사람이 가지고 있는 기질을 알게 되면 허용할 수 있는 너그러움이 생긴다. 예를 들면 한 사람은 성격이 급해서 몸이 먼저 행동하고, 다른 사람은 행동이 느리고 생각만 많다고 해보자. 두 사람은 각자 가지고 있는 기질이 다르다. 서로를 쉽게 이해할 수 없는 것은 당연한 일이다. 서로의 단점을 지적하는 것은 간단하지만, 그 사람이 그런 '유형'이라서 그렇다고 생각하면 오히려 쉬워진다. 원래 그런 시스템을 가지고 있는 사람이라는 것을 받아들이면 허용할 수 있게 된다.

시어머니가 목소리가 너무 커서 힘들다는 며느리가 있었다. 며느리는 원래 목소리가 크고 손이 먼저 나가는 사람을 싫어하고 머리를 쓰는 성향이다. 시어머니가 며느리에게 아무런 해를 가하지 않아도 이 며느리는 스트레스를 받고 시어머니를 싫어하게 되었다. 시어머니는 가족은 같이 밥을 먹어야 가족이라고 생각하지만 며느리는 각자 독립적으로 살아가는 것이 중요한 타입이다. 이것은 시어머니와 며느리가 성향 자체가 다른 것이다.

TIP & SOLUTION

며느리가 시어머니가 지니고 있는 기질을 바꿀 수는 없다. 다만 그 사람의 장점을 볼 수 있는 현명한 마음을 지니고 그 사람을 허용해야 관계를 맺는 것이 수월해진다.

허용한다는 것은 상대를 있는 그대로 바라본다는 뜻이다. 그리고 나와 다름으로 상처받지 않는 것이다. 나와 다른 부분이 나를 상처로 찌르도록 내버려두지 말자. 허용할 것은 받아들이며 내가 납득할 수 있는 환경을 스스로 만들어 가야 한다.

세상은 내 중심으로 돌지 않지만 가정은 엄마 중심으로 돈다

분명 세상은 내가 없어도 잘 돌아간다. 하지만 가정은 다르다. 엄마의 빈자리는 가족 구성원 모두에게 그렇게 크게 느껴질 수가 없다. 아이들은 엄마가 잠시만 자리를 비워도 세상이 다 무너진 것처럼 운다. 아이를 잘 돌봐주는 아빠도 아이에게 안정감을 주는 엄마의 존재감을 완벽히 대체하지는 못한다.

사회에서 그 사람을 얼마나 필요로 하느냐가 그 사람의 성공을 판가름한다면, 가정에서 엄마는 그 자리에 존재하는 것만으로 벌써 성공한 셈이다. 우리 가정에 꼭 필요한 존재이기 때문이다.

결혼한 지 10년차의 한 워킹맘 이야기를 해보려고 한다.

그녀는 결혼하면서 고민도 하지 않고 시어머니와 같이 살기로 결정했다. 그러나 함께 살아보니 몰랐던 가정 상황이 보이기 시작했다. 시아버지도 물론 함께 살았지만 시아버지의 존재는 집안에서 그리 힘을 발휘하지 못했다. 시어머니는 시아버지가 젊을 때부터 능력도 없으면서 술을 많이 마시고 가정적이지 않았다고 지금까지도 남편을 무시했다. 아이들이 없으면 밥도 차려주지 않았고, 함부로 대하는 행동은 며느리나 아이들 앞에서도 서슴없이 이루어졌다.

그런 시어머니의 태도에 며느리는 시아버지 보기가 민망할 수밖에 없다. 그런데 시어머니가 며느리를 대하는 태도도 별반 다르지 않았다. 그녀는 워킹맘으로 대기업에 다니고 있고 남편은 집에서 프리랜서로 일한다. 수입으로 보자면 남편보다 아내가 더 많았다. 시어머니는 워킹맘인 며느리를 대신해서 집안일을 해주고 손주를 돌봤다. 남편도 효자라서 시어머니의 말에 순종하며 잘 따랐고, 겉으로 보기에는 별 문제 없어 보이는 집안이었다.

그런데 시어머니는 수시로 며느리에게 자신의 아들을 무시하지 말라고 경고했다. 또 혹여 시어머니를 무시하지 못하도록 없는 일이라도 만들어 가며 며느리 쉬는 날엔 집안일을 시켰다. 시어머니 스스로는 자신의 남편을 함부로 대하고 무시하면서, 며느리에게는 남편을 잘 떠받들어야 한다고 강조하는 게 앞뒤가 맞지 않는다.

이런 시어머니와 한집에 사는 며느리와 고부 관계가 좋으면 더 이상한 일이다. 이 며느리는 어느 날 밤중에 잠에서 깨어 문득 이런 생각이 들었다고 한다. "이 집에서 나는 없어도 되겠지." 아이들을 바라보니 한없이 눈물이 나왔다. 시어머니의 손길에 의해 커가는 아이들. 자신은 돈도 벌어오고 집에서는 하녀처럼 일하고, 남편은 내 편이 아닌 어머니 편이 되어 어머니의 부당한 행동을 막기는커녕 오히려 잔소리를 보태는 사람으로 전락했다.

남편에게 분가를 하고 싶다고 말해보기도 했지만 자신과 아이들은 엄마 없으면 굶어 죽을 거라며 절대 그럴 수 없다고 반대했다. 이런 가정환경은 점차 그녀의 삶에 대한 의욕을 사라지게 했고, 급기야 살고 싶지 않은 마음까지 들게 했다.

사람들은 보이는 것만 받아들이는 실수를 자주 저지른다. 실제로 아이들이 할머니가 차려준 밥을 먹기에 시어머니가 아이를 키우고 있는 것처럼 보일지도 모른다. 하지만 아이들은 엄마의 존재, 엄마의 품에서 잠들며 안정감을 느낀다. 엄마가 지탱해주는 힘이 없었다면 가정의 모습은 또 조금 달라졌을 것이다.

가정을 위해 애쓰고 있는데, 조금도 인정받지 못하는 듯한 괴로움은 사람의 자존감을 깎아내린다. 이 며느리는 분명 엄마로서 최선을 다하고 있었지만 아무도 그것을 알아주지 않는 좌절감에 지쳐가고 있었던 것이다.

TIP & SOLUTION

엄마의 존재는 절대 작지 않다는 것을 스스로 먼저 믿어야 한다.

나의 역할을 강조하고 가정의 균형을 지키는 데에는 지혜가 필요하다.

시어머니가 왜 잘난 며느리를 시집살이 시키는 걸까? 누가 보아도 며느리가 아들보다 낫다고 생각되어 불안하기 때문이다. 잘난 며느리가 내 아들을 무시할까봐 아들을 더 높이고 대접해야 한다고 강조하는 것이다.

시어머니의 불안감을 상쇄시키고 시어머니와 남편의 역할을 먼저 인정해주자.

그들 덕분에 내가 회사를 잘 다니며 돈을 벌고 있다고 말하고, 남편을 잘 만난 덕분에 좋은 시어머니로 인하여 맛있는 밥 먹고 안심하고 산다는 감사 표현을 하라.

시어머니는 자신이 어른으로서 대접받지 못한다고 생각하고 있다. 빈말이라도 어른으로서 인정하는 말을 뱉는 순간에 시어머니의 불안감은 한층 줄어들게 된다. 며느리가 내 아들을 무시할까 불안하고 초조했던 마음이 진정되고 며느리의 노력을 인정할 수 있는 여유가 생기는 단계까지 이르면 나를 둘러싼 환경이 그만큼 변하는 셈이다. 결국 누군가를 위해서 하는 게 아니라 내가 행복하기 위해, 우리 아이들이 행복한 가정에서 살아갈 수 있도록 하기 위해서다.

가정의 중심을 시어머니가 차지하도록 내버려두지 말고, 가정만큼은 나를 중심으로 돌아갈 수 있도록 내가 선택하고 행동하여 집안의 흐름을 주도하자.

행동과 습관을 바꾸면 사람의 마음을 쉽게 얻을 수 있고, 그로 인해 몸과 마음이 평안해지는 것을 느낄 수 있을 것이다. 아내이자 엄마, 며느리는 한 집안의 중심이자 리더다. 내가 행복하고 즐거워야 우리 가정이 행복한 삶을 꾸려갈 수 있다.

거울을 보며 내 얼굴의 얼룩만 닦자

세상에는 좋은 말과 좋은 조언들이 수없이 많다. 휴대폰 어플만 깔아도 하루에 한 번씩 마음에 새길 만한 명언을 알려주는 세상이다. 그 모든 말을 그대로 배우고 마음에 담아 살아갈 수 있다면 우리의 삶은 늘 평탄할지도 모르겠다. 책에서도, 방송에서도 수많은 멘토들이 등장하여 우리가 어떻게 살아가야 하는지 알려준다. 힘들어하지 말라는 말, 신념을 가지고 살아야 한다는 말 자체는 쉽지만 그걸 내 삶에 적용하는 건 간단하지가 않다.

상처를 주고받는 것에 이미 너무나 익숙해져 있는 세상이다. 아랫사람은 당연히 윗사람을 존중하고 따라야 하며 권력 계층이 갑질하는 것이 공공연히 묵인된다. 그러한 구조에 익숙해져 별 생각 없이 던지는 말이 상대방을 상처 입히는 것에 대해서는 그다지 관심이 없다.

나 역시 힘들어하는 며느리들에게 '할 수 있는 것만 하고, 할 수 없는 것은 하지 말라.'고 조언하지만 그게 말처럼 쉬우면 왜 다들 힘들고 지치는 삶을 살아가고 있겠는가. 그게 어려우니 힘들고 아픈 것이다. 힘들어 지친 사람에게 무조건 힘을 내라고 말하는 것은 사실 큰 위로가 되지 않는다. 더 나쁜 건 '너보다 더 힘들고 고통받는 사람도 많다.'고 비교하는 것이다. 더 큰 고통이 있다고 해서 지금의 고통이 상쇄되는 것은 아니다. 힘든 마음을 털어놓은 사람에게 이렇게 말하는 건 최악의 조언이다.

나에게 메일을 보내온 한 며느리는 너무나 죄송하다는 말로 서두를 꺼냈다.

'카페 글을 보니 저보다 더 힘들고 심각한 시집살이도 많더군요. 저는 그 정도는 아니에요. 그런데도 너무 힘들어요. 제가 상담받을 수 있을까요?'

옆집에 팔다리를 잃은 사람이 있어도 안타까운 마음은 곧 잊게 된다. 하지만 내 새끼손가락에 끼어 있는 가시는 빼낼 때까지 계속해서 고통스러운 법이다. 사람들은 "고작 그 정도가 아프냐?"고 함부로 말할지도 모른다. 하지만 그들 역시 자신의 일이 되면 그렇게 쉽게 말할 수는 없을 것이다. 남의 것은 가시로 보이고 내 것은 창으로 보이기 때문이다.

위의 며느리가 보낸 사연은 쉬운 일이 아니었다. 하지만 더 안타까운 것은 자기 스스로에게 들이대고 있는 잣대였다. 그녀의 내면에서 '이만한 일도 이겨내지 못하고 상담을 받아도 될까?' 하고 자신을 꾸짖고 의문을 갖고 있는 것이다. 남들보다 심각한 경우도 아닌데 상담을 받는 것이 죄송하다고 말하는 그녀는 여태까지 죄송하다는 말을 얼마나 많이 하고 살았을까. 메일을 읽으면서 마음이 참 아팠다.

세상은 상처를 주는 것에 익숙한 사람들이 너무 많다. 상처로 위축되어 자신의 말을 떳떳이 하지 못하거나 항상 기가 죽어 있고 불공평한 상황에 대처하지 못하는 이들을 보면서 사람들은 안쓰러워하지 않는다. 오히려 더 상처를 주며 아예 일어나지 못하도록 만들어버린다. 그런데 그 일이 가정에서도 버젓이 일어나고 있다.

다른 사람을 일방적으로 비난할 수 있을 만큼 당당하고 깨끗한 사람이 있을까? 사람들은 자기 자신의 얼룩은 잘 보지 못한다. 내 마음과 얼굴에 묻어 있는 얼룩은 지우지도 못하고 때론 아예 발견조차 못 하면서 다른 사람의 얼룩을 지우려고 손을 뻗으며 살아간다. 엄마는 아이들의 얼룩을 닦으려 노력하고 아내는 남편의 얼룩을, 남편은 아내의 얼룩을 닦으려 하고, 시어머니는 며느리의 얼룩을 닦으려 한다. 며느리의 눈에는 물론 시어머니의 얼룩이 보인다.

누구에게나 흠이 있기 마련이다. 세상은 부족한 점을 감싸주기보다 오히려 더욱 들추어 일어날 수 없게 만드는 것 같다. 남의 얼굴에 묻은 얼룩을 제거하려 하지 말고 내 얼굴의 얼룩만 닦는 세상이 되어야 하지 않을까? 각자 자신의 얼룩을 닦다 보면 언젠가는 그 누구의 얼굴에도 얼룩이 없는 날이 있을 것이다. 스스로 얼룩을 볼 수 있는 시간을 허락하고 상대방의 얼룩을 비웃고 비난하는 습관을 고치는 것이 건강한 가정과 사회의 첫걸음이리라.

어느 날 새벽 우연히 카페에 접속해 있었다. 그날 카페를 들여다보고 있어서 얼마나 다행이었는지 모른다. 죽고 싶다고, 그래서 지금 옥상에 올라와 있다는 글이 하나 올라와 있었다. 너무 놀라 핸드폰 번호를 알려달라고 댓글과 쪽지를 여러 번 보내고 나서 겨우 연결이 되었다. 새벽 2시 30분이 넘어서 시작된 통화는 해가 뜨는 시간이 되어서야 끝이 났고 그녀도 옥상에서 내려왔다. 나는 그때를 생각하면 아직도 가슴이 두근거린다. 얼마나 힘이 들면 그 시간에 옥상에 올라가 생을 끝나고 싶은 마음까지 들었던 것일까.

들어보니 일상적으로 벌어지는 시어머니의 시집살이가 문제였다. 분노가 많은 남편은 아내의 편을 들어주지 않았다. 아이들은 아직 어리고, 자신은 경제적인 능력이 없고, 이 힘든 상황을 어떻게 이겨내야 할지 모르겠으며 그럴 마음도 들지 않는다는 것이다. 많은 말이 오고갔지만 내가 가장 해주고 싶었던 말은 바로 이 한마디였다.

"당신 잘못이 아니에요."

현재 어려움에 처해 있거나 시집살이의 고통에 힘들어 하고 있는 며느리들의 대부분이 '내가 뭘 잘못했지?' 하고 찾기 시작한다. 무언가 잘못되고 있는 것은 분명하지만, 잘못한 것은 없다. 여성들에게, 며느리라는 존재에게 너무나 많은 노력을 요구하고 더 잘해야 한다고 채찍질하는 사회가 문제다. 그러니 스스로를 자책하고 좌절해서는 안 된다.

차라리 그릇된 문화가 사라지고 조금 더 나은 세상이 오기를 응원하자. 당장 사람들의 생각이나 기존 문화를 뒤바꿀 수는 없겠지만 언젠가 우리의 외침이 다음 세대에게는 더 행복한 세상을 선물하지 않을까? 독립투사를 비롯하여 나라를 위해 희생하신 많은 조상들이 계시므로 우리가 있다. 조상들 덕분에 나아진 삶을 살아가는 우리도 이후의 세대를 위해 더 나은 세상을 만드는 조상이 될 수 있다.

미운 동서 때문에 힘들다는 며느리가 나를 찾아온 적이 있다. 위로는 형님, 아래로는 동서가 한 명씩 있었다. 동서는 돈도 잘 벌고 잘나가는 심리 상담사인데, 형님은 동서로 인해 이미 시댁과 연을 끊었다. 자신도 동서가 너무 미운데 그게 질투인지 뭔지 스스로도 밉고 힘이 든다고 했다.

돈이 많고 잘나가는 동서는 시댁의 모든 일을 돈으로 해결했다. 그동안 며느리들이 몸으로 고생하고 애쓰며 시어머니를 모셨던 공은 동서가 들어오면서 다 날아갔다. 한 번은 아버님 생신으로 큰 행사를 치르게 되었는데 동서는 며칠 먼저 와서 시어머니에게 돈 봉투를 드리고 당일에는 해외여행을 갔다고 한다. 원래 그랬으니 그런가 보다 하고 넘어갔다. 행사 당일에는 큰며느리가 가족과 아버님 지인을 챙기고 최선을 다했다. 그런데 예약한 식당에 조금 문제가 생겼다. 다행히 별일은 아니어서 금방 해결되었다. 그런데 그걸 지켜보던 시어머니가 큰며느리에게 버럭 화를 냈다. 별일 아닌 사소한 문제에 그렇게 분노하는 시어머니가 며느리는 이해되지 않았다. 그런데 시어머니는 한 술 더 떴다. 막내며느리가 있었다면 그런 실수는 하지 않았을 거라며 큰며느리를 무시하며 나무랐던 것이다.

집안 행사를 직접 준비한 적 없이 늘 돈으로 해결했던 막내며느리를 칭찬하고 오히려 큰며느리를 비난하는 시어머니의 말은 당연히 충격이었다. "내가 여기서 뭘 하고 있나?" 하는 생각이 들었던 큰며느리는 결국 남편과 이혼했다.

상담을 받으러 찾아온 둘째며느리는 이제 형님도 안 계시고 자신이 맏며느리가 되어버린 상황에서 고민이 크다고 했다. 형님 노릇을 해야 하는 것이 힘든 게 아니었다. 시어머니는 모든 집안일을 막내며느리에게 의논하고 상의했다. 막내며느리는 시어머니 앞에서는 다 들어주는 듯하면서 결국 실제로는 형님들에게 할 일을 미루고 시어머니가 없는 자리에서는 형님들에게 시어머니 흉을 봤다.

그 모습을 보고 있는 둘째 며느리는 마음이 복잡한 것이다. 시어머니를 무시하는 동서의 모습을 시어머니에게 일러바칠 수도 없고, 그것도 모르고 막내며느리만 감싸고도는 시어머니가 한심하다는 생각도 들었다. 게다가 다른 것도 아니고 심리 상담을 직업으로 하는 동서가 자신으로 인해 가족들이 고통받는 것에 눈 하나 깜짝하지 않는다는 것도 답답했다. 모르고 있는 것일까, 아니면 외면하고 있는 것일까? 이들은 서로서로 너무 먼 길을 돌아가고 있었다.

TIP & SOLUTION

인간관계가 기본적으로 그렇지만 특히 가족들은 서로의 삶에 밀접한 영향을 미치면서 살아간다. 그 관계가 우리를 행복하게 만들기도 하고 힘들고 지치게 만들기도 한다.

가정 안에서 서로의 관계가 어렵게 꼬이고 있다면 누구도 방관하지 말고 모두 자기 자신부터 돌아보는 자세가 필요하다.

인간관계는 실타래처럼 복잡하기 때문에 한두 사람이 태도를 바꾸는 것만으로 완벽하게 해결되지 않는다. 나 자신의 얼굴에 묻은 얼룩을 들여다보는 것은 물론, 사랑하는 내 옆의 사람들이 함께 행복할 수 있는 방법을 고민해봐야 한다.

마음의 아이가 자라지 못한 어른

막 태어난 아이를 바라볼 때 그 놀라움과 행복감은 쉽게 잊기 어렵다. 손가락, 발가락을 열 개씩 달고 태어난 것도 신기한데 어느 순간 목을 가누고 몸을 뒤집고 심지어 걷기까지 하면 엄마들은 좀 과장해서 우리 아이가 천재가 아닌가 싶을 정도로 감격한다. 모든 엄마들이 그런 경험을 하면서 아이를 키운다. 아이는 아이답게 존재하는 것만으로도 사랑받을 자격이 충분한 것이다.

하지만 어른이 되면서 우리는 점차 지식을 쌓고, 사회생활을 배우고, 인간과 인간 사이의 관계를 맺어가는 법을 배우게 된다. 그저 본능대로 울고 웃고 말썽을 부리던 어린아이 시기의 행동이 그대로 남아 있으면 사람들과 성숙한 관계를 맺기는 어렵다.

그런데 마음의 아이가 자라지 못한 어른들이 있다. 몸만 나이를 먹었지, 마음은 어린아이 상태로 남아 있는 것이다. 며느리들이 만나게 되는 시어머니들 중에서도 몸은 어른이지만 마음은 성숙하지 못한 분들이 많다. 화를 내서라도 원하는 것을 얻어내고, 특별한 이유 없이 며느리에게 면박을 주는 맥락 없는 시어머니들을 흔히 볼 수 있다. 왜 시어머니의 마음속 아이가 어른으로 성장하지 못했을까? 시어머니는 우리보다 30여 년 일찍 결혼하여 힘들게 시집살이를 겪으며 살아왔다. 그 과정에서 마음속 아이가 메말라버리고, 성장하지 못하고 퇴보해버린 경우가 많은 것이다. 그 대표적인 시어머니의 사례를 소개한다.

한량으로 평생을 살아오신 시아버지와 자신의 노동으로 자식을 키운 시어머니에게는 남매가 있었다. 딸은 평범했지만 아들은 어머니의 고생이 헛되지 않게 공부를 잘하여 서울의 유명대학에 진학하여 총학생회장을 지내기도 했다. 졸업 후에는 우리나라 최고 기업에 입사한 엘리트였다. 아들은 친구 결혼식에서 만난 여성과 결혼하였다. 며느리는 무역회사에 다니고 있었고 두 사람은 사이가 좋았다.

시어머니는 아들 부부가 너무나 금슬이 좋은 게 싫었다. 한량인 남편 대신 자신의 인생을 모두 걸었던 자랑스러운 아들을 빼앗겼다는 생각이 들었던 것이다. 그러니 아들의 빨랫감은 속옷까지 다림질하여 가져다놓으면서도 며느리의 빨랫감은 걷어서 그대로 방문 앞에 쌓아두었다. 그리고 며느리가 출근한 뒤엔 몰래 신혼 방으로 들어가 화장대와 장롱을 뒤졌다. 나중에 이를 알게 된 며느리는 화장

대 서랍에 쪽지를 남겼다. '어머니, 몰래 자식 방을 뒤지는 것은 어른답지 못한 행동이세요.'

퇴근하여 돌아온 며느리에게 시어머니가 버럭 화를 냈다.

"내가 언제 너희들 방을 뒤졌다는 거냐? 난 그런 적 없다."

사건의 전말을 알게 된 아들은 분가를 선언했다. 어머니의 성향을 너무나 잘 알고 있는 아들은 함께 살면 서로 상처받는 일이 많을 것임을 알았던 것이다.

사실 시어머니가 어른으로 며느리에게 가르쳐야 하는 건 집안의 가풍이나 아들이 좋아하는 음식 만드는 법이 아니다. 어른으로서의 배려, 베풂, 너그러움, 나와 다른 이와 더불어 살아가는 법 같은 것을 가르쳐준다면 며느리도 시어머니의 성숙한 면모를 배우고 존경하게 될 것이다. 그런데 많은 시어머니들이 자신의 삶 속에서 인정받지 못하고 살아온 것에 대해 며느리에게 보상받기를 원한다.

물론 며느리와 정말 가족 같은 친밀한 관계가 되고 싶은 마음이 시어머니에게도 있을 것이다. 그렇다면 정말 자식처럼 배려하고 북돋아주는 어른으로서의 모습을 보여야 우리의 관계가 달라질 수 있지 않을까?

마음이 자라지 않은 시어머니를 만난 또 다른 며느리의 사례가 있다.

그녀는 엄마가 어려서 이혼을 하고 다른 집으로 시집을 가버렸다. 그렇게 외할머니의 손에서 크게 되었고, 좋은 직장이나 많은 돈보다는 좋은 가정을 이루고 싶다는 꿈을 꾸며 자랐다. 그리고 어른이 되어 실제로 자신의 가정을 꾸리게 되었다. 어릴 때 부모가 없어 힘들었고, 부모님의 이혼 전에는 잦은 부부싸움을 보고 자랐기에 내 아이는 절대 그런 가정에서 살게 하지 않으리라 다짐했다.

그러나 막상 결혼생활에 발을 들이고 나니 자신이 설계해 놓은 도면처럼 평탄한 나날이 이어지지는 않았다. 부부싸움을 하지 않으려고 최대한 남편의 말을 존중하고 들어주었다. 그랬더니 남편은 더 많은 것을 바라고 그걸 들어주지 않으면 불같이 화를 냈다. 혹시 아이들이 그런 아빠의 모습을 볼까봐 초조한 마음에 남편에게 대항하지 않고 하나하나 그의 뜻을 따르며 살아갔다.

그런데 어느 날 시어머니가 집에 오셨다. 처음에는 며칠 계시다가 가실 것이라고 생각했다. 혹시 서운해 하실까봐 언제 가실 건지 물어보지도 못했다. 남편에게 슬쩍 묻자 화를 내면서 모른다고 했다. 조금만 힘들거나 서운한 표정을 하면 시어머니는 냉큼 큰소리를 지르며 시어머니를 무시하는 짓은 어디서 배웠냐고 윽박질렀다.

"네가 부모에게 배운 게 없어 어른 대접을 할 줄 모르는 게야."

불행한 가정사는 며느리에게 큰 아픔이고 트라우마였다. 굳이 그걸 끄집어내서 상처를 주는 시어머니는 어른 대접을 받을 자격이 있는 걸까? 남의 과거를 트집 잡으며 약한 곳을 후벼파는 것은 지극히 유치하고 치사한 어린아이 같은 행동이다.

남편도 시어머니도, 자신의 말을 들어주지 않으면 버럭 화부터

내는 모습이 마치 떼쓰는 어린아이와 별반 다르지 않았다. 꼭 소리를 높여 울어야 떼를 쓰는 것이 아니다. 어떤 아이는 밥을 먹지 않거나 원하는 것을 얻을 때까지 씩씩거리는 것으로 떼를 쓰기도 한다. 그리고 부모를 통해서 이런 행동은 고쳐야 한다는 것을 배운다.

우리는 간혹 어른답지 못한 어른을 보게 된다. 우리가 생각하는 어른의 기준은 뭐든지 솔선수범하고 본받을 만한 행동을 하는 성숙한 모습이다. 그런데 다른 사람을 비난하거나 일방적인 희생을 당당하게 요구하는 모습은 어른답다고 볼 수 없다. 몸은 어른이 되었어도 마음속에 있는 아이가 아직 자라지 못한 모습을 보며, 며느리가 그런 시어머니를 존경할 수 없는 것은 당연한 것인지도 모른다.

부모는 늘 자식을 사랑한다고 말한다. 그런데 그렇게 사랑하는 아들을 감싸기 위해 며느리를 혼내고 무시하는 것이 정말 아들을 위한 일일까? 시어머니가 아들을 위해서 하는 행동이 오히려 부부를 분쟁으로 이끌고 아픔을 겪게 만든다. 사랑한다면 오히려 지켜봐야 하고, 그러다 혹시 넘어졌을 때 손을 내밀어 일으켜주는 것이 어른이자 부모의 몫이 아닐까 싶다. 원치 않는 것을 베풀고 그것을 또 생색내려 하는 것은 우리가 배워온 어른의 모습은 아니다.

어른이 되었다면 마음도 어른으로 성숙해져야 한다. 나이만 먹으면 어른이 되는 게 아니라는 걸 우리는 살면서 배운다. 며느리도 처음에는 건강한 마음으로 시집을 가지만 점차 소통이 되지 않는 시어머니와 부딪치면서 불만이 자라난다. 상대가 어린아이일 때 어떻게 대처해야 하는지 몰라 같이 어린아이가 되어가기도 한다.

TIP & SOLUTION

며느리들이 먼저 어른의 마음으로 자라는 것은 어떨까? 내가 어른이 되어 높은 시야를 가지고 있으면 어른아이의 행동에 대처할 수 있는 여유로운 마음도 생길 것이다.

다른 이의 행동 하나하나에 휘둘리며 마음고생을 하지 말고 내가 먼저 어른이 되어 조금은 너그러이 바라볼 수 있는 마음을 갖자.

김동영 작가의 『너도 떠나보면 나를 알게 될 거야』라는 책에 이런 구절이 나온다. '많이 달라진 그를 탓하기보다는 전혀 변하지 않은 나 자신을 의심하는 게 낫다.'

관계를 바꿀 수 있는 열쇠는 어쩌면 나에게 있다. 주변을 바꾸기는 어렵지만 필요에 의해 나를 변화시키는 것은 오히려 쉽다.

물론 내 마음속 아이가 자라기 위해서는 성장통이 필요하다. 성장통에는 약간의 고통과 인내가 따르기 마련이다. 그러나 성장통을 겪어내고 마음의 아이가 몸에 맞추어 어른으로 자라난다면 더는 고통 속에서 힘들어하며 헤매지 않아도 된다. 어른답게 나의 갈 길을 정하고 의연하게 살아갈 수 있게 될 것이다.

Epilogue

바람에 흔들리지 않는 닻을 내리자

바닷가에 배가 정박해 있다. 배는 파도에 휩쓸려 바다로 떠내려가지 않기 위해서 닻을 내린다. 배에 맞는 튼튼한 닻을 내리지 않으면 약한 바람에도 배는 바다 한가운데로 떠밀려가게 될 것이다. 배의 종류나 크기는 중요하지 않다. 수억 원의 요트든 어부의 고기잡이 배든 자신의 몸을 지탱할 수 있는 닻이 필요하다.

우리도 마음이라는 한 척의 배를 모두 가지고 있다. 배가 흔들리지 않게 지탱하기 위해서는 배에 맞는 닻을 내려야 한다. 작은 배에 너무 큰 닻도, 큰 배에 너무 작은 닻도 어울리지 않는다. 어떤 비바람과 태풍이 불어도 흔들리거나 가라앉지 않도록 적당하고도 튼튼한 닻을 내리는 것은 우리가 이 배와 함께하기 위해 꼭 필요한 중요한 과정이다.

배의 항해 조건과 규칙은 물론 스스로가 정하는 것이다. 가끔은 잔잔하고 따뜻한 바람이 불 때도 있고, 때로는 험한 비바람이 몰려올 때도 있다. 배가 심하게 흔들려도 튼튼한 닻이 있다면 태평양 한가운데로 떠밀려가 헤매는 불상사는 생기지 않을 것이다.

닻이 내려져 있지 않은 마음은 약한 바람에도 흔들린다. 제자리에 서 있기가 힘들어 지치고 힘이 빠지다가 어느 날 문득 '나는 누구인가?', '여긴 어디인가?' 하며 헤매게 된다. 좌표를 잃어버린 삶을 살아가게 되는 것이다. 다시 돌아올 길을 찾을 수 있다면 다행이지만 계속 방황한다면 제자리를 찾을 때까지 많은 시련을 겪을 수밖에 없다.

우리는 모두 자신의 닻을 가지고 있다. 잠시 행복하고 아름다웠던 나를 떠올려 보자. 내가 사랑받았던 기억, 때로는 선생님과 엄마에게 칭찬받았던 기억, 또는 아이를 낳으면서 느꼈던 감격적인 순간들을 기억하고 있을 것이다.

다른 이에게 긍정적이고 좋은 말만 들어도 살아가기 힘든 세상이다. 하물며 듣기 싫은 말만 반복적으로 들으며 산다면 마음이 어떻게 되겠는가? 부정적인 말이 난무하는 환경에 나를 그대로 노출시키면 안 된다. 상처가 되는 나쁜 말을 하는 사람들로 인하여 내 마음의 주인인 내가 닻을 놓치거나 방황하지는 말자.

상담을 하러 온 결혼 7년차 주부에게 '닻 내리기'를 유도했다. 이를 '앵커링Anchoring'이라 한다. 살면서 행복했던 기억을 떠올려볼 수 있도록 많은 이야기를 나눴다. 하지만 그녀의 기억 속에 좋았던 기억, 행복했던 기억은 완벽히 사라지고 없었다. 너무 힘든 결혼생활로 인해 마음속은 온통 상처로 가득했다. 이렇게 행복했던 기억을 잃어버린 이들을 볼 때면 마음이 너무 아프다. 상담자들은 자신이 왜 태어났는지 모르겠다는 생각을 할 만큼 지쳐 있었다. 그러나 힘들다는 생각에 빠져 있으면 내일의 슬픔을 덜기는커녕 오늘 살아갈 힘을 빼앗길 뿐이다.

아무리 힘들어도 당신이 사랑받을 수 있는 존재라는 사실을 잊어버리면 안 된다. 지금 힘들고 지쳤어도 살면서 한 번쯤 뿌듯하거나 기뻤던 기억은 분명 있을 것이다. 내 마음의 주인이 되어 든든한 닻을 내릴수록 내 삶을 되찾을 수 있게 된다. 고통 속에 나를 내버려두어서는 안 된다. 상처를 치유하고 앵커링을 통해서 쉽게 흔들리거나 상처받지 않는 마음을 만들어야 한다.

먼저 나를 들여다보자. 나 자신이 어디에서 상처를 받고 어떤 부분을 힘들어하는지 깨닫자. 그리고 나에게 상처 주는 사람을 오히려 리드할 수 있는 마음의 힘을 가진다면 더는 주변에 휘둘리고 고통받을 이유가 없다.

아무것도 하지 않으면 시간은 결코 해결해주지 않는다. 피하거나 싸우는 것이 해결책이었다면 시집살이 문제는 진작 없어졌을 것이다. 지혜롭게 해결해나가는 한편 우리 이후의 세대에는 더는 시집살이를 물려주지 않는 것이 우리가 할 수 있는 일이다.

흔들리지 않는 안정적인 가정을 구축하기 위해서는 무조건 부모님의 뜻을 따르기보다 부부 중심의 관계를 구축해 나가야 한다. 우리나라 문화는 성인이 되어 독립한 아들이 밥을 잘 먹는지, 집안일은 어떻게 분담하는지 여전히 부모가 관심을 기울인다. 장성하여 결혼한 자식에게 집착하지 말고 부부 중심으로 살아가는 것을 중요하게 여기는 방향으로의 의식 전환이 필요하다. 또한 아이도 중요하지만 부부 관계를 소홀히 하지 말자. 부부가 서로를 존중하고 배려하며 살아갈 수 있는 사회가 된다면 결혼은 더는 고통스럽지 않고 성숙한 삶의 방법이 될 것이다. 또한 시집살이도 자연히 낡은 유물로 사라지게 되리라 믿는다.

지금 당장 사회와 문화를 바꿀 수는 없다. 하지만 자신의 삶을 현명하게 바꾸어나가는 것은 가능하다. 앞의 본문에서 언급한 몇몇 사례는 빙산의 일각일 뿐이다. 상담을 하다 보면 귀를 의심할 정도의 사례도 있고, 차마 글로 쓸 수 없는 시월드의 갑질 행태도 많다. 사례별로 필자가 제시하는 'TIP & SOLUTION'은 완벽한 해결책이 아니다. 자신의 삶을 소중하게 생각하고 사랑하려는 스스로의 확고한 의지가 더해져야 가능한 일이다. 그 힘은 다른 누구도 아닌, 이 글을 읽고 있는 당신이 이미 가지고 있다.